TEUFLISCHE SPIELE

KÖNIGIN DER VERDAMMTEN

MAGIE DER VERDAMMTEN UND GÖTTLICHE
SCHICKSALE BUCH
BUCH ZWEI

KEL CARPENTER

Übersetzt von
TATJANA BECIJOS

Teuflische Spiele

Kel Carpenter

Veröffentlicht von Kel Carpenter

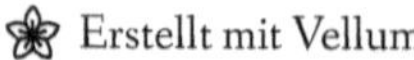 Erstellt mit Vellum

An alle Männer und Frauen, die misshandelt oder missbraucht wurden: Es definiert euch nicht!

»Manchmal kommt das beste Licht von einer brennenden
Brücke.«
– Don Henley

1

HITZE BRANNTE AUF MEINER HAUT, WÄHREND DAS FEUER die Erde um mich herum anfraß. Mit ausgebreiteten Armen stapfte ich durch die endlose Ödnis. Die Bestie lächelte auf die brennende Welt herab, während sich blaue Flammen über das Land ausbreiteten.

Es machte ihr Spaß, die Menschen rennen zu sehen. Wie sie keuchten, schwer und hart, wenn sie versuchten zu fliehen. Wie sie innehielten und zurückschauten, wie ihre Gesichter bleich wurden, als sie merkten, dass ihre Füße sie nicht schnell genug tragen konnten. Denn ihre Wut – meine Wut – würde sie verzehren, bevor sie einen weiteren Schritt machen konnten.

»Ruby!« Der Schrei riss mich aus dem Schlaf.

Meine Augen flogen auf und das Erste, was ich sah, war Moira. Der Schein der flackernden blauen Flammen tanzte auf ihrem Gesicht, während es um uns herum brannte. Krallen bohrten sich in meine Brust, während Bandit in wilder Panik auf mich kletterte. »Ruby!«

Sie setzte sich auf mich und schüttelte mich inbrünstig,

als sie einen Schrei ausstieß, der Tote aufwecken könnte. Unser Fenster zersplitterte auf der Stelle.

Mist! Das war nicht die Ödnis. Es war mein Zuhause, und Moira und Bandit hatten den Flammen getrotzt, um es zu retten. Ich atmete scharf ein und erschrak angesichts dessen, was ich ihnen hätte antun können, während ich versuchte, das Inferno zu beruhigen. Ich konzentrierte mich auf die Flammen und versuchte, sie zum Erlöschen zu bringen. Aber sie wurden nur noch größer, als ich in Panik geriet, weil ich sie offensichtlich nicht unter Kontrolle hatte.

In mir runzelte die Bestie die Stirn und knurrte Moira und Bandit an, weil sie sich dummerweise selbst in Gefahr gebracht hatten. Ein einziger Blick von ihr genügte, und das Feuer erlosch sofort.

Na dann.

»Moira«, krächzte ich. Ihr Schrei verstummte in dem Moment, in dem sich die Flammen auflösten und einen dünnen, glitzernden schwarzen Rückstand hinterließen, von dem ich nur annehmen konnte, dass es Asche war. Ein kalter Wind wehte durch das Fenster und bewegte die Jalousien so weit, dass ein Funken Sonnenlicht hindurchschlüpfte und mehr von der Szene vor mir beleuchtete.

Mein nackter Körper zitterte auf dem kahlen, kalten Beton, wo sich einst eine Couch und ein Teppich befunden hatten. Mein Wohnzimmer war nicht viel mehr als verkohlte Überreste mit vier Wänden. Das Zementfundament war mit schwarzem Staub bedeckt, der durch den Raum wehte, als ein rauer Windstoß durch ihn peitschte. Bandit schlang seine Arme fest um mich und Moiras nackter Körper klammerte sich in einer verzweifelten Umarmung an meinen. Wo sie bekleidet gewesen war, klebte jetzt nur noch ein feiner schwarzer Film auf ihrer blassgrünen Haut. Während alles andere verzehrt worden war, schien es meiner besten Freundin und meinem Waschbären gutzugehen.

»Es tut mir leid. Ich wollte nicht ...« Meine zittrige Entschuldigung wurde durch ein Klopfen an unserer Haustür unterbrochen.

»Eine Sekunde!«, rief Moira. Das laute Klopfen an der Tür verstummte.

»Ruby?«, fragte Laran. Seine Stimme drang mit Leichtigkeit durch das zerbrochene Fenster.

»Ich bin hier. Gib uns nur einen Moment!«, antwortete ich. Er stieß ein ungeduldiges Brummen aus, drängte aber nicht weiter. Moira sprang auf die Füße und zog mich mit sich hoch. Die feine, pulverförmige Asche bedeckte uns beide und glänzte in dem schwachen Licht, das aus der Küche kam, wie Onyx. Die große Couch, auf der ich geschlafen hatte, war komplett weg, genauso wie der größte Teil des Zimmers. Das Feuer schien sich bis an den Rand der Küche und des Flurs ausgebreitet zu haben, bevor die Bestie es endgültig gelöscht hatte.

»Du bist wirklich Luzifers Tochter«, murmelte Moira. Ihre gischtgrünen Augen wanderten zu dem Brandzeichen in der Mitte meines Brustbeins.

»So scheint es«, murmelte ich zurück. Das auf dem Kopf stehende Pentagramm saß eng zwischen meinen Brüsten, ein dicker schwarzer Ring umgab es. Sie streckte ihre hellgrünen Finger aus, um über das Brandzeichen zu fahren, als eine weitere Faust gegen die Tür hämmerte.

Ich fühlte mich, als würde ich einen Meter in die Luft springen, und Moira warf der Tür einen strengen Blick zu. Die würde nicht ewig gegen Larans Fäuste standhalten.

»Komm, wir ziehen uns an und begrüßen deine Männchen, bevor sie einen Weinkrampf bekommen.« Sie hatte nicht unrecht, aber es fühlte sich komisch an, es laut ausgesprochen zu hören. *Meine Männchen.* Als wären sie mein Eigentum. Oder so ähnlich. Die Bestie riss den Kopf hoch und stimmte mit großem Nachdruck zu. Sie *gehörten* uns.

Ich drehte mich um und ging den Flur hinunter in mein Schlafzimmer, während Bandit mir hinterherlief. Der süße Duft von Amaryllis erfüllte die Luft, aber er konnte den Gestank von verkohlten Fasern und stinkendem Waschbären nicht überdecken. Ich streckte blind die Hand aus, um das Licht einzuschalten, als ein dumpfer Aufprall im Wohnzimmer zu hören war. Ich steckte meinen Kopf aus dem Schlafzimmer.

Eine Wolke aus Ruß und Schutt quoll auf, so dicht, dass ich nur eine Wand aus schwarzem Glimmer erkennen konnte. Die Partikel tanzten vorübergehend, bevor sie langsam nach unten sanken.

Laran warf einen prüfenden Blick in den Raum und runzelte die Stirn, als er den Flur erreichte und schließlich auch mich entdeckte.

»Was ist hier passiert?«, brüllte er.

Ich schluckte schwer, aber weder ich noch die Bestie in mir wollten jemandem antworten, der die Dreistigkeit besaß, die Tür wie ein unzivilisiertes Tier aufzubrechen, nachdem ich ihn gerade zum Warten aufgefordert hatte. Ich schloss meine Schlafzimmertür und zog mir in Rekordzeit meinen schwarzen Bademantel über. Ich war gerade dabei, den Knoten um meine Taille zu binden, als meine Tür knarrend aufging.

»Ich hätte dich hereingelassen, wenn du noch eine Minute gewartet hättest, bis ich mich angezogen habe«, sagte ich scharf. Meine Worte trafen auf taube Ohren.

»Warum ist da Glas vor deinem Haus? Was ist mit dem Fenster passiert? Warum ist ...«

Das Zuschlagen einer Tür unterbrach ihn abrupt. Er

drehte sich um und sah die Dämonin hinter sich an. Moira schlüpfte um seinen massigen Körper herum und kam neben mir zum Stehen. Ihr eigener Bademantel war weiß, durchsichtig und definitiv aufregender als alles, was ich besaß. Dämonen waren im Allgemeinen sehr nachlässig, was Kleidung anging. Sie bemerkte sicher nicht einmal, wie toll ihre Beine darin aussahen, auch wenn schwarzer Staub den Bademantel befleckte.

»Stürmst du ständig uneingeladen in die Häuser anderer Leute? Oder ist dieses schlechte Benehmen nur der Versuch, deine Dominanz zu beweisen?«, schnauzte Moira ihn an. Sein Gesicht verfinsterte sich, als er einen Schritt nach vorne machte und uns überragte.

»Das ist nicht die Frage, um die es hier geht, Todesfee«, grummelte er. Ich hätte mir am liebsten die Hand vors Gesicht geschlagen, während ich den Pisswettbewerb zwischen den beiden verfolgte.

»Sie hätte bis auf einen einzigen Schrank alles niederbrennen können und das wäre immer noch die Frage. Ihr Reiter müsst lernen, zu respektieren ...« Er brachte sie mit einer Handbewegung zum Schweigen. Ihr Kiefer schnappte wie von Geisterhand zu.

»Hey!«, protestierte ich und schlug ihm mit meiner Hand auf den Arm. Laran hob eine Augenbraue. Ich wusste nicht, ob ich überrascht war, dass ich ihn geschlagen hatte, oder ob ich ihn dazu bringen wollte, aufzuhören. Wie auch immer, ich musste nicht lange überlegen, bis Moiras Mund auf magische Weise geöffnet wurde.

»Ruhe, sonst tue ich es wieder!«, sagte er zu ihr. Hätte er mit einem anderen Dämon gesprochen, hätte dieser seine Warnung vielleicht beherzigt. Moira hingegen tat alles andere als das. Wirklich, sie war vollkommen durchgeknallt.

»Ich würde aufpassen, mit wem du dich anlegst, Laran. Es gibt eine Menge Geister, die sich gerne in deiner Nähe aufhalten. Es wäre eine Schande, wenn ich ausplaudern würde, was einige von ihnen mir erzählt haben ...« Ihre Stimme klang zuckersüß, aber ihre Worte waren nichts als ein Bluff. Moira hatte nie die Fähigkeit erlangt, die Toten zu sehen. Als Halbtodesfee hatte sie nur wenige Talente, die über ihren Ultraschallschrei hinausgingen. Nicht, dass Laran das gewusst hätte. Er warf ihr einen misstrauischen Blick zu, der immer intensiver wurde, je länger sie lächelte.

»Das würdest du nicht wagen.«

»Du kannst mich gerne auf die Probe stellen«, provozierte sie ihn. Gut, dass ich nur einen Tag gebraucht hatte, um Trübsal zu blasen und mich zu erholen. Ihr Gezänk machte mich jetzt schon wahnsinnig. Es war, als wäre Moira von Natur aus unfähig, sich *nicht* mit den Reitern zu streiten, was mich betraf. Wenn es nicht um Respekt ging, dann war es Stalking oder Besitzgier. Sie ging sogar so weit, ihnen zu sagen, dass sie wegen ihres Geschlechts nicht ins Haus gelassen werden konnten. Ich wusste nicht mehr, an welchem Tag sie ihnen erzählt hatte, wir wären Lesben, die heißen lesbischen Sex hätten, und dass keine Schwänze eingeladen wären. Da sowohl Rysten als auch Allistair wussten, dass das nicht stimmte ... hatte ich beschlossen, mich nicht einzumischen.

»Kann mir jemand erklären, warum das Wohnzimmer niedergebrannt wurde?«

Die Frage kam aus dem Flur. Meine Bestie begann sich die Lippen zu lecken, als Julian um die Ecke kam. Er sah genauso aus wie in jener Nacht, als die Dämonen uns angegriffen hatten. Sein blondes Haar, das so hell war, dass es weiß sein könnte, lag perfekt auf einer Seite. Seine Haut war unversehrt. Blass und ohne Makel. Alles an ihm war strahlend, aber sein Glanz war weder warm noch freundlich. Er war wie ein endloser Winter: ätherisch in seiner Schönheit, aber unversöhnlich, wenn man sich in seinen Tiefen verlor.

Es war unsere erste Begegnung seit dem drogeninduzierten Koma, das ich vor zwei Nächten erlebt hatte. Es war das erste Mal, dass ich einen von ihnen sah, aber aus irgendeinem Grund war es Julian, der mich an diese Nacht denken ließ. Das Licht hatte sich in seinem Haar gespiegelt und sie violett und unheimlich aussehen lassen, als er mich aus dem Club getragen hatte. Hitze kroch über meine Haut und eine leichte Röte befleckte meine Wangen. Nach allem, was passiert war, sollte ich mich *nicht* so fühlen, wenn ich an den Verlauf dieser Nacht zurückdachte.

»Geht es dir gut?«, fragte Moira und war sofort wieder an meiner Seite. Sie warf den beiden einen vernichtenden Blick zu und legte einen Arm um meine Taille. Hinter ihnen knirschten Stiefel auf Glas, als jemand einen leisen Pfiff ausstieß. Ich konnte nur vermuten, dass die anderen Reiter aufgetaucht waren; zum Glück, bevor ich die Chance hatte, mich wie ein Idiot aufzuführen. Ich war ein Halbsukkubus und kein errötendes Schulmädchen, das einem hübschen Gesicht hinterherhechelte. Julian hatte mich gerettet, weil es sein Job war. Ich würde gut daran tun, die Fakten nicht zu verwechseln.

Ich nickte mit dem Kopf, um das Pochen des Blutes in meinen Ohren zum Schweigen zu bringen, und murmelte: »Es geht mir gut.«

Moira widersprach nicht, aber ihr Arm straffte sich unmerklich.

Um Teufels willen!

Ich war kein hilfloses Kind. Okay, ich hatte gerade im Schlaf ein Feuer gelegt. Die Überfürsorglichkeit aller war mehr als ärgerlich, wenn man bedachte, dass fast alle, die mir etwas antun wollten oder angetan hatten, tot waren. Der Gedanke war deprimierend und tröstlich zugleich.

Ich schüttelte Moiras Arm ab und zog an den Ärmeln meines Bademantels. Gestern war ich Ruby gewesen. Ich hatte einen ganzen Becher Eiscreme gegessen und literweise Tee getrunken. Ich hatte mich auf der Couch zusammengerollt und Netflix geschaut, als hätte ich nicht gerade jemanden umgebracht. Heute war ich von den Schreien meiner besten Freundin erwacht, weil ich fast unser Haus niedergebrannt hätte.

Sosehr ich es auch hasste, es zuzugeben, ich musste einen Weg finden, diese Lücke in meinem Kopf zu schließen, denn das Pentagramm auf meiner Brust wollte nicht verschwinden.

Und die Reiter auch nicht.

2

————

Ich wünschte, ich hätte Zeit gehabt, zu verarbeiten, was es bedeutete, praktisch über Nacht Luzifers Tochter zu werden. Aber die vier Reiter standen schon in meinem Zimmer und warteten auf eine Antwort.

Leider war alles, was ich zu sagen hatte: »Nun, ich hatte da eine Art Unfall.«

Keiner lachte.

Schwieriges Publikum.

»Was für einen Unfall?«, fragte Rysten und drängte nach vorne. Laran schnaubte, trat aber aus der Tür, um ihn durchzulassen.

»Ich habe im Wohnzimmer ein Feuer entfacht. Ich habe erst gemerkt, was passiert ist, als Moira und Bandit mich geweckt haben ...« Meine Stimme verstummte, als Bandit die Strickleiter erklomm, die ich für ihn gebastelt hatte, und sich in seine Hängematte warf. Er stieß einen dramatischen Seufzer aus, als wäre selbst meine Erzählung zu anstrengend für sein kleines Hirn. Ich lächelte ihn kurz an und freute mich über die Abwechslung von all den seltsamen Ereignissen des heutigen Morgens.

»Was hast du gemacht, als das Feuer ausbrach?«, fuhr Rysten fort.

»Ich habe geschlafen«, sagte ich. Mein Blick fiel auf ihn und ich bemerkte erst jetzt, dass er seinen Schleier nicht aktiviert hatte. Ich beschloss, keinen Kommentar abzugeben, obwohl die Bestie wie ein Narr grinste. Sie zog es vor, sie als das zu sehen, was sie waren, und nicht als Menschen – obwohl Rysten sich fast als solcher ausgeben konnte.

Ich wusste noch nicht, ob ich ihr zustimmte oder nicht, denn meine Gedanken waren mit wichtigeren Dingen beschäftigt. Zum Beispiel, dass ich kein Wohnzimmer mehr hatte. Und dass es meine Schuld war. Ganz zu schweigen davon, dass ich wohl halluzinierte, weil Bandit mit den Augenbrauen in meine Richtung wackelte ... Hatten Waschbären überhaupt Augenbrauen?

»Nur geschlafen?«, fragte Rysten langsam und kniff die Augen ein wenig zusammen. Das war das einzige Zeichen dafür, dass er sich Sorgen machte.

»Ja.«

Er und Julian tauschten einen Blick aus. Hinter ihnen verharrte Allistairs Blick auf meiner Brust, aber nicht so, als würde er mich anstarren. Ich schaute an mir herunter und begriff, dass der schwarze Stoff zwischen meinen Brüsten so weit aufgegangen war, dass die obere Hälfte des Brandzeichens zu sehen war, das meine Haut beanspruchte.

Verdammt!

Hastig zog ich den Bademantel enger um meinen Körper und verschränkte die Arme vor der Brust.

»Wann ist das Mal erschienen?«, fragte Allistair leise.

»Ich weiß es nicht genau. Irgendwann zwischen Freitagabend und gestern Morgen.« Ich schluckte schwer und wandte den Blick ab. Keine Ahnung, warum ich so angespannt war. Vielleicht lag es daran, dass ich mich immer noch nicht daran gewöhnt hatte. Vielleicht lag es auch daran, dass mein Brandzeichen verführerisch zwischen meinen Brüsten saß. Jedenfalls hatte ich keine Lust, darüber zu reden – oder darüber, wie es dorthin gekommen war. Auf jeden Fall wollte ich nicht, dass jemand danach fragte, es zu sehen.

»Und weniger als sechsunddreißig Stunden später hast du im Schlaf ein Feuer gelegt.« Er formulierte es nicht wie eine Frage, also entschied ich mich, nicht zu antworten. »Wovon hast du geträumt?«

Ich wurde bleich und erinnerte mich an die letzten Momente vor dem Aufwachen. Feuer wütete in einer Welt, die von Flammen verzehrt wurde. Eine Welt, die ich beherrschte. Na ja ... die Bestie und ich.

So einen Traum hatte ich noch nie gehabt und ich wollte ihn noch nicht teilen. Da sie mich nicht zur Rückkehr in die Hölle gedrängt hatten, wollte ich nicht, dass sie einen Grund hatten, wieder damit anzufangen. Ich mochte Luzifers Tochter sein, aber ich war nicht bereit dafür.

Noch nicht.

»Hm ...«, brummte ich und streckte mich, als würde ich nachdenken. Ich kratzte mich am Kinn und legte den Kopf schief. »Ich weiß es nicht mehr genau. Ich bin aufgewacht, weil Moira sich die Seele aus dem Leib geschrien hat und das Haus in Flammen stand.« Ich zuckte mit den Schultern und biss mir auf die Unterlippe. Falls Allistair dachte, ich würde lügen, sagte er nichts, aber seine Augen verfinsterten sich.

»Wer hat das Feuer gelöscht?«, fragte er langsam. Die Frage hatte eine einfache und selbsterklärende Antwort, aber die Art, wie er sie stellte, ließ mich zögern. War das ein Test?

»Ich«, antwortete ich.

»Warum klingst du so unsicher?«, konterte er. Seine Art der Befragung war seltsam. Ich würde sagen, dass er mich belächelte, wenn er nicht so eine butterweiche Stimme hätte, die mich unbehaglich zappeln ließ.

»Warum fragst du mich aus, als hätte ich etwas falschgemacht?«, schnauzte ich zurück und stopfte meine Hände in die Achselhöhlen, um das Zittern zu verbergen.

Ich meinte, ich *hatte* tatsächlich etwas falschgemacht. Ich hatte mein Wohnzimmer angezündet, aber er musste mir nicht das Gefühl geben, ein Verbrecher zu sein.

»Ich wollte dich nicht verärgern, Ruby. Du machst schneller Fortschritte, als wir dachten, und ich versuche herauszufinden, wie viel Kontrolle du hast und wie viel ... die andere ...«

Die andere.

Meine Bestie.

Ich schätzte, Julian wusste, was in jener Nacht in meinen Augen gelauert hatte, und er musste es den anderen erzählt haben. Andererseits war ungefähr zur gleichen Zeit das vollständige Pentagramm aufgetaucht, und es war ein zu großer Zufall, als dass die beiden Ereignisse nicht zusammenhingen. Vielleicht stammte die Bestie genauso von Luzifer wie das Brandzeichen auf meiner Brust. Nach dem, was ich vor jener Nacht gewusst hatte, musste ich das annehmen.

Jemand hatte die Bestie gefangen und wollte nicht, dass sie gefunden wurde.

Nicht einmal von mir.

»Woher weißt du von ihr?«, fragte ich ihn misstrauisch. Julian wählte diesen Moment, um zurückhaltend vorzutreten. Wenn ich es nicht besser wüsste, würde ich denken, er hätte Angst vor mir. Er roch nicht nach Angst. Das hätte ich gespürt, aber die kalte Ruhe, die von ihm ausging, war sanft. Sogar beruhigend.

»Sie ist der Grund, warum wir erschaffen wurden. Der Grund, warum du die Flammen kontrollieren kannst. Im Moment ist sie wahrscheinlich aufgeregt und fühlt sich ungeduldig, weil wir Fragen stellen. Wir müssen nur wissen, wie viel Kontrolle du hast und wie sehr sie dich kontrollieren kann. Du bist noch unerfahren und wir erwarten nicht, dass du perfekt bist, aber wenn du Gefahr läufst, dich bald zu verwandeln, dürfen wir dich nicht aus den Augen lassen. Verstehst du das?« Er erhob sich über mich, dunkel, aber nicht mehr so imposant wie zuvor. Die Bestie in mir grinste, denn sie war der Grund dafür. Ihr gefiel die Macht, die sie über sie ausübte. Sehr sogar. Fast so sehr wie der Geruch seiner Haut und die ...

Ich wandte meine Gedanken von ihr ab und merkte erst dann, wie nah sie an der Oberfläche war. Sie war nicht böswillig oder wollte die Kontrolle erlangen, sie mochte sie einfach und wollte ihnen näher sein. Es war ihr egal, ob ich oder sie es waren, die uns dorthin brachten.

Ich ignorierte sie völlig und konzentrierte mich darauf, was sie von mir verlangten.

»Ich habe alles unter Kontrolle, aber heute Morgen konnte ich die Flammen nicht allein löschen. Ich geriet in Panik, als Moira mich aufweckte, weil ich dachte, ich hätte sie verletzt. Die Bestie hat das Feuer gelöscht, als wir merkten, was los war.« Ich wandte den Blick ab und hoffte, dass sie mich dann nicht mehr drängen würde, zu ihnen zu gehen. Sie war etwas aufgeregt und ungeduldig, genau wie Julian es vermutet hatte. Nur nicht aus denselben Gründen.

»Allistair hat recht. Du machst schneller Fortschritte als erwartet«, sagte Julian und blickte Rysten in die Augen.

Der nickte. »Wir müssen deine Wohnsituation neu bewerten, bis du bereit bist, in die Hölle zurückzukehren.«

Mir blieb der Mund offen stehen.

Das hatte ich nicht erwartet.

Ich schaute zwischen den Reitern hin und her und war sprachlos und schockiert, aber ich musste nicht einmal etwas sagen, bevor Moira loslegte.

»Die Wohnsituation neu bewerten? Was glaubt ihr, wer ihr seid?«, knurrte sie und stürzte sich vor mich. Der Teufel sei mit ihr!

»Ihre Beschützer. Im Gegensatz zu dir wurden wir geschaffen, um ihr zu helfen, die Macht zu entschärfen und die Kontrolle zu behalten. Wenn sie Probleme hat, muss einer von uns in der Nähe sein. Vor allem, wenn sie schläft, denn dann hat sie die meisten Probleme«, grummelte Laran. Er war größer als Julian und starrte Moira fast genauso bedrohlich an. Meine beste Freundin verkümmerte nicht wie ein zartes Blümchen, wie es die meisten taten, die den Reitern gegenüberstanden. Sie erwiderte seinen Blick furchtlos und war sich ihres Platzes in meiner Welt völlig sicher.

»Bist du sicher, dass es darum geht, ihr zu helfen?«, forderte Moira ihn heraus und ein wildes Grinsen umspielte ihre Lippen. Rysten schmunzelte leise und Julian warf Laran einen warnenden Blick zu.

»Du hilfst der Situation nicht, Krieg«, sagte Julian steif.

»Die Todesfee weiß nicht, wo ihr Platz ist«, knurrte er zurück.

»Mein Platz? Was ist mit *deinem* Platz ...«

»Mein Platz ist an ihrer Seite«, schnauzte er sie an.

»Weißt du, wie viele Männer, Dämonen und Menschen, mir das im Laufe der Jahre gesagt haben?« Moira grinste. Also gut. Zeit, die Situation zu deeskalieren, bevor Laran versuchte, sie zum Schweigen zu bringen, oder sie ihm das Trommelfell zerfetzte.

»Leute! Ihr macht euch lächerlich. Je eher ihr ruhig seid, desto eher komme ich unter die Dusche, also haltet die Klappe!« Moira schürzte ihre Lippen und trat zur Seite. Laran sagte nichts, aber das Zucken in seinem Kiefer war eindeutig. Er war ruhig, weil ich ihn darum gebeten hatte, aber sobald Moira wieder loslegte, würde es in meinem Schlafzimmer zu einer Schlägerei kommen.

»Ursprünglich dachte ich, du hättest noch mehr Zeit bis zu deiner Verwandlung. Jetzt bin ich mir nicht mehr sicher. Ich würde mich wohler fühlen, wenn du in der Zwischenzeit bei uns einziehen würdest – mit der Todesfee, wenn du darauf bestehst«, fügte Julian schnell hinzu, als Moiras Gesichtsausdruck sauer wurde.

Bei ihnen einziehen? War ihm klar, wie verrückt das klang?

»Das kann doch nicht dein Ernst sein!«, sagte ich und versuchte, es abzutun. Ich hätte ihn ausgelacht, wie damals, als er mir erklärt hatte, ich wäre die Tochter des Teufels. Aber ich hatte mich schon einmal geirrt. Wenn das möglich war, dann war wohl alles möglich. Selbst wenn Julian und die Reiter auf die verrückte Idee kamen, eine WG mit uns zu gründen.

»Ich meine es sehr ernst«, antwortete Julian steif.

An der Anspannung in seinen Augen konnte ich erkennen, dass ihm meine Reaktion missfiel, aber er widersprach nicht. Zumindest jetzt noch nicht. Rysten blickte zwischen Julian und mir hin und her; vielleicht spürte er, dass die Geduld seines Bruders schwand, nachdem ich sein Angebot abgelehnt hatte. Zum Teufel, ich konnte es spüren.

»Schau, Liebes, du hast kein Wohnzimmer. Die Isolierung im Boden ist kaputt und es ist November. In Oregon.

Im Moment werden wir dich zu nichts zwingen, was du nicht willst, aber bitte verstehe, dass du das Unvermeidliche nur hinauszögerst«, sagte Rysten sanft. Ich schaute ihm in seine jadefarbenen Augen und wurde innerlich weicher. Auch wenn seine Kraft durch den Raum pulsierte und nicht hinter einem Schleier verborgen war, war dies Rysten. Derselbe Rysten, der auf die Erde gekommen war und für mich gelernt hatte, menschlicher zu werden. Derjenige, der versucht hatte, mir eine Wahl zu lassen, auch wenn die anderen Reiter sich von ihren Schwänzen beherrschen ließen und nichts als pure Arroganz ausstrahlten.

»Du weißt, wie verrückt das klingt, oder?«, fragte ich ihn leise. Seine Lippen verzogen sich zu einem fast menschlichen Grinsen, das mich an das jungenhafte Lächeln erinnerte, für das ich ihn mochte. Sein echtes Lächeln war eher animalisch, weniger kultiviert. Aber es war immer noch er.

»Ich weiß, aber du musst verstehen: Wir sind Dämonen, Ruby. Wir denken nicht wie Menschen. Wenn du jemand anderes wärst, würden wir dich mitnehmen, ohne zu fragen. Wir wären wahrscheinlich schon auf halbem Weg zur Hölle. Du wurdest von Menschen aufgezogen und deshalb versuchen wir es. Für dich.«

Rysten war der Einzige von ihnen, der die schönen Worte beherrschte, die ein Mädchen in Ohnmacht fallen lassen konnten, und meine Fähigkeit, die Gefühle derjenigen in meiner Nähe zu spüren, sagte mir, dass er jedes einzelne von ihnen ernst meinte.

Ich biss mir auf die Lippe und ließ zu, dass der Schmerz die Hitze zerstreute, die sich in mir auszubreiten begann. Die Bestie hob den Kopf und beäugte Rysten nachdenklich. Worte bedeuteten ihr wenig. Sie ließ sich nicht von Gefühlen leiten. Sie interessierte sich nur für mich und die meinen, aber in diesem Moment hatte Rysten ihr Interesse geweckt, als sie ihn mit so etwas wie Verlangen ansah. Besessenheit.

»*Mein!*«, beharrte sie. Meine Lippen wurden schmaler, als ich sie beiseite schob. Das war nicht der richtige Zeitpunkt. Sie zischte mich an, machte aber zum Glück keinen ernsthaften Angriff auf die Macht.

»Ich weiß es zu schätzen, dass du mir die Wahl lässt, aber ich muss darüber nachdenken«, sagte ich. Die Bestie schmollte regelrecht angesichts meiner unverbindlichen Antwort. Sie würde sich verdammt noch mal damit abfinden müssen. So süß Rysten auch sein mochte, bei ihnen einzuziehen, wenn auch nur vorübergehend, war nichts, worüber ich vor dem Kaffee entscheiden musste.

Ich verscheuchte sie alle, bevor jemand versuchen konnte, mich umzustimmen oder der Bestie einen Grund zu geben, aufzutauchen. Sie lief bereits ungeduldig auf und ab, und ich wusste, dass sie nicht ohne mich im Schlepptau gehen würden, sollte sie auftauchen.

Allein dieses Wissen ließ die besitzergreifende Schlampe geradezu frohlocken: Sie würde ihren Willen bekommen, wenn auch nicht sofort.

Ich hoffte, dass ich ihr mit Kaffee widersprechen konnte, aber es gab Dinge, die selbst Koffein nicht zu ändern vermochte. Die Bindung der Reiter an mich gehörte dazu.

3

Die schwarzen Partikel glitzerten wie zermahlener Sternenstaub, als sie den Abfluss im Badezimmer hinunter wirbelten. Die Asche war alles, was von meinem Wohnzimmer und dessen Inhalt übrig blieb. Ich konnte nicht mehr unterscheiden, ob es meine geliebte Couch war, das erste Möbelstück, das ich je gekauft hatte, oder die fadenscheinige Decke, die Moira mir gewebt hatte, als wir fünfzehn waren – ich würde es nie erfahren. Denn es war alles weg.

Es war nur ein Zimmer und es waren nur Besitztümer, aber sie gehörten zu den einzigen Dingen, die ich je besessen hatte. Das Haus selbst mussten wir noch abbezahlen, und obwohl wir mit *Blue Ruby Ink* gutes Geld verdienten, reichte es nicht aus, um solche Reparaturen zu finanzieren. Es war ja nicht so, dass wir bei der Versicherung einen Anspruch geltend machen konnten, wenn ich im Schlaf ein Feuer mit magischen blauen Flammen entfacht hatte. Ich brauchte keine Brandermittler, die hier herumschnüffelten. Nein. Wir mussten das selbst in die Hand nehmen.

Die Sorge nagte an mir, als ich meine Dusche beendete, aber es hatte keinen Sinn. Was brachte es, sich zu sorgen? Nicht das Geringste. Ich schüttelte die Schwere ab, die mich zu übermannen versuchte, während ich mein Haar auswrang und mich abtrocknete. Das Handtuch reichte kaum aus, um mich vor der bitteren Kälte zu schützen, als ich die Badezimmertür öffnete. Es war kälter, als ich es in Erinnerung hatte, aber nicht so kalt, dass ich mir viel dabei gedacht hätte. Ich zog mich schnell an, wählte lange Unterhosen unter meiner Jeans und zwei dicke Shirts, die ich zu meinem Sweatshirt trug.

Oben in seiner Hängematte beobachtete mich Bandit neugierig. Ich könnte schwören, dass er auch meine Klamottenauswahl mit einer hochgezogenen Augenbraue bedachte.

»Was? Erwartest du, dass ich mir den Arsch abfriere? Wir haben nicht alle ein Fell, das uns warmhält«, sagte ich und stemmte meine Hände in die Hüften. Er gab ein schnatterndes Geräusch von sich und sprang aufs Bett. Ich durchquerte das Zimmer mit ein paar leisen Schritten, wobei meine nackten Füße das Gefühl auf den kalten Teppichfasern verloren. Ich hob Bandit vom Bett hoch und drückte ihn an meine Brust. Er war im Moment nicht so scharf darauf, wie ein Baby geknuddelt zu werden, und zog es vor, an meiner Vorderseite hochzukrabbeln. Er wickelte sich um meine Schultern und meinen Hals wie ein bauschiger Schal.

»O nein. Daraus wird nichts«, ertönte Moiras Stimme von der Tür. Ich drehte mich zu ihr um, als sie ihre Arme verschränkte und sich gegen den Türrahmen lehnte. »Der Müllpanda kommt nicht mit.«

Ich warf ihr einen ärgerlichen Blick zu und vergrub meine Finger in seinem Fell.

»Warum nicht? Ich nehme ihn immer mit zur Arbeit«, sagte ich abwehrend.

»Wir gehen heute nicht ins *Blue Ruby*. Verdammt, wir gehen ins *Voodoo Doughnut*. Und soweit ich weiß, ist Ungeziefer dort nicht erlaubt.« Sie zupfte an einem unsichtbaren Fussel an ihrer Jacke. Der schwarze Stoff war so glatt, dass ich glaubte, dass nicht einmal die Ascheflocken in unserem Wohnzimmer daran haften würden.

»Was soll das heißen, wir gehen nicht ...«

»Ich habe mir erlaubt, deine Sonntagstermine zu verschieben«, sagte sie. Ihr Gesicht war ausdruckslos. So neutral wie nur möglich. Ich ließ mich nicht täuschen; Schuldgefühle und Sorgen schwirrten unter ihrer Fassade. Sie nagten an ihrem Beschützerinstinkt, und zwar so sehr, dass ich mir die Erwiderung verkneifen musste, dass sie den Termin ungefragt verschoben hatte, und einfach »Okay« sagte.

Sie blinzelte einmal und verdrängte die Überraschung in Rekordzeit aus ihrem Gesicht, während ich meine Stiefel und schwere Wollsocken schnappte. Bandit war nicht glücklich darüber, nicht mitzukommen, aber am Ende reichte ein Frühstück mit aufgewärmtem Tilapia, um ihn zu besänftigen.

Die Fahrt zu *Voodoo Doughnut* ging schnell, dank Moiras *Fahrkünsten*. Man musste schon ein besonderer Mensch sein, um einen Camry auf zwei Rädern zu fahren, ohne mit der Wimper zu zucken. An manchen Tagen fragte ich mich, ob sie Dinge wie Stoppschilder und Ampeln überhaupt wahrnahm. Vielleicht tat sie es und dachte lediglich, dass es sich um Vorschläge und nicht um Regeln handelte. Wie ich sie kannte, war das durchaus möglich.

Als wir anhielten, war der Parkplatz fast leer. Nur zwei Autos und der Lieferwagen, der entladen wurde, standen dort. Die rosafarbenen Ziegel von Portlands berüchtigtstem Donutladen waren ein willkommenerer Anblick, als ich gedacht hatte. Nachdem ich über vierundzwanzig Stunden lang nichts anderes als Eis gegessen hatte, tat etwas Festes gut, auch wenn es sich um noch mehr Zucker handelte. Mein Magen grummelte zustimmend.

Der Schattenmann auf dem Schild über der Tür starrte auf mich herab, als wir uns dem Gebäude näherten. Seine Augen sahen seltsam echt aus für den schwarzen Abgrund, den sie darstellen sollten. Ich runzelte die Stirn, sagte aber nichts dazu, als wir hineingingen und der schwarzweiß geflieste Boden uns willkommen hieß. Der Duft von frischen Donuts ließ mir das Wasser im Mund zusammenlaufen.

Das Mädchen an der Theke lächelte uns zu und winkte. Ihr Haar glänzte an den Wurzeln weiß und färbte sich an den Enden ihrer Zöpfe neonlila. Sie trug ein enges T-Shirt mit dem Namen des Ladens, das kurz vor ihrer tief ausgeschnittenen Jeans aufhörte und so ihre Taille und die Ränder eines weißen Tattoos um ihren linken Hüftknochen freilegte.

»Hallo, was kann ich euch bringen, Ladys?«, fragte sie. In dem Moment, als wir den Tresen erreichten, fiel mir auf, wie spitz ihre Zähne waren. Sie holte tief Luft, schaute zwischen uns beiden hin und her und ihr Lächeln wurde breiter. »Entschuldigung für den Fehler«, korrigierte sie schnurrend. Ich blickte auf die Nägel hinunter, die gegen den Glastisch klopften. Sie waren scharf und in einem leuchtenden königlichen Lila lackiert. »Es ist selten, dass ich zwei Dämoninnen in dieser Gegend antreffe. Ganz zu schweigen davon, dass sie noch nicht beansprucht wurden.« Ihre Augen begutachteten uns mit Interesse.

»Das ist doch kein markiertes Gebiet, oder?«, fragte

Moira scharf und fixierte sie mit einer Intensität, die einen schwächeren Dämon unterwürfig gemacht hätte. Die Unbekannte senkte ihren Blick nicht, was Moiras Frage noch dringlicher machte. Wenn ein unbeanspruchter Dämon in das Gebiet eines anderen Dämons eindrang, vor allem ein Halbdämon wie Moira, dann konnte das schlimm enden.

Allein dieser Gedanke ließ die Bestie aufspringen.

Ich stürzte mich auf sie und konnte sie gerade noch aufhalten, als die Dämonin mich mit ihren quecksilberfarbenen Augen ansah. Sie hatten den schönsten Silberton, den ich je gesehen hatte, und ich konnte nicht erkennen, was für ein Dämon sie sein könnte.

Die Bestie in mir bewegte sich unruhig und die unbekannte Dämonin lächelte.

»Entspannt euch! Dieses Gebiet wurde noch nicht beansprucht. Mein Master hat mich hergeschickt, weil es in der Gegend einige ... Unstimmigkeiten gab«, sagte sie mit einem breiten Grinsen. Es war ein Lächeln, das fast schelmisch war, aber irgendwie dunkler.

»Unstimmigkeiten?«, fragte ich angespannt. Mir war nicht bewusst, dass es so weit im Norden Clans gab. Dämonen hassten die Kälte. Der Kobold aus dem *Black Brothers* war ein Sonderling gewesen. Zumindest dachte ich das. Moira und ich hatten uns in der Dämonenwelt auf der Erde nicht gerade auf dem neuesten Stand der Dinge gehalten. Wir hatten es schwer genug, mit den Menschen zurechtzukommen, also hatten wir die Dämonen und ihre Politik hinter uns gelassen, als wir siebzehn Jahre alt waren. Eine Weile waren wir einfach unseren eigenen Weg gegangen. Aber die Dämonenwelt schien uns nicht loszulassen. Nicht jetzt, da ich ein verdammtes Pentagramm auf meiner Brust trug.

Ich konnte mich nicht ewig verstecken, aber genau deshalb hatte ich es nicht eilig.

Die unbekannte Dämonin schnalzte mit der Zunge und fuhr mit ihr über ihre Zähne. Ich wartete darauf, dass eine blaue Blutspur zu sehen war, aber sie hatte sich nicht geschnitten.

»Vor ein paar Tagen sind tote Dämonen vor einem Nachtclub aufgetaucht. Oder zumindest ihre Asche. Ihr wisst nicht zufällig etwas darüber, oder?«, fragte sie langsam. Ich wandte meinen Blick von ihrer verführerisch drohenden Zunge ab. Ich war es gewohnt, alles Männliche in meine Richtung zu ziehen, aber aus einem unbekannten Grund fühlte ich mich immer unbehaglich, wenn Frauen auftauchten. Sie waren nie so geistlos wie die Männer, aber genauso hartnäckig. Das führte dazu, dass ich allen Dämoninnen gegenüber sowohl eine gewisse Wertschätzung als auch ein Mindestmaß an Vorsicht walten ließ. Schließlich brauchte es nur ein Brandzeichen, um beansprucht zu werden.

»Nein«, sagte ich. »Davon habe ich noch nichts gehört«, antwortete ich langsam. Mein Herzschlag verlangsamte sich, als ich versuchte, die Manipulation aus meiner Stimme herauszuhalten. So verlockend es auch war, sie würde merken, dass etwas nicht stimmte, wenn sie auch nur die kleinste Andeutung davon mitbekäme. Im Moment war es besser, wenn ich nach Strich und Faden log.

Die Dämonin schien dies zu bedenken und starrte mich mit einem falsch positiven Blick an. In den Tiefen ihrer Augen war Belustigung versteckt. Und noch etwas Dunkleres.

»Gut zu wissen«, sagte sie leise und klatschte in die Hände. Das Geräusch ließ mich aufschrecken und ich sprang von der Theke zurück. Sie stieß ein heiseres Lachen aus und deutete auf die Donuts, die sich in der Vitrine zu meiner Linken drehten. Moira legte eine Hand auf meine Schulter und tat so, als würde sie versuchen, um mich herum zu sehen. Ihre Finger gruben sich in meine Haut und versorgten mich mit ihrer Kraft. Ruhe. Ich lehnte mich gegen sie, während sie ihren Donut auswählte und die unbekannte Dämonin sich mir zuwandte. Ihre Augen verrieten nichts. Die Dunkelheit, die sie ausgestrahlt hatte, war verschwunden.

»Und du?«, fragte sie. Ich musste nicht einmal darüber nachdenken, was ich wollte. Ich nahm jedes Mal das Gleiche.

»Dreifache Schokopenetration für mich«, sagte ich. Sie grinste, als sie nach dem extra schokoladigen Donut griff. Ich leckte mir über die Lippen, als eine Stimme mich erstarren ließ.

»Ausgezeichnete Wahl, kleiner Sukkubus.« Allistairs Macht strömte durch die Luft. Seine Kraft war wie ein Nebel, der jede Zelle meines Wesens durchdrang, je näher er kam. Sie erfüllte meinen Verstand mit schmutzigen Gedanken und zog sich ohne meine Erlaubnis um mein Inneres zusammen und verstärkte das Verlangen, das meinen Körper schon die meisten Tage und Nächte versklavte.

Ich holte tief Luft und drehte meinen Kopf nur ein wenig in seine Richtung. Seine Augen waren dunkel, aber nicht vor Verlangen. *Was zum ...*

Ich folgte seinem Blick von mir zu der Dämonin hinter dem Tresen, die gerade Moira abrechnete. Sie schien ihn noch nicht gesehen zu haben, aber es war unmöglich, dass sie ihn nicht gehört hatte. Das finstere kleine Lächeln auf ihren Lippen ließ mich vor Verachtung kochen.

Verachtung?

Nein, das konnte nicht stimmen. Es gab keine vernünftige Erklärung dafür, warum ich ihr am liebsten die Kehle aufschlitzen würde ... außer dem Blick, den sie Allistair zuwarf, als Moira sich vom Tresen abwandte. Ihre Augen leuchteten mit einem unnatürlichen Schimmer, als sie ihm zuwinkte.

Ich konnte mich nicht zurückhalten und stieß ein Knurren aus. Es war leise. Leise für menschliche Ohren. Und doch triefte es vor Wut. Eine Wut, die mir völlig fremd war. Die Bestie wehrte sich gegen meinen Griff. Sie wollte der Dämonin die Kehle herausreißen, weil sie jemanden ansah, der *ihr* gehörte.

»Ruby?«, fragte Moira. Ihre Stimme klang weit weg, obwohl sie direkt neben mir stand. Ich konnte ihr nicht antworten, während die Bestie und ich in einen stummen Kampf verwickelt waren. Ich konnte sie nicht einmal ansehen, denn die Bestie verlangte, dass wir diese andere Dämonin beobachteten, bevor sie etwas unternahm.

Die silberäugige Dämonin richtete ihren Blick von Allistair zu mir und ein weiteres Knurren entwich meinen Lippen.

»Ruby«, rief die dunkelste aller Begierden zu mir herüber. Fleischgewordene Leidenschaft. Reine Männlichkeit im Klang. Sowohl die Bestie als auch ich waren machtlos, ihr zu widerstehen. Wir drehten uns gemeinsam um, angezogen von der Stimme, die es wagte, uns zu verhöhnen. Uns zu verführen.

»Sieh mich an, Ruby!«

Ein einzelner verlockender Finger hakte sich unter mein Kinn und zog meine Augen nach oben, um sie in bernsteinfarbene Tiefen zu ziehen, die so klar waren, dass sie wie geschmolzenes Gold aussahen. Die Bestie schnurrte fast, als ich mich in die Berührung hinein lehnte. Allistairs

Lippen öffneten sich und verströmten einen Hauch von Wärme auf mein Gesicht, die meine Haut streichelte.

Zeitweilig war ich wie gelähmt in einem Zwischenzustand der Realität, in dem nur Allistair und ich existierten. Bis sich die Tür hinter ihm öffnete und eine Gruppe errötender Mädchen hereinkam, die weder wussten, wer wir waren, noch, in welche brenzlige Situation sie sich hätten bringen können, wenn seine Anwesenheit die Bestie nicht genug beruhigt hätte, um sich zurückzuziehen.

Ich biss mir auf die Lippe und ging zur Tür, ohne auch nur einmal über die Schulter zu der lilahaarigen Dämonin zu schauen, die wir zurückließen.

»Was ist da drinnen passiert, Ruby?«, fragte Moira, die an meiner Seite auftauchte. Die klirrende Kälte zwang mich, meine Hände in die Achselhöhlen zu stopfen, während wir liefen. Mein Hunger nach Essen war fast vergessen, als meine beste Freundin einen kräftigen Bissen von ihrem Donut nahm. Von dem Donut mit dem treffenden Namen ›Schwanz und Eier‹ tropfte Sahne an ihrem Kinn herunter. Der phallusförmige Teigling war ihr absoluter Favorit und wahrscheinlich auch die Ursache für das Schmunzeln hinter uns.

»Sie hat die Kontrolle über die Bestie verloren«, sagte Allistair fast fröhlich.

»Warum hörst du dich deswegen so erfreut an?«, schnauzte ich ihn an. Ich wusste nicht einmal, wie er uns gefunden hatte oder warum er hier war, aber da die Reiter immer zu den ungünstigsten Zeiten auftauchten, stellte ich es nicht infrage.

»Ich bin amüsiert, kleiner Sukkubus«, sagte er leise in mein Ohr, »weil sie so besessen von mir ist, dass sie dich bekämpft. Da frage ich mich, was für verdrehte kleine Gedanken du in deinem Kopf versteckst, und was ich alles tun kann, um sie zu ergründen.« Ich zitterte und stapfte vorwärts, wobei ich es auf die Kälte schob. Er hatte Glück, dass Moira ihn nicht hörte. Sonst gäbe es eine Schlägerei auf dem Parkplatz.

»Träum weiter, Inkubus! Du vergisst, dass Moira auch da war«, sagte ich über meine Schulter. Das Grinsen verschwand von seinen Lippen, als er darüber nachdachte, was ich gesagt hatte, ohne zu bemerken, was ich nicht gesagt hatte. Sein Blick wanderte zwischen mir und meiner besten Freundin hin und her, als wir ins Auto stiegen.

Moira schob mir die rosa Schachtel zu, während sie mit einer Hand das Auto manövrierte und mit der anderen ihren Donut vertilgte. Die Hälfte des Schwanzes und eines der Eier waren schon weg, und es war noch keine Minute vergangen, seit wir den Laden verlassen hatten. Ich schüttelte den Kopf und konnte mir ein Grinsen kaum verkneifen, als ich Allistairs Stirnrunzeln sah, als er uns beim Verlassen des Parkplatzes beobachtete.

Ich wandte meinen Blick von ihm ab und betrachtete das Ladenschild erneut. Dort in der Mitte stand der Schattenmann mit seinen glänzenden schwarzen Augen. Moira bog scharf um die Ecke und fuhr mit Vollgas auf die Straße. Aus dem Augenwinkel, gerade so weit, dass ich noch sehen konnte, hätte ich schwören können, dass der Schattenmann mir zugezwinkert hatte.

Aber das war nicht möglich. Es musste ein Lichtspiel gewesen sein.

4

—

ALLISTAIR

Die Bestie wütete in ihr.

Sie glaubte, ich hätte es nicht gesehen. Die Art, wie sie herausfordernd durch ihre Augen blickte. Sie war das ultimative Raubtier und das machte sie sehr besitzergreifend gegenüber jedem, den sie als ihr Eigentum betrachtete. Auch wenn die Todesfee in diese Kategorie fiel, war ich nicht dumm. Sie wollte mich – und ihre Bestie glaubte bereits, dass ich ihr gehörte. Es war nur eine Frage der Zeit, bis sie zu mir kommen würde.

Meine zukünftige Königin war reif für die Eroberung.

Aber ich sollte nichts überstürzen.

Ich musste diese Mauern durchbrechen und ihr zeigen, dass Rysten nicht der einzige mit Herz war. Auch, wenn meine Ausrede dafür noch so erbärmlich war. Ich war ein Inkubus und der einzige von uns vieren, der verstehen konnte, was sie durchmachte. Zumindest, was die sexuelle Entbehrung anging.

Sie strotzte so sehr vor Energie, dass ihr Körper versuchte, ein Ventil zu finden, um sie abzuleiten, und das wurde noch dadurch verschlimmert, dass sie so sehr hungerte.

Aber sie würde nicht zulassen, dass einer von uns das kurzfristig in Ordnung brachte.

Zuerst musste ich einen Weg finden, den Schaden, den der Mensch verursacht hatte, in ihrem Kopf zu reparieren.

Dann würde ich sie verschlingen und ihr zeigen, was ein wirklich Würdiger bieten konnte.

5

WIR VERBRACHTEN DEN NACHMITTAG DAMIT, JEDEN Winkel unseres Hauses von Asche zu befreien. Nun, Moira zumindest. Ich war für die Kehrschaufel zuständig und musste die Asche in unserem metallenen Mülleimer im Garten entsorgen. Ich ging an diesem Nachmittag bestimmt dreißigmal nach draußen und ignorierte währenddessen die Schatten, die um mein Haus herumschlichen.

Die Reiter waren da, direkt außerhalb meiner Wahrnehmung. Ich konnte sie nicht sehen, aber ich konnte sie *spüren*. Ihre Essenz rief mich – und zwar nicht nur mich. Sie rief nach dem Ding, das unruhig in mir auf und ab ging. Meine Bestie verstand nicht, konnte nicht begreifen, warum ich mir die Mühe machte, das Haus zu putzen, wenn wir bei ihnen sein konnten. Wenn wir bei ihnen sein *sollten*.

Sie konnte meine menschlichen Gefühle nicht verstehen, wo wir doch keine Menschen waren. Nicht einmal ein bisschen. Dass ich mit Menschen aufgewachsen war, spielte für sie keine Rolle. Mein Bedürfnis nach Unabhängigkeit und Freiraum empfand sie als lästig. Unbequem. Sogar als irrational. Mein Wunsch nach Zeit zur Anpassung war in ihren Augen lobenswert, aber da ich genau wusste, warum sie mich drängte und was sie wollte, war ich nicht geneigt, darauf zu hören. Nicht auf ein soziopathisches Wesen, das außer Begierde und Wut kaum eigene Gefühle hatte.

Sie stachelte mich an. Provozierte mich. Drängte mich. Sie tat alles, was sie konnte, um mich zum Handeln zu zwingen, während der Himmel sich von Blau zu Schwarz färbte. Ich gab nicht nach. Denn würde ich ihr den kleinen Finger reichen, würde sie die ganze Hand nehmen.

An Schlaf war in dieser Nacht nicht zu denken. Nicht, solange mein Körper so angespannt war, dass ich den größten Teil des frühen Novembermorgens an die Decke starrte. Bandit rollte sich an meiner Seite zusammen, und ich konnte Moiras Anwesenheit nur einen Raum entfernt spüren. Ich kam nicht zur Ruhe. Ich schwebte benommen umher, während die Zeit in einem quälenden Tempo verrann. Ich musste tausendmal geblinzelt haben, denn irgendwann war die Nacht vorbei und der Morgen da.

Sanftes Licht schimmerte durch die Spalten in meinen Vorhängen und erhellte mein Zimmer mit dem weichgrauen Schein des bewölkten Himmels. Trotz des äußeren Anscheins von Gelassenheit pochte die Bestie in mir weiter. Selbst nach einer Nacht, in der ich mich gezwungen hatte, im Bett zu bleiben, in der Hoffnung, Frieden zu finden, war sie nicht zur Ruhe gekommen. O nein, sie war nicht im Geringsten müde oder erschöpft. Wenn überhaupt, dann war sie eher gereizt. Ihre Frustration sickerte zu mir durch, und das Blut in meinen Adern kochte wie verrückt. In diesem Moment, in meinem schlaftrunkenen, koffeinbedürftigen Dunst, wurde mir klar, dass ich nicht vorhatte, noch einen Tag lang herumzusitzen oder zu putzen.

Ich musste raus. Etwas tun. Sonst würde mich die

verdammte Bestie in den Wahnsinn treiben oder, noch schlimmer, direkt in die Betten der apokalyptischen Reiter.

Ich sprang auf und fing an, meinen Schrank zu durchwühlen, wobei ich fluchte, wie kalt es geworden war. So kalt, dass mir, als ich mich bückte, um in meinem Stapel sauberer Wäsche zu wühlen, der Atem gefror und sich vor mir in rauchige weiße Schwaden verwandelte. Meine Lippen wurden schmaler, als ich eine Jeans über die lange Unterhose zog, die ich im Bett getragen hatte. Die Risse an der Vorderseite zeigten den dunkelgrauen Stoff darunter, sodass ich wenigstens etwas vor der Kälte geschützt war. Ich zog ein T-Shirt und zwei Sweatshirts an, um mich fertigzumachen. Draußen würde es saukalt sein, aber ich benötigte kurze Ärmel, wenn ich heute ins *Blue Ruby* gehen wollte. Ich mochte es nicht, in langen Ärmeln zu tätowieren. Sie fühlten sich einschnürend an. Zu eng. Vor allem in den ungünstigen Positionen, in die ich mich bei der Arbeit begeben muss.

Gerade als ich meine Stiefel geschnürt hatte, erschien Moira mit einer dampfenden Tasse Kaffee in der Hand in der Tür zu meinem Zimmer.

»Gehst du weg?«, fragte sie. Ihr Ton war prüfend, nicht gerade herrisch, aber ihr Unmut war deutlich zu hören. Sie verschränkte ihre dünnen grünen Arme vor der Brust und legte den Kopf schief.

»Ja. Ich habe heute vier Kunden, zwei davon musste ich letzte Woche umplanen. Ganz zu schweigen von den anderen, die gestern einen neuen Termin vereinbart haben«, antwortete ich ebenso knapp. Von seiner Hängematte in der Ecke stürzte sich Bandit auf mich und schlang seine Arme um meinen Hals. Er gab die erbärmlichsten Miau-Geräusche von sich, die ich je gehört hatte, und ich war mir ziemlich sicher, dass es pure Show war.

»Bist du sicher? Sogar der Müllpanda macht sich Sorgen um dich. Vielleicht ist es besser, wenn du noch einen Tag zu Hause bleibst«, sagte sie, während Bandit mir erneut ins Ohr kreischte. Seine winzigen Pfoten griffen nach mir und seine Krallen gruben sich in meinen Nacken.

»Ich bin seit zwei Tagen zu Hause. Ich habe mit meiner Tradition gebrochen, jeden Samstag zu Martha zu gehen, und ich habe in zehn Jahren noch nie einen Besuch dort verpasst. Ich lasse mich nicht mehr im Haus einsperren. Du und Bandit könnt euch damit abfinden. Wir haben Rechnungen zu bezahlen und ein Tattoostudio zu betreiben«, sagte ich entschlossen. Der Waschbär, der um meinen Hals hing, fing an zu zittern und heulte wie ein verdammtes Baby.

Verdammt noch mal!

Ein Klopfen oder besser gesagt ein Hämmern unterbrach uns. Bandit schloss seine Klappe, kletterte auf meine Schulter und verwandelte sich von einem jammernden kleinen Scheißer in einen Beschützer. Ich schüttelte den Kopf und murmelte: »Unglaublich ...«

Moira folgte mir, als ich mich der Haustür näherte. Ich legte meine Hand an das Schloss und starrte durch das kleine Guckloch. Noch nie in meinem Leben hatte ich mir die Mühe gemacht, nachzusehen, bevor ich die Tür öffnete. Bis jetzt. Ich schätzte, wenn man unter Drogen gesetzt, belästigt und dann fast entführt worden war, veränderte sich etwas.

»Ruby, ich weiß, dass du da bist, Liebes. Warum machst du nicht die Tür für mich auf?«, rief Rysten. Seine dunkelgrünen Augen starrten auf das Loch in der Tür. Seine sandblonden Locken, das Miami-Beach-T-Shirt und die schicke Jacke täuschten darüber hinweg, was hinter seinem Schleier lauerte. Seine dunklen Kräfte waren es nicht, die mich dazu gebracht hatten, die Tür zu verriegeln, so furchterregend sie auch waren.

Leise öffnete ich sie einen Spalt.

»Da bist du ja. Ich habe mir schon Sorgen gemacht. Allistair hat uns erzählt, dass du gestern ein kleines Problem damit hattest, die Bestie in Schach zu halten. Ich dachte, ich könnte den Tag mit dir verbringen«, sagte er sanft. Seine Hand war energischer als seine Worte, als er die Tür weiter aufstieß. Der Spalt war gerade breit genug, um Bandit zu sehen, der sich an meine Schulter geklammert hatte, und Moira, die mit verschränkten Armen neben mir stand. »Die da.« Er deutete auf Moira und sein Kiefer zuckte. »Sie hat mich gestern Abend weggeschickt, als ich nach dir sehen wollte.«

»Ich?« Moira schnappte unschuldig nach Luft und blickte von einer Seite zur anderen, bevor sie eine Hand auf ihre Brust legte. Vor lauter Schock öffnete sie ihren Mund. Rysten warf ihr einen Blick zu, woraufhin sie die Fassade fallenließ und kicherte, obwohl sie lediglich meine Bitte befolgt hatte. Aber wer war ich, ihr den Spaß zu verderben?

»Wie du siehst, bin ich versorgt und komme etwas zu spät zur Arbeit ...« Ich verstummte, als die anderen drei Reiter ins Bild traten.

»Ich kann dich zur Arbeit bringen«, sagte er. Seine Stimme klang trügerisch fröhlich. Hoffnungsvoll.

»Oder wir alle«, mischte sich Laran ein und legte seine Hand auf Rystens Schulter, sodass die Geste unterstützend, ja sogar brüderlich gewirkt hätte, wenn er nicht die Scheiße aus ihm herausgequetscht hätte. Ja, Subtilität war nicht gerade die Stärke des Krieges.

»Es ist nicht genug Platz«, sagte ich. Laran besaß die Dreistigkeit, seinen Blick auf meinen VW Käfer zu richten und ihn tatsächlich zu betrachten. Selbst als sich ein Stirnrunzeln auf sein Gesicht legte, wich er nicht zurück.

»Wir könnten ...«

Ich hielt eine Hand hoch, um ihn aufzuhalten. Zu meiner Überraschung und Freude hörte er auf, zu reden. Die Bestie schnurrte.

»Ich weiß, dass ihr es gut meint, aber ihr müsst mir Zeit geben, darüber nachzudenken. Okay?«, fragte ich. Neben mir murmelte Moira: »Ein bisschen Abstand würde auch nicht schaden.«

Beide Männer warfen ihr böse Blicke zu, und ich stieß einen verärgerten Seufzer aus. Meine Nerven waren heute einfach zu angespannt, um das Gezänk zu ertragen. Der Schlafmangel war nicht gut für mich und die knurrende Bestie in mir war stinksauer.

»Kann ich dich kurz sprechen, Moira?«

Sie warf mir einen kühlen Blick zu, der verriet, dass es noch nicht vorbei war, als sie mit wehendem Bademantel davonlief.

Die vier sahen mir vorwurfsvoll nach; ihre Gesichter waren nicht lesbar, aber alle Emotionen greifbar. Das Spektrum reichte von der allgegenwärtigen, kontrollierten Wut bis hin zum pochenden Verlangen, das jede Zelle meines Körpers durchdrang und mir die Haare auf den Armen zu Berge stehen ließ.

»Hört zu, Jungs, ich gehe zur Arbeit. Ohne euch. Ich brauche den Tag, um so zu tun, als wäre alles in Ordnung. Als wäre alles *normal*. Versteht ihr das?«, fragte ich langsam. In Rystens Augen blitzte Schmerz auf, aber er lächelte trotzdem.

»Natürlich, Liebes! Wenn es das ist, was du brauchst«, antwortete er. Laran wollte widersprechen, aber Allistair packte ihn an der Schulter.

»Lass uns spazieren gehen, Krieg!«, sagte Allistair forsch. Seine goldenen Augen blitzten auf, dann waren sie weg und ließen nur noch Rysten und Julian auf meiner Türschwelle zurück. Die Ähnlichkeit zwischen ihnen war verblüffend, aber sie war nur oberflächlich. Wenn man sie wirklich ansah, konnte es keine zwei Wesen geben, die unterschiedlicher waren.

Rysten war freundlich, lachte gerne und schnell. Er war der heiße Typ von nebenan, der in deinen Träumen herumspukte. Der Typ, der sich jede Frau aussuchen konnte, aber dann seine Highschoolliebe heiratete und sich mit dem Leben zufriedengab. Der Typ, mit dem jedes Mädchen ausgehen wollte und mit dem jeder Typ befreundet war – und bei all dem konntest du nicht anders, als ihn zu lieben. Er war der süße Typ. Der gute Kerl ... aber Julian war ganz anders.

Er wirkte auf mich nicht wie ein böser Junge, der von Frau zu Frau zog. Er war viel zurückhaltender als das. Wachsamer. Er hatte eine Ausstrahlung, die etwas Stärkeres, Härteres als Stahl war. Kälter als Eis. Dunkler als der Tod. Julian war weder ein böser Junge noch der Junge von nebenan. Er war der Typ, der in der Dunkelheit lebte. Er förderte sie. Nährte sie. Die Art von Mann, vor der Mütter ihre Töchter warnten. Die Art, zu der keine Frau Nein sagen konnte, egal, wie klug sie war.

Er war jemand, der nicht unbedingt eine Reihe gebrochener Herzen hinterließ, aber wenn er jemanden gefunden hatte ...

Himmel und Hölle würden sie nicht trennen können. Nicht einmal Gott selbst.

Meine Wangen erwärmten sich und ich verfluchte im Stillen meine käsige Haut.

»Ruby?« Die Frage ließ meinen Vergleich ins Stocken

geraten. Ich wandte meinen Blick von Julians Lippen ab – den Lippen, die ich so intensiv angestarrt hatte, ohne es zu merken.

»Ja?«, fragte ich leicht atemlos.

»Alles in Ordnung, Liebes?«, fragte Rysten langsam. Ihre Augen waren mit einer Intensität auf mich gerichtet, die gleichzeitig sündhaft köstlich und nervtötend war. Zu meinem Glück war ich mir ziemlich sicher, dass meine Gedanken meine eigenen waren. Im Gegensatz zu mir glaubte ich nicht, dass sie Gefühle lesen konnten. Außer vielleicht Allistair ...

»Ja«, stieß ich hervor. »Ich bin nur müde und muss einiges verarbeiten. Gebt mir den heutigen Tag, um wieder in Schwung zu kommen ...« Ich brach ab, als ich den Blick der Brüder sah. Er war unleserlich, aber unbestreitbar da. »Habt ihr mir etwas zu sagen?«, schnauzte ich. Das Auf und Ab zwischen mir und der Bestie bescherte mir ein Schleudertrauma. In einem Moment war ich erregt und im nächsten aufgebracht. Vielleicht war es meine Bewältigungsstrategie. Vielleicht lag es an der kommenden Verwandlung. Aber wahrscheinlich waren es nur die Reiter.

Rysten kam auf mich zu. Im Gegensatz zu Laran, der kein Problem damit hatte, mir auf die Pelle zu rücken, oder Allistair, der mich mit einem bösen Grinsen lockte, blieb Rysten einfach stehen und nahm meine Hand in seine. Bandit grummelte leise, ließ sich aber wieder auf meiner Schulter nieder. So nahe ließ er außer mir und Moira sonst niemanden an sich ran.

»Ich kann mir nur vorstellen, wie schwer das jetzt ist.« Rystens Worte klangen wie ein unbestimmtes Gefühl, das ich nicht fühlen wollte. Ich fragte mich, ob es seine Unfähigkeit war, wirklich mitzufühlen, oder sein Mitleid über die Situation, in die mich ihre Ankunft gebracht hatte. »Aber du musst jetzt immer einen Aufpasser um dich haben, Liebes. Wir können warten, um über die kommenden Veränderungen zu sprechen, aber bitte verlange nicht, dass wir gehen. Das können wir nicht. Nicht, solange einer der Dämonen, die dich angegriffen haben, noch frei herumläuft.«

Ich seufzte schwer und fuhr mit der freien Hand über mein Gesicht. Ich mochte es nicht. Ich mochte das alles nicht. Ich hatte vor, mich so lange zu wehren, bis ich keine andere Wahl mehr hatte, aber vielleicht wäre es für heute gar nicht so schlecht, einen von ihnen bei mir zu haben. Die Bestie war unruhig und verlangte nach Blut, und ich wollte ihr keine Chance geben, es zu vergießen. Sosehr ich es auch hasste, es zuzugeben – die Jungs besänftigten sie.

Sie ruhigzustellen war genauso wichtig, wie die blutrünstigen Kobolde fernzuhalten. Meine Kontrolle über sie – wenn auch nur minimal – war der einzige Grund, warum sie mir immer noch die eine gewisse Entscheidungsfreiheit ließen.

»Gut, *einer von euch* kann heute mit mir kommen, aber das bedeutet nicht, dass ich bei euch einziehe oder damit einverstanden bin, rund um die Uhr beobachtet zu werden. Es bedeutet nur, dass ich heute keine Lust habe, mich zu streiten. Verstanden?« Rysten nickte und ein Grinsen umspielte seine Lippen. Neben ihm wurde Julians Gesichtsausdruck kalt und in seinen Gefühlen schwang fast so etwas wie ... Eifersucht mit.

Ich hob meinen Blick und die Frage danach spielte fast auf meinen Lippen. Ich hatte nicht das Gefühl, dass es mir zustand, zu fragen, aber bevor ich mich entscheiden konnte, drehte er sich abrupt um und schritt auf den Schatten einer großen Konifere zu.

»Behalte sie im Auge! Einer der anderen wird heute Nachmittag einspringen, wenn sie uns lässt.« Seine Stimme war eisig. Knapp. Das langärmelige Hemd, das er trug, spannte sich um seine Schultern, wo sich die Muskeln zusammenzogen. Er warf keinen Blick zurück, als er in den Schatten trat und verschwand, als wäre er gar nicht hier gewesen.

6

****RYSTEN****

ER HATTE KEINEN GRUND, WÜTEND AUF MICH ZU SEIN.

Er wusste in dem Moment, als wir sie alle vier zum ersten Mal erblickt hatten, wie die Sache ausgehen würde. Sie war nicht nur eine Schwärmerei und das würde sie auch nie sein. Es war dumm von ihm, sie weiterhin auf Distanz zu halten und von uns anderen zu erwarten, dass wir das auch taten.

Wir waren nicht mehr nur ihre Beschützer, auch wenn sie es selbst nicht sehen wollte.

Ihre Bestie hatte uns gewählt.

Ich wusste es in dem Moment, als ich sie an der Tür stehen sah, die Arme vor der Brust verschränkt, als könnte sie die Wahrheit verbergen. Sie hatte eine Bindung zu jedem von uns aufgebaut, und die Bestie hatte das akzeptiert.

Nicht, dass sie jemals jemand anderen akzeptiert hätte. Menschen waren nicht einmal die Aufmerksamkeit dieses Raubtiers wert und andere männliche Dämonen wären nicht in der Lage, mit ihr umzugehen.

Sie war mehr die Tochter ihres Vaters, als ihr bewusst war, und Lola wäre stolz gewesen.

Ich hatte noch nie eine Dämonin getroffen, für die ich wirklich ein besitzergreifendes Gefühl verspürt hätte. Zu wissen, dass diejenige, für die wir erschaffen worden waren, jederzeit kommen konnte, war schwierig gewesen. Aber nicht in meinen kühnsten Träumen hätte ich mir vorstellen können, dass genau diese Dämonin diejenige sein würde, die die Dunkelheit hervorlockte.

Um sie anzustacheln. Sie wütend zu machen.

Und mich dazu bringen würde, jeden Mann außerhalb unseres Kreises abzuschlachten, der es wagte, sich ihr zu nähern.

7

Die Klingel an der Eingangstür vom *Blue Ruby Ink* ertönte.

»Wir haben jetzt Mittagspause«, sagte ich, ohne aufzublicken. Rysten und Moira waren erst vor ein paar Minuten gegangen, um uns etwas zum Essen zu besorgen, während ich die Überarbeitung des Entwurfs, den ein Kunde angefordert hatte, abschloss.

»Wir müssen uns mal unterhalten – du und ich.«

Der dicke südländische Akzent war unverkennbar.

Genau wie die blonde, blauäugige Schönheit dahinter.

»Was willst du, Kendall?« Meine Worte waren knapp und verrieten einen Hauch der Bestie in mir. Ich musste dieses kleine Treffen kurz halten, sonst riskierte ich, dass sie das dunkle Wesen, das alles, was sie repräsentierte, nicht mochte, verärgerte.

»Josh wird vermisst«, begann sie und ihre Stimme zitterte ein wenig, als sie es sagte.

Ich legte den Bleistift beiseite und steckte den Entwurf in einen dicht schließenden Umschlag, um ihn vor Moiras

Ungeschicklichkeit und Kendalls *Anfälligkeit*, Dinge zu verschütten, zu schützen.

»Ich bin mir nicht sicher, warum du damit zu mir kommst. Wir haben uns vor über sechs Wochen getrennt«, sagte ich leichthin. Ihre glitzernden Augen verhärteten sich bei meinem abweisenden Ton, aber ich glaubte nicht eine Sekunde lang, dass sie aus positiven Gründen hier war.

»Ich weiß, dass ihr euch immer noch getroffen habt, Ruby. Und jetzt ist er verschwunden. Ich habe seit Freitag nichts mehr von ihm gehört ...« Sie schluckte schwer und kämpfte gegen ihre Tränen an. Ein Teil von mir wollte ihr raten, ihre Tränen für jemanden aufzusparen, der es wert war. Jemanden, der nicht mit ihr zusammen war, während er nach seiner Ex schmachtete wie eine läufige Hündin. Der Rest von mir wusste, dass ich ihr ihre Show nicht abkaufen durfte.

»Nun, ich habe ihn nicht gesehen. Ich weiß also nicht, was ...«

»Lüg mich nicht an!«, keifte sie. Ich blinzelte überrascht, reagierte aber nicht weiter, als Kendall ihr kaugummirosa Kleid glättete. »Ich gebe dir die Chance, deine Sünden zu beichten und mir zu sagen, wo er ist.« Wütende Tränen kullerten über ihre Wangen und brachten ihre schwarze Wimperntusche zum Verlaufen. Sie weinte oder schluchzte zwar nicht, aber das Gift, das ihre Augen füllte, war vielsagend.

»Ich weiß nicht, wovon du sprichst.«

Ich zögerte keine Sekunde mit meiner Antwort, denn ich hatte diesen Moment geplant, seit ich aus dem Alptraum im Club Pandora's Box aufgewacht war. Kendall war fast so besessen wie er. Zwar hatten die Reiter mir versichert, dass es so sein würde, als hätte Josh nie existiert, aber Kendall würde nicht einfach so aufgeben.

Sicher, sie konnten seinen Tod vertuschen, aber sie konnten nicht sein Leben auslöschen. Er war kein Dämon. Er war ein Mensch. Ein willensschwacher Mensch, der seinen Verstand durch ein Verlangen verloren hatte, an dessen Entstehung ich schuld gewesen war. Ich hatte dieses Verlangen ausgelöst, aber nicht vermocht, es wieder rückgängig zu machen.

Ich konnte es nicht über mich bringen, mich schlecht zu fühlen, nicht, während sein Name Erinnerungen an jene Nacht wachrief. Alpträume davon, wie ich auf einem Konferenztisch lag, zugedröhnt und unfähig, mich zu bewegen, während er mich belästigte und misshandelte.

Er hätte mich vergewaltigt, wenn die Reiter nicht aufgetaucht wären, und deshalb würde ich mich nicht schuldig fühlen.

Nicht seinetwegen.

Kendall tupfte sich mit einem Taschentuch ihre Augen und Wangen ab und wischte die Spuren der Tränen weg. Ein grausames Lächeln stahl sich auf ihre Lippen, als sie in ihre Handtasche griff und ein einzelnes Blatt Papier herauszog.

Sie durchquerte den Raum zwischen uns und streckte ihre Hand aus.

Zum Teufel.

Es war ein Foto. Von Josh und mir. An der Bar in Pandora's Box.

Das Foto konnte nicht mehr als eine Stunde vor seinem Versuch, mich zu vergewaltigen, gemacht worden sein.

Bevor er mich befummelt und entkleidet hatte ... Mist, mir wurde übel.

Das Blut rauschte in meinen Adern, als ich seitlich vom Stuhl kippte. Der Effekt auf meinen Körper traf mich schnell und plötzlich, als ich versuchte, Essen hochzuwürgen, das nicht da war. Mein Magen drehte sich, als die Welt aus den Fugen geriet und meine Verbindung zur Außenwelt abbrach.

Ich hatte in meinem Leben noch nie eine Panikattacke gehabt, trotz all der schlimmen Dinge, die passiert waren.

Was auch immer ich erlebt hatte, ich hatte es genommen und weggeschlossen, um es nie wiederzufinden. Ich sammelte diese Erinnerungen noch, während sie passierten, und bewahrte sie in einer Kiste auf. In einem Tresor, den ich so weit wegsperrte, dass er nie wieder das Licht der Welt erblicken sollte.

So funktionierte das. So wurde ich mit üblen Situationen fertig.

Ich hatte keine Panik oder Angst. Ich lebte mein Leben und akzeptierte, dass es passierte, aber ich vergaß jeden Tag etwas mehr.

Bis ich es nicht mehr konnte.

»Was um Himmels willen ...« Kendall fing an zu schreien. Ich hörte nichts mehr, war in einer selbstgeschaffenen Blase gefangen. Dann wurde ich in die Realität zurückgerissen, wo mir das Bild in ihrer Hand Übelkeit verursachte.

Er ist tot. Er kann dir nicht mehr wehtun.

Ich schluckte schwer und atmete tief ein, als die Tür zum Laden aufschlug.

Ich musste nicht hinsehen, um zu wissen, dass Moira und Rysten zurückgekehrt waren. Ihre gemeinsamen Emotionen waren wie Überbrückungskabel für mein Herz. Die Angst wich der kalten Wut eines Wesens, das sie am liebsten bei lebendigem Leib verbrennen würde.

Ich hatte immer noch die Kontrolle, aber sie hing an einem seidenen Faden.

»Kendall, ich weiß nicht, was zum Teufel du hier tust,

aber wenn du nicht sofort verschwindest, verlässt du diesen Laden nur noch auf einer Bahre. Hast du mich verstanden?«

Moira schrie nicht. Sie brüllte nicht. Verdammt, sie erhob nicht einmal ihre Stimme. Sie ließ die ruhige Kühle ihrer Worte über uns hereinbrechen und umhüllte Kendall, indem sie die Stille nutzte, um ihre Absichten lauter zu äußern, als die Worte selbst.

»D... d... das ist noch nicht vorbei! Ich weiß, was passiert ist! Ich kenne die Wahrheit!«, schrie sie und dann war sie weg.

Die Wahrheit? Die kannte sie nicht. Ich bezweifelte, dass irgendjemand von ihnen die ganze Wahrheit darüber kannte, was in jener Nacht passiert war. Ich kannte die Wahrheit, weil ich sie selbst erlebt hatte.

Joshs Fall war nicht einzigartig. Den meisten Männern, die mir über den Weg liefen, erging es ähnlich. Ich hatte das schon vor langer Zeit akzeptiert und gelernt, damit zu leben. Zumindest dachte ich das.

Moira umarmte mich und flüsterte mir Racheversprechen zu. Sie wollte mich besänftigen. Mich beruhigen.

Genau dort, an dem Ort, den ich mir ausgesucht hatte, um dieser Welt meinen Stempel aufzudrücken, beschloss ich, dass mich das nicht brechen würde. Kendall hatte gesagt, es wäre noch nicht vorbei, und ich würde bereit sein, wenn sie zurückkam. Bereit, die Lügen von meinen Lippen fließen zu lassen.

Auch wenn mir Josh egal war, war es nicht die Wahrheit, die hier zählte. Nur das, was Kendall für die Wahrheit hielt, und trotz seiner Zuneigung und seiner obsessiven Gedanken war ich immer noch diejenige, die den Preis dafür zahlte, selbst im Tod.

8

Moira und ich sprachen im Laufe des Tages nicht mehr darüber, aber ich konnte ihre besorgten Blicke spüren. Sowohl die, die sie auf mich richtete, als auch die, die sie mit Rysten teilte. Nachdem mein letzter Kunde gegangen war, schloss ich mich in meinem Büro ein und kam nicht mehr heraus, auch nicht, als sie klopfte, um sich zu verabschieden. Ich hatte keine Lust, jemanden zu sehen.

Allein mit meinen Gedanken kaute ich an der Ecke meines Daumennagels und blätterte in meinen Akten nach Entwürfen, an denen ich arbeiten konnte. Es war nicht viel, aber es war etwas.

Der erste Entwurf, den ich fertigstellte, war mit Bleistift gezeichnet. Eine einfache schwarzweiße Zeichnung einer Rose für eine Mutter, die ihre Tochter als Baby verloren hatte. Der zweite Entwurf war ein Unwetter, im wahrsten Sinne des Wortes, in den leuchtendsten Blau- und Gelbtönen. Der Himmel war mit Blitzen übersät und die Wolken rollten so mühelos, dass sie echt hätten sein können. Dieses Bild war für eine ältere Frau, die früher auf See gewesen war. Sie hatte mir vom Himmel und dem Meer erzählt und wie beide immer wieder versucht hatten, ihr Leben zu nehmen. Sie hatte durchgehalten, so wie die Mutter, als ihre Tochter gestorben war. Diese alte Frau hatte jetzt Krebs, aber sie wollte ein Tattoo an ihrem rechten Arm als Erinnerung daran, was sie durchgemacht hatte. Ein Mittel, um den Sturm zu überstehen.

Es war wunderschön. Eines meiner besten Stücke, und ich hatte es ihr noch nicht einmal gezeigt. Ich lächelte und fuhr mit der Fingerspitze über die schweren Wolken der Ägäis, die mit Spuren von Lapislazuliblau bestäubt waren. Die Worte wiederholten sich immer wieder in meinem Kopf: *ein Mittel, um den Sturm zu überstehen.*

Menschen hatten viel Schlimmeres durchgemacht als ich und lebten, um wieder zu lächeln. Um wieder zu kämpfen. Normalerweise war ich niemand, den ein Bild so sehr aus der Bahn werfen konnte. Was hatte sich also verändert?

War ich es? Lag es an den Reitern? Ich hatte Josh nicht genug gemocht, als dass seine Handlungen mich aufgewühlt hätten. Ich hatte diesen Weg schon einmal beschritten, mit Teufeln und Dämonen, die stärker waren als er. War es das? Dass er schwach gewesen war und mich trotzdem besiegt hatte? Aber konnte man das überhaupt »besiegen« nennen, wenn er mich dafür hatte unter Drogen setzen müssen?

Mein Kopf war ein Ort der Farben und Geheimnisse, der Paradigmen und Lügen. Ich war nicht leicht zu verletzen, aber kleine Dinge ließen mich ausrasten. Ich hielt mich nicht für einen Lügner, aber meine ganze Existenz war eine einzige fette Lüge. Ich war geschaffen worden, um eine Herrscherin zu sein, aber nicht irgendeine Herrscherin. Die Herrscherin der Hölle.

Die Königin der Unterwelt.

Dennoch zwang mich ein verdammtes Bild in die

Knie. Es hatte etwas so Richtiges an sich und war doch so grausam. Schließlich war ich nicht diejenige, die in jener Nacht gestorben war. Ich war nur diejenige, die mit den Fehlern der anderen leben musste. Diejenige, die nicht nur einmal, sondern zweimal unter Drogen gesetzt worden war – dank des Kobolds, den Laran wütend gemacht hatte, weil er mich angefasst hatte. Natürlich hätte er mich nicht angefasst, wenn wir gar nicht erst dorthin gegangen wären. Konnte ich es ihm verübeln, dass er mich dorthin gebracht hatte? Nein. Nicht so sehr, wie ich Josh für seine Taten verantwortlich machen konnte. Ich bedauerte seinen Tod nicht, weder an jenem Abend noch heute. Aber das bedeutete nicht, dass er mich nicht beeinflusste.

Das zu sehen, das zu tun, das konnte verwirren. Und es war nicht das erste Mal, dass es passiert war. Es war nur das erste Mal, dass es mit den Reitern passiert war. Was war beim nächsten Mal? Was würde in der Hölle passieren? Ich hatte die Augen vor der Dämonenwelt verschlossen, weil ich sie nicht hatte sehen wollen, aber jetzt war sie da und ließ sich nicht mehr leugnen.

Scheiß auf all das!

Ich sprang von meinem Schreibtisch auf und verstaute das Kunstwerk an einem Ort, an dem es nicht durch verschütteten Kaffee oder Tacos zum Mitnehmen ruiniert werden konnte. Ich schnappte mir meine Handtasche, wusch mir die Hände und entfernte die Reste der Buntstifte. Das Wasser blutete blau und gelb und färbte sich dann in ein kränkliches Grün. Ich war niemand, der an Omen glaubte. Das war eine andere Art von Dämon, aber die Farbe gefiel mir nicht.

Der Laden war ruhig, als ich abschloss, und die Sonne schlief schon lange. Ein obsidianfarbener Himmel starrte mich an, als ich aus dem Licht des *Blue Ruby Ink* heraustrat.

Die Stille strich über meine Haut, und die Bestie beruhigte sich zum ersten Mal an diesem Tag. Es war keine natürliche Ruhe, nicht etwas, das ich mir selbst gab, sondern ein Geschenk von jemand anderem.

»Ich nehme an, du bist an der Reihe?«, fragte ich leise.

Allistair trat aus dem Schatten. Die Schärfe seiner hohen Wangenknochen hob sich heute Abend besonders deutlich von seiner Alabasterhaut ab. Tagsüber war er umwerfend gut aussehend, aber nachts ... war er irgendwie mehr. Das Licht in seinen Augen leuchtete heller, und die üppigen dunklen Locken bettelten geradezu darum, berührt zu werden. In der Nacht war Allistair das schönste Wesen, das ich je gesehen hatte.

Seine Mundwinkel verzogen sich zu einem wissenden Lächeln.

»Lass uns eine Runde drehen!«, antwortete er. In den meisten Nächten hätte ich wahrscheinlich protestiert, wenn ich berücksichtigte, wo ich bei meinem letzten Ausflug ins Unbekannte gelandet war.

Aber Allistair war nicht Laran, und ich war jetzt eine andere Ruby.

Er streckte seine Hand aus und alles, woran ich denken konnte, war, *ein Mittel, um den Sturm zu überstehen.* Ich wusste nicht, wer ich in diesem Moment war. Ich war Ruby. Ich war Luzifers Tochter. Ich war ein Monster. Ich lebte, so gut ich konnte in unserer verkorksten Welt und tat, was ich konnte.

Aber manchmal musste man das Steuer einfach dem Teufel überlassen.

* * *

ICH FRAGTE IHN NICHT, wohin wir fuhren, als die Lichter wie Sternschnuppen vorbeizogen. Allistair hatte das schönste Auto, in dem ich je gefahren war. Schwarzes Leder, beheizte Sitze und im Becherhalter stand eine Tasse Tee. Ich schlang meine Hände um die dampfende Tasse und versuchte, die Wärme in mich aufzusaugen, während ich einen kleinen Schluck nahm.

Earl Grey mit einem Hauch von Honig und einem Spritzer Milch.

Perfekt!

Ich stieß einen kleinen Seufzer aus. Diese Ruhe war von ihm fabriziert worden. Instinktiv wusste ich das.

In Wirklichkeit war es mir egal, wohin wir fuhren, solange die Fahrt niemals endete.

»Wie schmeckt der Tee?«, fragte er.

Small Talk. Das war eine sehr menschliche Sache. Ich wusste nicht, ob ich dankbar oder verärgert sein sollte, dass er sich überhaupt die Mühe machte.

»Er ist perfekt«, antwortete ich, ohne mich zu ihm umzudrehen. Es war einfacher, sich nicht auf etwas zu konzentrieren. Die Lichter waren brillant und wunderschön und trugen meine ganze Melancholie mit sich, als sie vorbeizogen.

»Ausgezeichnet«, sagte er. Ich lächelte nur kurz, als ich den Stolz in seiner Stimme hörte. Ich hatte mich schon gefragt, ob Rysten ihm gesagt hatte, wie ich meinen Tee mochte, um mich aufzumuntern, aber vielleicht achtete Allistair mehr auf solche Dinge, als mir bewusst war.

Im Auto herrschte wieder vorübergehend Stille. Diese dauerte länger als die erste, sogar so lang, dass die Lichter immer seltener wurden. Wir waren dabei, die Stadt zu verlassen.

Der Gedanke machte mich neugierig und leicht nervös,

aber ich schwieg, denn würde er mich für längere Zeit wegbringen wollen, wären die anderen drei auch hier.

»Weißt du«, sagte Allistair und brach das Schweigen, »ich weiß, was du gerade durchmachst.« Ich verkrampfte mich und seine Hand rutschte vom Lenkrad, als er meine Hand aus meinem Schoß nahm. »Du musst nichts sagen. Das erwarte ich auch nicht von dir. Ich möchte nur, dass du zuhörst.«

Und das tat ich. Das Blut in meinen Adern erhitzte sich bei seiner Berührung. Es war keine sexuelle Berührung und sie war auch nicht von seinen eigenen chaotischen Gefühlen durchdrungen. Stattdessen war sie ... freundlich. Beruhigend. Er hielt meine Hand nicht wie ein besitzergreifendes Arschloch, sondern bot mir die einzige Art von Trost, die mir immer vorenthalten worden war.

Und dann sagte er das Letzte, was ich von ihm erwartet hatte.

»In all meiner Zeit, sowohl in dieser Welt als auch in unserer, habe ich mich nur einmal verliebt.« Selbst in der dunklen Fahrerkabine spürte ich, wie seine Augen mich beobachteten. »Als jemand, der unter Menschen aufgewachsen ist, mag es dich überraschen, dass es nur einmal passiert ist«, fuhr er fort. »Aber als Frau, die zur Hälfte ein Sukkubus ist, kannst du das sicher verstehen.

Ich habe Tausende und Abertausende von Jahren gelebt und beobachtet, wie Frauen im Namen dessen, was sie Liebe nennen, alles tun. Ich habe gesehen, wie Frauen sich selbst, ihre Liebhaber und sogar andere Frauen, die sie für eine Bedrohung hielten, umgebracht haben – nur um mich zu bekommen.

Am Anfang kämpfte ich mit der Schuld und der Frage, wo sie lag, als ich merkte, dass ich wenig tun konnte, um sie aufzuhalten. Schließlich verblasste die Schuld und wurde durch Wut auf die Frauen ersetzt, weil sie so dumm waren. Weil sie nicht sahen, was ich für offensichtlich hielt. Weil sie nicht sahen, dass die *Liebe* nicht echt war – zumindest dachte ich das zu dem Zeitpunkt.« Das hätte mir fast ein Schnauben entlockt, wenn ich nicht so sprachlos über sein Geständnis gewesen wäre. Er war Hunger, einer der vier Reiter der Apokalypse ... und im Herzen immer noch ein Mann. Aber im Gegensatz zu den Menschen auf der Erde waren Dämonen nicht durch Geschlechterrollen und Klischees eingeschränkt. Wir sahen uns so, wie wir waren, und entschuldigten uns nicht dafür. In gewisser Weise machte uns das besser als die Menschen auf der Erde.

Ich behielt meine Gedanken für mich, als er fortfuhr.

»Und dann verliebte ich mich schließlich in jemanden. Eine Frau, die in jeder Hinsicht verboten war, aber ich konnte mich nicht zurückhalten. Ich war genauso verknallt wie die törichten Frauen, die mir jahrhundertelang nachgestellt hatten. Bis ich es nicht mehr war.«

»Was?« Die Frage kam mir über die Lippen, bevor ich mich zurückhalten konnte. Allistair lächelte, aber es hatte nichts Freundliches an sich. Wäre seine Hand nicht um meine gewickelt, würde ich mich vor seinem hasserfüllten Lächeln zu Tode erschrecken.

»Die Auseinandersetzung ist unbedeutend. Die Moral von der Geschichte ist, dass wir getrennte Wege gegangen sind. Sie ist die Einzige, mit der ich das je geschafft habe, ohne dass es in einem Blutbad endete. Weißt du, warum das so ist?«

Ich schüttelte den Kopf und das Auto kam zum Stehen. Ich erkannte nicht, wo wir waren, nur dass die Scheinwerfer in einen Abgrund starrten, in dem nur der Nachthimmel herrschte.

»Weil sie unter meiner Würde war. Ich wurde erschaffen, um stark genug zu sein, um es mit dir aufzunehmen, um dich zu erden, wenn es nötig sein sollte. Frauen und Dämoninnen waren nicht stark genug, um das zu bekämpfen. Sie waren unter meiner Würde. Nur weil wir die gleiche Gestalt tragen, ändert das nichts daran. Ich kann mich nicht dafür entschuldigen, dass ich so bin, wie ich geschaffen wurde, genauso wenig wie ein Höllenhund sich dafür entschuldigen kann, dass er loyal ist.«

Langsam wurde mir klar, worauf er hinauswollte, und als jemand, der unter Menschen aufgewachsen war, wusste ich nicht, was ich davon halten sollte.

»Ich kann kein hirnloser Mensch sein, der einfach herumläuft und Menschen tötet. Das bin ich nicht, das ist ...« Ich hielt mich kurz davon ab, diese dunklen Wünsche laut auszusprechen.

»Die Bestie?«, fragte er leise.

Ich biss mir auf die Lippe und nickte zur Antwort.

»Du wurdest geschaffen, um das ultimative Raubtier zu sein. Das Raubtier, das unsere Art in Schach halten kann.« Er sagte es so einfach, als wäre das alles, was es zu sagen gab.

»Und was ist, wenn ich das nicht sein will?«, fragte ich.

»Was willst du nicht sein? Die Bestie oder der Sukkubus?«, konterte er und wieder spielte ein Lächeln auf seinen Lippen.

»Beides.« Er hatte tatsächlich den Mut, zu lachen.

»Ich glaube nicht, dass es daran liegt, dass du keine Bestie sein willst. Ich glaube, es liegt an deinen falschen Vorstellungen davon, wer du bist und wer du glaubst, sein zu müssen. Ich glaube, du entschuldigst dich dafür, dass es dich gibt, weil du glaubst, dass es ohne dich für all die Männer, die deinen Weg gekreuzt haben, anders gelaufen wäre.«

Zum Teufel! Er war entweder brillant oder ein viel besserer Manipulator, als ich es ihm zugetraut hatte. Ich war mir ziemlich sicher, dass ich so oder so am Arsch war.

»Und was soll ich deiner Meinung nach tun?«

»Hör auf, dich zu entschuldigen! Sei, wer du bist, und schäme dich nicht! Ich weiß, dass du das willst. Ich kann es in deinen Augen sehen. Diese Welt hat nichts für dich getan und doch blutest du für sie. Und warum? Du hast kein Mitleid mit dem Schwein, wenn du Bacon isst. Warum hast du Mitleid mit dem Mann, der dich verletzt hat?«

Ich schüttelte den Kopf. »Es ist nicht Josh, mit dem ich Mitleid habe.« Seine Hand schloss sich kurz um meine, bevor er sie wegzog.

»Komm mit!«

Wir öffneten unsere Türen und begrüßten die Nacht, während eine eisige Brise über mich strich. Mein Pferdeschwanz flog mir aus dem Gesicht, ein Sklave der Strömung, die ihn erfasst hatte. Ich ging vorne um das Auto herum und atmete tief ein. Hier draußen schmeckte die Luft anders. Sauberer. Frischer. Meine Stiefel knirschten auf dem gefrorenen Gras, als ich den Scheinwerfern zum Rand der Schlucht folgte.

Ich keuchte, als ich hinunterblickte. Im selben Moment gingen die Lichter aus.

Die Dunkelheit trat aus den Schatten hervor und hüllte mich in Nacht. Ich bewegte mich keinen Zentimeter, während ich die Aussicht aus Hunderten von Metern Höhe auf mich wirken ließ. Ich konnte die Oberfläche unter uns nicht ausmachen, wusste nicht, wo die Felswand endete und der dunkle See begann. Ich hätte gar nicht gewusst, dass es sich um Wasser handelte, wären da nicht die beiden Monde gewesen. Der eine stand oben am Himmel, der andere lag unten am Horizont. Die Wellen im Wasser zerstreuten das Licht der Sterne und zerstückelten die Sicht auf den Raum um uns herum.

»So etwas habe ich noch nie gesehen«, flüsterte ich.

In einer Leere, in der Geräusche stark sind, wird ein Flüstern zu einem Schrei.

»Ich dachte, es würde dir gefallen. Unsere Art hat eine Sehnsucht nach schönen Dingen«, murmelte er. Kräftige Finger legten sich auf meinen unteren Rücken und selbst durch drei Schichten Kleidung hindurch brannte meine Haut. »Wir sind auch auf der Suche nach Nervenkitzel und außergewöhnlichen Erfahrungen«, fuhr er fort.

Zu der Hitze gesellte sich ein kribbelndes Gefühl. Eine Warnung?

»Vertraust du mir?«, fragte er und seine Lippen streiften mein Ohr. Diese Berührung hatte nichts Freundliches an sich.

Mein Atem stockte in meiner Kehle und mein Mund blieb offen stehen. Allistair bewegte sich hinter mir und knabberte an meinem Ohrläppchen, während die Hitze seines Atems auf meiner Haut kribbelte. Wie von Geisterhand erwachte ich zum Leben und spürte augenblicklich das schmerzende Pochen zwischen meinen Beinen.

»Vertraust du mir?«, wiederholte er.

Vertraute ich ihm? Hier? Jetzt? Das war eine ganz schön große Bitte. Seine Finger krallten sich in den Stoff meines Sweatshirts und ballten es in meinem Rücken zu einem Knoten.

Wenn ich schon schlechte Entscheidungen treffen musste, konnte ich sie auch genießen.

»Ja«, flüsterte ich.

»Lass die Augen offen!«, antwortete er.

Und dann schubste er mich.

9

Ich fiel durch die Sterne und wartete auf den Moment, in dem ich auf dem Wasser aufschlagen und sterben würde.

Es war schon seltsam, dem Tod so nahe zu sein. Auf eine seltsame Art und Weise war es befreiend, als das Unvermeidliche über mich hereinbrach. Ich hatte wahrscheinlich nicht mehr als dreißig Meter freien Falls übrig, während ich mir alle möglichen Fragen stellte, wie »Wie konnte er das tun?« oder »Warum ich?«. Das Einzige, worauf ich wirklich hoffte, war, dass Moira und Bandit auf sich aufpassen würden.

Das Wasser kam nun schneller näher und das befreiende Gefühl in meiner Brust zog sich zusammen. Gab es nicht ein Sprichwort, dass der Tod leicht und das Leben schwer wäre? Das würde ich nun herausfinden. Ob Luzifers Tochter oder nicht, ich bezweifelte, dass ich einen Sturz aus mehreren hundert Metern Höhe überleben würde.

Okay. Deine berühmten letzten Worte waren, dass du dem Typen vertraust, der dich geschubst hat.

Ich hoffe, Moira macht ihm die Hölle heiß.

Mein eigenes Spiegelbild erhob sich, um mich zu begrüßen, und ich wartete auf den Aufprall.

Und wartete.

Und ...

Mein Körper prallte gegen einen anderen. Der Aufprall ließ meine Knochen klappern, aber er hielt mich kraftvoll fest – ein Arm unter meinem Bein und ein anderer an meinem Rücken. Ich war nicht tot. Ich blinzelte und drehte meinen Kopf. Der Mitternachtshimmel war derselbe, aber da war ein Bergkamm, genau wie der, von dem ich gestoßen worden war ... Ich runzelte die Stirn und drehte meinen Kopf zurück, um zu sehen, ob das Auto dort stand, wo ich es in Erinnerung hatte. Das war einfach zu seltsam. Der Körper desjenigen, an den ich mich klammerte, versperrte mir die Sicht. Ich folgte dem Heben und Senken seines Brustkorbs bis zu den Rundungen seines Halses und den markanten Wangenknochen. Bis hin zu den bernsteinfarbenen Augen, die auf mich starrten.

Ich dachte nicht mehr ans Sterben. Nein, nun bahnte sich meine Wut einen Weg nach vorne, um ihn zu begrüßen.

»Du verdammter Mistkerl! Wie kannst du es wagen, mich von einem ...«

»Du bist nicht tot, oder?«, fragte er.

»Nein! Aber das ist nicht ...«

»Und du bist überhaupt nicht verletzt, oder?«

»Nein, aber ich bin sauer, dass du überhaupt daran gedacht hast ...«

»Warum bist du sauer?«

Ich konnte fast glauben, dass er wirklich nicht merkte, wie beschissen die Sache war. Fast. Wenn er nicht so grinsend auf mich herabgesehen hätte. Er war genau das Arschloch, für das ich ihn hielt.

»Fick dich!«, spuckte ich aus.

Allistair schmunzelte leise. »Ist das eine offene Einladung?«

Ich stieß ein unmenschliches Knurren aus und ballte meine Fäuste.

»Lass mich runter!«, schnauzte ich. Allistair brachte mich auf die Füße, behielt aber seinen Arm um mich. Ich stieß mich an ihm ab und versuchte, wegzugehen, aber meine Beine ließen mich im Stich. Die Welt kippte um ihre Achse, als mir schwindlig wurde. »Wow!«, krächzte ich. Sobald meine Sicht wieder klar war und ich auf meinen eigenen Füßen stand, drehte ich mich zu Allistair um. Er grinste auf mich herab, zwar nicht manisch, aber immer noch eindeutig übergeschnappt.

Ich holte aus.

»Au, Mann! Aus was für einem Scheiß bist du denn gemacht?«, fluchte ich wütend und schüttelte meine Hand. Finger gruben sich in meine rechte Hüfte und hielten mich fest. Wenn er ein Mensch wäre, läge er mit blauen Flecken auf dem Boden, genau wie der Penner, der mich ausrauben wollte. Aber Allistair war kein Mensch. Zum Teufel, er war nicht einmal ein Dämon. Er war mehr.

»Hast du mich gerade geschlagen?«, fragte er und dehnte seinen Kiefer.

»Hast du mich gerade von einer verdammten Klippe gestoßen?«, erwiderte ich. Sein Griff um meine Hüfte wurde fester und ich legte meine Hand auf seine. Mit meinen Fingern glitt ich an seinem Unterarm hinauf und kratzte dann meine Nägel über seine Haut.

Bevor er mich gestoßen hatte, vor der außerkörperlichen

Erfahrung, bevor ich gedacht hatte, ich würde sterben, war ich erregt gewesen. Seine Anwesenheit reichte aus, aber seine Berührung löste jedes Mal etwas in mir aus. Als ich dann nicht gestorben war, hatte mich die Wut eingeholt. Ich hatte ihm wehtun wollen. Jetzt wollte ich nur noch ihn. Bis zu einem gewissen Grad schien sich der Kreis geschlossen zu haben. Meine Gefühle wirbelten in mir zu einem gefährlichen und vielversprechenden Sturm zusammen, der nur darauf wartete, entfesselt zu werden.

»Gerade, wenn ich denke, dass ich dich durchschaut habe, überraschst du mich wieder«, murmelte er, ließ seine andere Hand von seinem Gesicht fallen und legte sie auf die andere Seite meiner Hüfte. Mein Mund wurde trocken, als alle Beleidigungen und Flüche der Welt mich verließen. »Es ist ziemlich erfrischend, weißt du«, fuhr er fort und lehnte sich zurück, um sich auf die Motorhaube seines Autos zu setzen. Seine Hände zogen mich langsam näher zu sich heran. Ich trat in den Raum zwischen seinen Beinen und drückte meine eisigen Hände auf die Wölbung seiner Brust. Im fahlen Mondlicht verdunkelten sich seine Augen von bernsteinfarben zu bronzefarben und zogen mich noch weiter in die Tiefe.

Meine innere Bestie schnurrte. Sie mochte diesen Austausch. Und sie wollte mehr.

Ohne den Blickkontakt abzubrechen, lehnte ich mich zu ihm hin und fuhr mit meiner Zunge über meine Lippe. Meine Absichten waren klar. Die Hände an meiner Taille glitten unter den dicken Stoff meiner vielen Schichten. Heiß und doch kalt strichen seine Finger über die Konturen meiner Hüftknochen, entlang des Saums meiner Hose.

Ich fühlte mich fast außer Kontrolle und mein Körper bewegte sich ruckartig auf ihn zu, weil ich wusste, dass er mir mehr von dem geben konnte, wonach ich mich so sehr sehnte. Noch nie zuvor hatte ich mit einem Mann in dieser Weise zusammen sein können. Die Welt der Möglichkeiten hatte mich sehnsüchtig und mehr als nur ein wenig bedürftig gemacht.

»So empfänglich«, sagte er heiser. Sein Atem umspielte mein Gesicht und ein Seufzer entwich meinen Lippen. Seine Hand wanderte über meinen Rücken, unter mein Shirt, und zog mich an sich, um den Raum zwischen uns zu schließen. Ich ließ meine Hände über seine Schultern gleiten und legte sie in seinen Nacken. Meine Finger streiften die verirrten Locken seines obsidianfarbenen Haares und schlossen sich um die weichen Strähnen.

Allistair stieß ein leises Stöhnen aus und eroberte meinen Mund mit seinem.

Seine Lippen waren weder zögerlich noch süß, als sie die meinen suchten und mich ganz und gar verschlangen. Allistair war nicht die Art von Mann, die bei seinen Bemühungen sanft vorging. Genau wie ich hatte er etwas in sich, das sich von den Bedürfnissen und der Sexualität schwächerer Wesen ernährte, und es war ein regelrechtes Hochgefühl, etwas Gleichwertiges zu schmecken. Eine seiner Hände wanderte von meinem Rücken zum Stoff meines BHs. Seine geschickten Finger, die genau wussten, was sie wollten, drückten kräftig zu und befreiten meine Brüste.

Mein Mund öffnete sich noch weiter, als ich in seinen Mund stöhnte, und er küsste mich tiefer und mit suchender Zunge. Er schmeckte nach Verlangen, starkem Scotch und etwas ganz Eigenem. Ich klammerte mich an ihn und begegnete seinem kontrollierten Verlangen mit einer Heftigkeit, die ich nicht zügeln konnte. Meine Finger krallten sich in sein Haar und zerrten daran und der Atem zischte zwischen seinen Lippen, als sich sein Mund von meinem löste.

»Sei vorsichtig, kleiner Sukkubus! Meine Kontrolle ist aufgebraucht. Seit ich dich kennengelernt habe, habe ich mich noch nicht gesättigt«, flüsterte er gegen meine Haut. Seine Warnung hatte den gegenteiligen Effekt und steigerte nur mein Verlangen nach ihm. Ich beugte mich vor, nahm seine Unterlippe in den Mund, rieb sie leicht mit den Zähnen und saugte, während ich mich langsam zurückzog.

Er griff unter das lockere BH-Körbchen, berührte meine Brust, streifte meinen festen Nippel und neckte mich. Kühle Finger griffen nach meiner Brustwarze und zogen sie gerade so weit, dass ich an der Grenze zwischen Lust und Schmerz stand. Das Gefühl schoss direkt zwischen meine Beine, während sich ein unwahrscheinlicher Druck aufbaute. Ich biss ihm zur Belohnung auf die Lippe.

Er fluchte heftig und zog sich zurück. Seine Zunge schnellte heraus und er schmeckte das Blut auf seinen Lippen. Ich starrte ihn an, zog die Augenbraue hoch und forderte ihn zu einer Antwort auf.

»Du bist wild in deinen Begierden«, sagte er. Ich konnte seinen Tonfall nicht deuten, aber sein Lächeln hatte etwas Verruchtes an sich. Überraschung, Herausforderung, Belustigung: Er machte sich eine mentale Notiz für das, was er später für mich auf Lager haben würde. Seine Augen verließen meine nicht, als er nach unten griff und seine Hand auf den Scheitelpunkt meiner Schenkel presste. Ich schaukelte mit meinen Hüften gegen ihn, während er mich mit hungrigen dunklen Augen beobachtete.

Hier und jetzt war ich nicht Ruby und auch nicht die Bestie. Ich war ein sexuelles Wesen, das von einem brennenden Bedürfnis verzehrt wurde, das jeden Tag in mir schmerzte und nie gestillt wurde. Abgesehen von der schwachen Erleichterung, die ich mit meiner eigenen Hand unter der Bettdecke spät in der Nacht finden konnte.

Ich genoss den Druck seiner Handfläche auf meiner Jeans. Mit drei Fingern rieb er mich entlang der Naht, wobei der Stoff den direkten Kontakt verhinderte, aber das Gefühl mich weiter erregte. Ich passte mich seinem Rhythmus an und rieb mich an ihm. Allistair würde nachgeben, aber ich musste nach seinen Regeln spielen. Das war meine Aufgabe in diesem Spiel. Ich musste nehmen, was mir gegeben wurde. Tun, was mir gesagt wurde. Aber ich konnte mir nicht helfen. Ich drückte fester gegen seine Hand und wollte mehr.

Seine Hand hielt inne und ein Knurren entlud sich in meiner Brust.

»Vorsicht! Ich habe dich nicht hergebracht, um dich zu ficken, aber ich werde dich so kurz vor der Verwandlung nicht so stehen lassen«, stöhnte er. Ich zupfte ihn an seinem Haar und er warf mir einen bösen Blick zu. »Du musst dich benehmen, wenn du es willst. Ich bin hart und verdammt hungrig. Damit ich mich ohne Fick sättigen kann, benötige ich Konzentration. Die werde ich nicht haben, wenn du mich weiter beißt und an meinem Haar ziehst. Kannst du brav sein?« Seine Worte enthielten das Versprechen dessen, was ich jetzt am meisten wollte. Ich lockerte meinen Griff und nickte.

Er schenkte mir ein finsteres Lächeln, als sich seine Hand auf meiner Brust wieder spannte und ich vor Vergnügen und Erleichterung ein leises Stöhnen ausstieß. Ich war schon einmal hier gewesen. Ich wusste, was er wollte, und ich würde es ihm geben. Der Blick, mit dem er mich belohnte, ließ mich fast auf der Stelle zum Höhepunkt kommen.

Allistair zog seine Hand zwischen meinen Schenkeln

hervor und machte eine Drehbewegung in der Luft, mit der er mir stumm befahl, mich umzudrehen. Ich erstarrte und zog eine Augenbraue hoch, aber ich tat, wie mir geheißen und ignorierte das Grinsen auf seinen Lippen, kurz bevor er aus meinem Blickfeld verschwand. Ich blickte in den Nachthimmel, als er meinen Körper wieder an seinen zog.

Mit einer Hand strich er mein Haar zur Seite, während seine Lippen meine Haut streiften und am Puls an meinem Hals knabberten. Mein Atem stockte in der Kehle, aber ich bewegte mich nicht. Ich traute mich nicht, meinen Hintern an seinem steinharten Schwanz zu reiben.

»Mmmm, so mag ich dich«, murmelte er. Ich öffnete den Mund, um zu antworten, aber eine seiner Hände glitt unter mein Shirt und öffnete den Knopf an meiner Jeans. Mein Herz klopfte wie wild in meiner Brust.

Er öffnete langsam den Reißverschluss meiner Hose und ließ sich dabei viel Zeit. Das Einzige, was es erträglich machte, waren die zarten Küsse, die er an meinem Hals hinterließ. Seine kühlen Lippen auf meiner brennenden Haut waren eine Spur der puren Ekstase. Er knabberte und saugte abwechselnd an Stellen meines nackten Fleisches. Ich würde niemals so geduldig sein oder dieses Spiel mit jemand anderem spielen. Mit Allistair war es ganz natürlich. Ich *wollte* tun, was mir gesagt wurde, um ihm zu gefallen. Ich wollte, dass er mich befriedigte.

Er zog meine Jeans ein paar Zentimeter herunter und meine Erregung steigerte sich. Seine Finger glitten in meine Jeans und rieben meine Pussy durch mein Höschen. Ich konnte nichts dagegen tun, als mein Körper zuckte und mein Hintern gegen seinen Schwanz stieß. Er kniff mir warnend in den Nacken, und ich hatte mich schnell wieder unter Kontrolle. Mein Kopf neigte sich zur Seite und bettelte nach mehr.

»Braves Mädchen«, lobte er. Ich stöhnte auf, als er mein Höschen beiseiteschob und seine geschickten Finger in meine glitschigen Falten schob. Ich schrie in die Nacht hinein, als ich versuchte, stillzuhalten und unser Spiel fortzusetzen, während meine Beine vor Erwartung zuckten und mein Körper bettelnd nach Erlösung schrien. Allistair brummte sein Einverständnis in meinen Nacken, während er seine Finger tiefer einführte. Seine Handfläche ruhte auf meiner Klitoris und rieb mich, während er mich näher an den Abgrund brachte.

»Bitte!« Es war ein gutturaler, nutzloser Schrei. Er würde mich nicht eher erlösen, bis er so weit war.

»Wo sind meine Finger? Ich will hören, wie du es sagst.«

Was ...?

Mit zusammengebissenen Zähnen knurrte ich ihn frustriert an. »Nein ...«

»Ich will, dass du es mir sagst. Ich will, dass du es aussprichst.«

Ich konzentrierte mich auf das Vergnügen und presste meinen Kiefer zusammen, aber ich war entschlossen, es nicht zu sagen.

Er verlangsamte seine Bewegung und Verzweiflung überflutete mich. »Wo sind meine Finger, Ruby?«, wiederholte er fest und stieß tiefer in mich hinein, während er gegen meinen G-Punkt drückte und einen Stromstoß durch meine Glieder jagte, als er in mir schneller wurde.

»Deine Finger ... sind in ... meiner Pussy«, brachte ich heraus, als sich mein Höhepunkt weiter steigerte und ich nicht wollte, dass er aufhörte.

»Und was willst du?«

»Ich will, dass du mich kommen lässt. Bitte mach, dass ich komme! Bitte ...!«

»Hmmm«, murmelte er. »Ich mag es, wie du bettelst. Vielleicht können wir irgendwann mal herausfinden, wie viele süße Laute ich diesen Lippen entlocken kann. Ich habe immer noch vor, dich zum Schreien zu bringen.«

Ich hielt so still, wie ich konnte, während der Schmerz an mir zerrte, sein Druck intensiver wurde und sein Rhythmus zunahm. Ich spürte, wie mein ganzer Körper kurz vor der Erlösung zuckte.

Für manche Frauen wäre seine kontrollierende Art ein Störfaktor gewesen. Verdammt, ich verstand nicht, warum er das tat, was er mit mir tat. Normalerweise wollte ich ihn erdrosseln, aber aus irgendeinem Grund war meine Wut verflogen, seitdem seine Finger in mir vergraben waren und ich Dinge tat und sagte, die ich nicht verstand.

»Sag meinen Namen, wenn du kommst!«, forderte er.

Ich hatte nicht die Kraft, ihn einen Mistkerl zu nennen, als mich mein Orgasmus überrollte. Mein Kopf kippte nach hinten, als ich seine Finger umklammerte, und ich gab es auf, brav zu sein, um die Welle der Lust rücksichtslos auszusitzen. »Allistair!« Ich würgte. Meine Hände umschlangen seine Oberschenkel auf beiden Seiten, krallten sich in den Stoff seiner Hose und drückten mich enger an ihn. Ich spürte, wie er an mir ritt und sich im Takt mit seinen Fingern an mir rieb, die immer weiter in mich eindrangen. Eine Welle der Euphorie pochte durch meine Muskeln, die immer noch um seine Finger krampften. Mittendrin spürte ich ein schwaches Stechen in mir, das die Flammen anfachte und mein Vergnügen länger als je zuvor andauern ließ.

Sättigte er sich gerade an mir? Ich war mir nicht sicher. Ich hatte noch nie etwas mit einem Inkubus gehabt, also wusste ich nicht, was mich erwartete, aber die intensive Hitze, die mich durchflutete, war mehr als willkommen.

Ich wollte mehr.

Ich drückte mich gegen seine harte Länge, bewegte meinen Hintern auf und ab und griff nach der Schnalle von Allistairs Hose. Sein scharfes Einatmen brachte die Bestie zum Schnurren. Ich zupfte an seinem Gürtel, aber er erstarrte augenblicklich, zog sich von mir zurück und schob mich aus seinen Armen.

»Ich ...« Ich schluckte die Aussage in meiner Kehle hinunter, drehte mich um und sah ihn an, sprachlos über seine plötzliche und eisige Ablehnung. Fummelnd zog ich meine Jeans wieder hoch und knöpfte sie hastig zu.

»Ist schon okay. Du hast mich überrumpelt. Ich hatte noch nie – egal. Der Punkt ist, dass es heute Abend nicht passieren wird.« Allistair redete normalerweise nicht um den heißen Brei herum, aber vielleicht hatte ich einen größeren Einfluss auf ihn, als mir bewusst war. Mit einer fließenden Bewegung entfernte er sich vom Auto und näherte sich mir behutsam. Dieses Heiß-Kalt-Verhalten raubte mir langsam den letzten Nerv. Was hatte er noch mal in Bezug auf Entschuldigungen gesagt?

Oh, ja. *Lass es!*

Wenn er ein Arschloch sein wollte, dann war das für mich in Ordnung, wenn er nicht zum Abschuss kam. Ich verschränkte meine Arme vor der Brust, als er eine Hand zu meinem Gesicht führte und mit dem Daumen über meine Lippen strich. Ausnahmsweise lehnte ich mich nicht in seine Berührung.

»Ich wollte nicht ...«

»Spar es dir! Ich habe dir immer noch nicht verziehen, dass du mich von einer Klippe gestoßen hast.« Mit klarem Kopf und entspanntem Körper schob ich seine Hand weg und ging zurück zum Auto. Wir sprachen nicht miteinander, als wir beide einstiegen und er den Motor anließ. Das

Armaturenbrett leuchtete auf und zeigte die Zeit an. Es war kurz nach zwei Uhr morgens, und ich war weiß der Teufel wo mit ihm. Ich blickte finster auf die Weite vor uns, als er losfuhr.

»Warum hast du mich eigentlich hergebracht?«, fragte ich, als er auf die Interstate auffuhr.

»Ich wollte dir zeigen, wo ich mich entspanne, wenn mir die Last zu schwer wird. Ich dachte, du würdest es zu schätzen wissen.« Seine Fingerknöchel drückten gegen das Lenkrad, aber seine Stimme blieb ruhig, als er sprach.

»Du hast mich von einer verdammten Klippe gestoßen. Ich dachte, ich würde sterben ...«

»Und wie hat sich das angefühlt?«

»Ich ... ich weiß es nicht«, stammelte ich. »Darum geht es doch gar nicht!«

»Doch, genau darum geht es«, antwortete er. Ich beäugte ihn misstrauisch. Es war eine Art Spiel, das spürte ich. Er spielte mit meinem Verstand, aber ich wusste noch nicht, wie.

»Du wolltest, dass ich denke, ich würde sterben?«, fragte ich mit einem zittrigen Atemzug.

»Ich wollte, dass du zu dir selbst findest, wenn auch nur für einen Moment. Die Klippe, von der ich dich gestoßen habe, befand sich früher an einem Eingang zur Hölle. Er wurde vor Jahrhunderten geschlossen. Da das Portal nicht mehr aktiv ist, wirkt es wie eine Rückkopplungsschleife. Du kannst so oft springen, wie du willst, und es wird dich immer wieder ausspucken. Ich habe dich dorthin gebracht, weil ich dorthin gehe, wenn ich vor schwierigen Entscheidungen stehe. Es ist eine instinktive Reaktion auf den Gedanken, dass du sterben wirst. Du erkennst, worauf es ankommt, und das ist das Befreiendste, was ich je in meinem Leben empfunden habe.«

*Befreiend. War das nicht das Wort, das ich benutzt hatte,
als ich gefallen war?*

Seine Worte waren aufrichtig, trotz seiner Vorgehens-
weise. Plötzlich machten das Gespräch im Auto und seine
Handlungen einen Sinn. Nicht auf eine normale Art und
Weise. Auf die beschissene Art und Weise, die nur
Dämonen für so etwas wie Logik halten konnten.

»Und danach?«, fragte ich. Meine Wangen waren heiß,
aber die Dunkelheit machte mich mutig.

»Ich wollte dich und ich nehme mir, was ich will. Ich
habe das nicht geplant, falls du das wissen willst.«

»Du sagst, du nimmst dir, was du willst ...« Meine
Stimme wurde leiser. Ich war unsicher, wie ich diese Frage
stellen sollte.

»Ja?«

»Willst du mich, weil du es musst?«, fragte ich. Meine
Frage machte ihn stutzig.

»Wir sind gleichwertig, Ruby. Ich will dich nicht, weil
ich keine andere Wahl habe. Ich will dich, weil ich es
einfach will. So einfach ist das. Denk nicht zu viel darüber
nach!«, antwortete er.

»Aber was ist damit, dass du ein Reiter bist? Du bist
nicht der Einzige, der mich will. Ist das so, weil ...«

»Nein, das ist es nicht. Unsere Pflicht als Reiter erlegt
uns keine übernatürliche Verbindung auf, die uns dazu
bringt, etwas zu wollen. Was auch immer die anderen
fühlen ...« Er sagte es so, als wäre das Wort schmutzig. »Es
kommt nicht aus einem Gefühl der Pflicht heraus. Wir
wollen einfach nur, was wir wollen, und im Moment hast
du unsere ganze Aufmerksamkeit.« Ich konnte nicht sagen,
ob ihm das gefiel oder ob es ihn störte. So wie die Dunkelheit mich verbarg, versteckte sie auch ihn. Ich verstummte
und lehnte mich gegen den Türrahmen, als mir ein

Gedanke kam – unaufgefordert und wild wie mein Verlangen.

Was, wenn ich sie alle wollte?

Das war ein verruchter Gedanke.

Fast so verrucht wie das antwortende Lächeln der Bestie in mir.

ALLISTAIR

ICH KÖNNTE SIE NICHT EINSCHÄTZEN, SELBST WENN ich es versuchte – und das hatte ich getan.

In einem Moment war sie vollkommen unterwürfig und stöhnte süß. Ich liebte die Laute, die aus ihrem Mund kamen. Vielleicht etwas zu sehr. Im nächsten Moment biss sie mich und es wurde immer schwieriger, sie nicht über die Motorhaube meines Autos zu beugen. Ich hatte angefangen, jede Nacht von Letzterem zu träumen.

Sie wusste nicht, wie begehrenswert sie war. Sie wusste nicht, dass ich ihren dreckigen Mund für mehr brauchte, als nur dafür, meinen Schwanz zu lutschen, aber eines Tages – und zwar bald – würde sie es wissen.

Sie hätte sich heute fast an mir gesättigt, nachdem ich von ihr genommen hatte. Ich konnte es spüren. Ihre zaghafte Seele griff nach meiner und sie hatte es nicht einmal gemerkt. Hätte ich sie nicht weggestoßen, hätte sie sich gesättigt und das hätte sofort die Verwandlung ausgelöst. Dafür war keiner von uns bereit. So gerne ich auch der Einzige gewesen wäre, der sie durch diesen Prozess brachte, war das Timing völlig falsch.

Wir konnten nicht wissen, welche Hälfte von ihr – oder beide – zum Vorschein kommen würde. Ruby, der Sukkubus, war eine Sache ... Vor der Verwandlung war sie viel stärker, als ihr bewusst war. Und das war das bessere Ergebnis. Wenn die Bestie hier draußen im Wald auftauchte, hätte ich keine Möglichkeit, sie zu bändigen. Unser kleines Vorspiel hätte sich in ein richtiges Katz-und-Maus-Spiel verwandelt, an dessen Ende sie vielleicht den ganzen verdammten Wald abgefackelt hätte.

Und trotzdem ... hätte ich sie fast nicht aufgehalten.

Die Bestie sehnte sich nach ihrem ersten Gefährten und sie hielt sie zurück. Es gab fast nichts mehr, was ich wollte, außer sie zu beschützen. Auch vor sich selbst.

Das machte nichts. Sie war nah dran. So nah. Und wenn die Zeit gekommen war ...

dann würde ich an ihrer Seite sein als einer ihrer Gefährten. Und nichts auf der Welt würde mich aufhalten.

11

Es vergingen ein paar Tage, an denen niemand etwas sagte. Allistair äußerte sich nicht über unsere Zeit im Auto. Moira bemerkte nicht, wie spät ich nach Hause gekommen war. Rysten fragte nicht, was sich verändert hatte oder warum ich wieder normal geworden war. Laran kommentierte nicht, wie ich ihn weggeschickt hatte, aber Rysten mich dennoch hatte begleiten dürfen. Und Julian ... er tat so, als wäre da nichts, wenn er mich ansah, aber ich konnte eine wachsende Anziehung spüren, die jeden Tag gegen seine dunkleren Gefühle ankämpfte. Ich erwähnte nie die Eifersucht in seinen Augen, wenn die anderen mich abholten, denn er machte nie einen Schritt. Es stand mir nicht zu, in seine privaten Gedanken einzudringen, nur weil ich seine Gefühle lesen konnte.

Jeden Tag fragte mich einer von ihnen, ob ich mich für einen Umzug entschieden hätte. Trotz der fehlenden Isolierung in meinem Haus gab ich immer unverbindliche Antworten. Ein Teil von mir war versucht, aber meine Unabhängigkeit hielt mich zurück, und für den Moment akzeptierten sie das. Das reichte mir.

Ich war gerade dabei, den Schatten auf der Schulter meines Kunden zu beenden, als ich die Tür klingeln hörte.

»Ich bin gleich da«, rief ich und stellte die Tätowiermaschine ab. Nach drei Sitzungen und über achtzehn Stunden war der obere Rücken des Kunden fertig. Eine wunderschön gegliederte Taschenuhr war das Herzstück, mit der alles begonnen hatte. Ich hatte das Design von der Taschenuhr seines Großvaters übernommen, die er als Kind geschenkt bekommen hatte. Daraus entwickelte sich ein Muster aus Zahnrädern und Spiralen, das sich über seine Schulter und um seinen Oberarm schlängelte.

Dieser Kunde war der Enkel eines Uhrmachers, der Mechaniker geworden war. Ich ließ seine Liebe zu Autos und Schraubenschlüsseln einfließen und das Endergebnis war atemberaubend. Das waren meine Lieblingsprojekte, weil sie eine Bedeutung hatten. Ich hatte versucht, junge Leute abzuschrecken, die auf der Suche nach dem Namen ihrer Freundin auf der Brust oder dem neuesten Trend einer bestimmten Ära waren. Das war zwar eine leichte Arbeit, aber nicht erfüllend. Nicht so wie das hier.

»Lass mich einen Spiegel holen!«, sagte ich zu ihm. Der Mann mittleren Alters grunzte als Antwort. Ich ging auf die andere Seite der kleinen Kabine und nahm einen meiner mittelgroßen Spiegel in die Hand. Ich hielt ihn schräg auf den Rücken des Mannes, sodass das Spiegelbild des kleinen Spiegels auf dem Ganzkörperspiegel vor ihm zu sehen war.

»Es ist perfekt«, sagte er. Seine Augenwinkel wurden feucht, aber ich tat so, als würde ich das nicht bemerken. Ich verband die Stelle, während ich die Pflegeanweisungen herunterratterte. Er gab mir ein großzügiges Trinkgeld und dankte mir für meine Arbeit.

Als ich ihn um die Seitenwand begleitete, die uns von der Lobby trennte, schnürte sich meine Lunge in der Brust zusammen. Ein Mann mit mausbraunem Haar und flachen blauen Augen wartete auf mich. Ich lächelte ihn zaghaft an, als ich meinem Kunden seinen Nachsorgezettel gab und ihm beim Gehen zusah.

»Hallo, John. Es ist schon eine Weile her«, sagte ich und lehnte mich gegen den Tresen, um den Eindruck zu erwecken, dass ich entspannt wäre. Doch in Wirklichkeit war ich alles andere als das.

John war Joshs bester Freund gewesen. Er war genauso logisch und geradlinig, wie Josh es gewesen war … damals.

John nickte und atmete tief und erschöpft ein. Die Tränensäcke unter seinen Augen verrieten mir, warum er hier war.

»Es ist schön, dich zu sehen, Ruby. Du siehst … gut aus.« Seine Augen waren sorgfältig auf mein Gesicht gerichtet. Ich war mir nicht sicher, ob seine Worte sarkastisch oder freundlich gemeint waren.

»Mir geht es gut. Was kann ich heute für dich tun?«, fragte ich und kam direkt zur Sache. Er stieß einen weiteren Atemzug aus, den ich fast für einen Seufzer der Erleichterung hielt. Vielleicht war es aber auch Enttäuschung. Ich behielt es für mich und las nicht in seinen Gefühlen. Das war es, was mich immer in Schwierigkeiten brachte: der Wunsch, sie zu reparieren.

Ich wusste, warum er hier war, und das ließ sich nicht ändern. Ich hatte nur Lügen, um mir Zeit zu verschaffen.

»Josh ist verschwunden«, begann er. Anders als bei Kendall gab es hier nicht den Konflikt mit der weinenden Freundin, die gleichzeitig eine sadistische Schlampe war. John war einfach John. Er war ein einfacher Mann, der ohne jegliche Hintergedanken handelte.

»Ich habe davon gehört.«

»Ich weiß, dass es dich wahrscheinlich nicht interessiert. Er hat dich betrogen und ihr habt euch getrennt. Dann wurde er verrückt und fing an, sich wie ein Irrer aufzuführen ... es tut mir leid, Ruby. Es tut mir leid, dass er so viel Scheiße gebaut hat. Ich habe ihm gesagt, dass es falsch war, aber es war ihm egal. Er ist einfach durchgedreht ... Aber jetzt ist er verschwunden.« Er schluckte schwer und das berührte mein Herz. »Du hast keinen Grund, dir Sorgen zu machen. Du bist wahrscheinlich begeistert und ich kann es dir nicht verdenken. Nicht nach den Dingen, die er mir erzählt hat, aber du musst verstehen, dass er im Grunde genommen kein schlechter Mensch ist. Er ist einfach nur ... menschlich.«

Menschlich. Irgendwie kam es immer wieder darauf zurück. Ich gab John genauso wenig die Schuld dafür, das Josh getan hatte, wie ich mir selbst die Schuld gab. Sie waren alle gleich. Als ob das Eingeständnis von Fehlern von Natur aus eine menschliche Eigenschaft und eine Entschuldigung dafür wäre, ein Monster zu sein.

Ich war nicht wütend auf John, aber ich glaubte, endlich zu verstehen, was Allistair gemeint hatte.

Sie waren menschlich und ich war es nicht.

Mit traurigem Herzen löste ich mich von ihnen. Ich trennte mich nicht von der Menschheit an sich, sondern von allen Vorstellungen, etwas zu sein, was ich nicht war.

»Ich weiß nicht, was ich dir sagen soll, John. Ich verstehe, dass du sein Freund bist, aber er hat wirklich schlimme Dinge getan. Ich weiß nicht, wo er ist, und ich will es auch gar nicht wissen. Ich wünschte nur, alle würden mich da rauslassen, damit ich heilen kann.« Meine Worte waren Halbwahrheiten und Lügen, aber sie erfüllten ihren Zweck. John nickte verständnisvoll und machte sich auf den Weg zum Ausgang.

»Natürlich. Es tut mir leid, ich hätte nicht kommen

sollen. Ich ...« Er hielt inne und holte tief Luft. Die Trauer zeichnete sich in jeder seiner Züge ab und Josh war erst seit sechs Tagen verschwunden. Dieser Scheißkerl hatte einen Freund wie John nicht verdient. Er hatte es nicht verdient, vermisst zu werden. Das hatte ich mir gesagt, als ich Rysten befohlen hatte, ihn zu töten, und das würde ich bis zu meinem Todestag tun.

John blieb an der Tür stehen und drehte sich um.

»Es tut mir alles so leid. Ich habe das Gefühl, ich sollte dich warnen. Kendall erzählt im Moment eine Menge Dinge. Sie hat Fotos und Videos und Gott weiß, was noch alles. Ich weiß nicht, was passiert ist, oder ob es überhaupt etwas mit dir zu tun hat. Ich hoffe für dich, dass es das nicht tut.« Das war das Letzte, was er zu mir sagte, bevor er meinen Laden verließ.

Ich wartete, bis ich sein Auto wegfahren sah, bevor ich mich auf den Weg machte. Da Moira den Nachmittag frei-hatte und zu Hause geblieben war, um sich um das Fenster zu kümmern, und keiner der Jungs in Sichtweite lauerte, konnte ich nie vorsichtig genug sein.

Ich wickelte mich in zwei Sweatshirts ein und schnappte mir meine Tasche, um der Kälte zu trotzen. Heute war der Himmel eine Mischung aus Azurblau und Arktisblau; Farben, die an einem wolkenlosen Himmel so lebendig und eindrucksvoll waren. Es war der erste Tag in dieser Woche, an dem kein Regen, Schneematsch oder Graupel auf uns niederging. Ich wollte das Beste daraus machen.

Ich schloss den Laden ab und ging ein paar Straßen weiter. Der Wind heulte durch die Gassen und trug totes Laub und loses Streugut mit sich. Die bemalten Läden und Seitenstraßen gehörten zu meinen liebsten Sehenswürdig-keiten in ganz Portland. Antiquitätenläden, alte Bücher,

Kunstgalerien und vieles mehr. Auf den Straßen davor spielten Musiker auf verschiedenen Instrumenten – meist so gekonnt, dass sie die großen Namen in den Schatten stellten. Ein weiterer Beweis dafür, dass Erfolg nicht immer mit Talent oder Können gleichzusetzen war.

Am Ende des Häuserblocks standen die Imbisswagen so dicht gedrängt auf einem Platz, dass bei einigen nicht einmal eine Person dazwischen Platz hatte. Der Geruch von gebratenem Fisch, Gyros, Frühlingsrollen und Tacos erfüllte meine Nase, als ich tief einatmete und mir das Wasser im Mund zusammenlief, während ich durch die dichten Menschenmassen zu einem Truck auf der anderen Seite des Platzes ging.

Jemand ging gerade von der Theke weg, als ich zu meinem Lieblings-Thaifood-Truck der Stadt zusteuerte. Die Frau, die die Bestellungen aufnahm, lächelte mich an.

»Es ist schon eine Weile her. Was hast du denn so gemacht?«, fragte sie mich.

»Immer das Gleiche, immer das Gleiche. Das Geschäft boomt. Das macht es schwer, vom Laden wegzukommen«, sagte ich achselzuckend. Die Lüge kam mir leicht über die Lippen und sie nickte verständnisvoll.

»Möchtest du dasselbe wie immer?«

»Ja, bitte.« Ich bezahlte in bar und stellte mich auf die andere Seite des Bürgersteigs, während ich auf mein Essen wartete. Menschen jeden Alters und jeder ethnischen Zugehörigkeit gingen an mir vorbei. Heute war besonders viel los, denn es waren viele Menschen mit ihren Kindern unterwegs. Auf der anderen Straßenseite gab es einen Park, der zum Sitzen einlud. An Tagen wie heute, wenn das Wetter schön war, nahmen die meisten Leute ihr Essen dort ein. Die Eltern ließen ihre Kinder herumlaufen und die Tauben jagen. Männer und Frauen, die joggen gingen, führten ihre Hunde durch den Park und legten eine kurze Pause ein. Sogar Studenten versammelten sich um die Betonstufen, mit aufgeschlagenen Büchern und Kopfhörern.

Ein Kribbeln durchfuhr mich. Etwas an diesem Bild stimmte nicht. Die Kinder, die Eltern, die Hunde, die Menschen: Sie waren alle in Ordnung. Ich konnte nicht sagen, was es war, aber etwas kam mir seltsam vor. Es war fast so …

Es war fast so, als würde ich beobachtet werden.

»Ruby!«, rief das Mädchen am Tresen. Gerade als ich mich bewegte, bemerkte ich etwas am Rande meines Blickfeldes.

Auf die Entfernung war es schwer zu erkennen. Unauffällige Kleidung, ein schwarzer Kapuzenpullover. Ich könnte schwören, dass ich unter der Kapuze ein Auge sah, das mich beobachtete.

Rot wie ein Rubin.

Ich schnappte mir mein Essen und lief zurück zu meinem Platz, um einen besseren Blick zu erhaschen.

Wer auch immer es gewesen war, er war bereits verschwunden.

12

Am Freitag verließ ich den Laden früher als sonst, schloss die Tür ab und überprüfte meine Umgebung, während ich ging. Seit Allistair mich abgesetzt hatte, war niemand mehr aufgetaucht, und ich wollte nach Hause, solange es noch hell war. Nach meiner gestrigen Sichtung war ich paranoid, und die Bestie war wieder unruhig unterwegs.

Auf meiner Schulter sitzend klammerte sich Bandit, so gut es ging, durch meine vielen Kleidungsschichten an mich. Die Kälte war knochentief und der Wind brutal. Über mir braute sich ein Sturm zusammen und färbte den Himmel in einem bedrohlichen Ton. Die Vorhersage auf meinem Handy sagte Schnee voraus, aber wenn der Boden nicht kalt genug war, würde es am Morgen Schneematsch geben. Als ich in mein Auto stieg, notierte ich mir, dass ich morgen mit Regenstiefeln zu Martha fahren würde.

Der Motor sprang nur mühsam an, aber sobald er an war, lief er zuverlässig weiter. Mein Auto mochte die Kälte genauso sehr wie ich. Ich schaltete die Heizung ein und zeigte auf das Hundebett, das ich auf den Beifahrersitz gelegt hatte. Bandit stürzte sich von meiner Schulter auf das Plüschbett. Er rollte sich zusammen und schnurrte, als die Heizung endlich warm wurde. Ich rollte mit den Augen und fuhr aus dem Parkplatz.

Ich hielt bei *Little Big Burger* an und holte mir mein Abendessen im Drive-in. Den Rest der Heimfahrt verbrachte ich damit, Bandit von meinem Essen fernzuhalten. Dem verdammten Waschbären war es egal, dass ich fuhr oder dass es *mein* Essen war. Nein, er wollte unbedingt meine verdammten Trüffelpommes verspeisen.

Ich gab ihm eine und schnappte ihm dann die Tüte weg. Dabei ignorierte ich seine Protestrufe, während er so schnell wie möglich einen Bissen der frittierten Köstlichkeit in sich hineinstopfte. Die Blicke, die er mir zuwarf, erweckten den Eindruck, als würde ich ihm das einzelne Pommes klauen wollen.

»Undankbarer Müllpanda!«, grummelte ich vor mich hin, als ich in die Einfahrt fuhr. Ich schwang meine Autotür auf, und Bandit sprang hindurch und rannte mit einem halben Pommesstück aus dem Mund hängend zur Haustür.

Es dauerte nur drei Sekunden, bis er anfing zu kreischen, weil ich nicht schnell genug war. Ich fluchte leise vor mich hin, als ich mich der Haustür näherte, um mein Abendessen vor ihm zu beschützen. Ich kannte dieses kleine Spiel. Sobald ich die Tür öffnete, würde er sich auf mein Essen stürzen, mich fast zum Stolpern bringen und mich so lange belästigen, bis ich es fallenließ.

Diesmal nicht, Fellknäuel.

Ich drehte den Schlüssel und schwang die Tür auf, wobei ich beide Arme um meine Tasche mit dem Essen schlang wie ein Linebacker um einen Football. Bandit huschte hinein, um der Kälte zu entkommen, und ich folgte ihm.

»Interessante Dekoration, die du hier hast.«

Das Essen purzelte aus meinen Händen, und Bandit stieß einen Schrei aus, als er sich auf meine Schulter stellte.

»Was machst du in meinem Haus?«, fragte ich und ein Teil der Bestie in mir starrte die Dämonin von *Voodoo Doughnut* an. Sie sah fast genauso aus, wie ich sie in Erinnerung hatte. Spitz zulaufende Zähne. Bemalte Klauen. Weißes Haar mit Zöpfen, die aussahen, als wären sie in Lila getaucht.

»Ich bin hier, weil wir reden müssen ... ohne deine Bodyguards.« Sie schenkte mir ein freches Lächeln und die Bestie drängte sich vor.

»Sprich!« Meine Stimme wurde kalt wie der Tod. Hart wie der Hunger. Wütend wie der Krieg. Unversöhnlich wie die Krankheit. Die unbekannte Dämonin legte den Kopf schief, ein Flackern der Angst durchdrang ihr Herz. Es war nur eine Glut, aber eine Glut war alles, was die Bestie brauchte.

»Weißt du noch, als wir uns kennenlernten und ich dich nach den Dämonen fragte, die vor dem Club gestorben sind?«, fragte sie langsam. Die Bestie antwortete nicht und ich starrte sie weiterhin mit steinerner Miene an. »Ich bin auf der Suche nach dem abtrünnigen Dämon, der für ihren Tod verantwortlich ist. Er gehörte zu meinem Master. Derselbe Dämon verfolgt auch dich.«

Sie starrte mich an und wartete auf eine Antwort. Sie hatte es mit der falschen Ruby zu tun, wenn es das war, was sie wollte, und sie ging die Sache auf die ungünstigste Art und Weise an. Die Bestie kümmerte sich nur um sehr wenige und selbst dann nicht aus Liebe. Es ging um Besitz und Begehren. Bei allen anderen gab es nur eine Art von Gefühl, die man überhaupt als Emotion bezeichnen konnte – und das war Wut.

»Was willst du damit sagen?«, fragte die Bestie. Die Dämonin schien keinen bösen Willen zu hegen, aber sie war in unser Haus eingebrochen. Das war Grund genug, sich nicht zurückzuziehen, bis sie gegangen war.

»Ich würde gerne mit dir zusammenarbeiten, um den Schurken herauszulocken«, sagte sie und klang nicht mehr so zuversichtlich wie vorhin, als ich hereingekommen war.

»Kein Interesse.«

»Was meinst du mit ›kein Interesse‹?«, fragte sie. Ihre weißen Augenbrauen zogen sich zusammen, als sie mich anschaute. Ich wollte mich nicht einmischen. Die Reiter würden die Sache mit dem Kobold klären – oder sie würde ihnen zuvorkommen. Das war mir eigentlich egal, solange er sich aus meinem Leben heraushielt.

»Ich traue dir nicht. Du sagst nicht alles. Geh jetzt oder stirb!«, knurrte die Bestie sie an. Die Dämonin wurde aschfahl und schürzte ihre Lippen.

»Das wirst du bereuen. Ich habe Informationen«, sagte sie leise. Die Bestie scherte sich einen Dreck darum. Ich streckte meine Hand aus und schnippte mit den Fingern. Blaues Feuer erwachte zum Leben.

Heilige Scheiße!

Ich geriet ein wenig in Panik und versuchte, nach vorne zu stürmen und das Feuer zu löschen. Sie hatte die Kontrolle fest in der Hand und nicht vor, diese aufzugeben, bis der andere Dämon weg war.

»Alle Dinge haben ihren Preis. Ich bin nicht bereit, für gesprochene Halbwahrheiten zu bezahlen, die mir wahrscheinlich den Tod bringen werden. Geh!« Das letzte Wort war ein Befehl der Bestie, aber eine Bitte von mir. Ich wollte, dass sie ging, bevor mein anderes Wesen beschloss, den Rest meines verdammten Hauses zusammen mit ihr niederzubrennen.

Sie warf einen Blick auf mich, klappte den Mund zu und spazierte aus meiner Haustür.

Wir beobachteten sie durch das neu eingebaute Fenster, als sie ihr Gesicht gen Himmel richtete. Die Wolken öffneten sich und der Regen begann in Strömen zu fließen. Sie stand dort für eine gefühlte Ewigkeit.

Und dann verschwand sie.

Das Feuer in meiner Hand erlosch, als ich in meinen eigenen Körper zurückgedrängt wurde. Die Bestie zog sich leise zurück und meldete sich für den Rest des Abends nicht mehr. Ich räumte mein Essen vom Beton auf. Es war bereits kalt. Alles, was davon übrig blieb, waren die Fettflecken auf meinem kahlen Boden.

Es vergingen dreißig Minuten, in denen ich darüber nachdachte, ob ich gehen sollte, um mehr Essen und – wenn ich schon unterwegs war – gleich auch noch einen Heizstrahler zu besorgen. Ich war schon fest entschlossen, als jemand an die Tür klopfte. Ich schnappte mir den Baseballschläger aus meinem Schrank und ging hin, um zu öffnen.

»Wer ist da?«, rief ich.

»Deine Lieblingsreiter«, rief Rysten zurück. Draußen vor meiner Tür gab es einen dumpfen Schlag. »Ich habe Gesellschaft und Essen mitgebracht«, fuhr er fort. Ich warf einen Blick durch das Guckloch und grinste bei dem, was ich sah. Rysten hatte eine Hand am Türrahmen, ganz entspannt. Neben ihm stand Julian, stoisch und distanziert. Er hielt eine Papiertüte in einer Hand und beäugte seinen Bruder misstrauisch. Ich steckte den Schläger hinter die Tür und schwang sie auf, wobei ich ein Lächeln auf mein Gesicht zauberte.

»Da bist du ja, Liebes«, lächelte Rysten warmherzig. Er stellte sich vor Julian und führte mich durch mein eigenes

Wohnzimmer in die Küche, während er seinen Bruder und das Essen im strömenden Regen vor der Tür stehen ließ.

»Du hast Essen erwähnt.« Ich drehte mich um und betrachtete die Papiertüte, als Julian in die Küche stürmte. Er trug seine teilnahmslose Maske gut, aber sein Unmut strahlte in Wellen von ihm ab.

»Euer Haus ist eiskalt«, kommentierte Julian, während er die Tüte auspackte.

»Mit den neuen Fenstern ist es etwas besser«, sagte ich leichthin.

»Und die Isolierung des Wohnzimmers?«, fragte er. Für eine Frage klang es ein wenig zu energisch. Eine Forderung war es auch nicht unbedingt, aber sein Standpunkt war klar.

»Moira hat sich gestern mit den Handwerkern getroffen. Wir wollten am Wochenende unsere Optionen besprechen«, antwortete ich steif.

»Wenn du bei uns einziehen würdest, müsstest du dir keine Sorgen machen«, fuhr er fort. Ich kniff die Augen zusammen und steckte mir die Zunge in die Backe. Vor ihrer Ankunft hatte ich überlegt, ob ich einem von ihnen eine SMS schicken sollte, um ihnen zu erzählen, was mit der Dämonin von *Voodoo Doughnut* passiert war. Jetzt war ich mir da nicht mehr so sicher. Julian würde es einfach in sein Arsenal von Gründen aufnehmen, warum ich von den Reitern abhängig werden sollte, um dann einfach das Leben zu überspringen und im Eiltempo zu der Königin zu werden, die er so verzweifelt wollte.

Rysten strich mir sanft über den Arm und deutete auf den klapprigen Tisch vor uns. »Warum essen wir nicht und reden später über deinen Einzug?«, schlug er vor. Julians Kiefer zuckte wieder, wie er es immer tat, wenn er wütend war, aber wir setzten uns alle hin und taten so, als wäre die Spannung nicht spürbar.

Rysten griff nach vorne und begann, die Deckel von den Schüsseln zu entfernen. Mir lief sofort das Wasser im Mund zusammen, als mich der Duft von Shrimp Pad Thai erreichte. »Ist es das, was ich denke?«, fragte ich und griff nach dem leckeren Gericht.

»Shrimp Pad Thai, Nummer fünf, von *E-San*«, grinste Rysten. Es erinnerte mich an das Lächeln, das Allistair gezeigt hatte, als ich ihn für seinen Tee gelobt hatte.

»Du bist der Beste«, krächzte ich zwischen zwei Bissen dampfender Nudeln. Kaum waren die Worte aus meinem Mund, wurde der Sturm, der sich in Julian bereits zusammenbraute, noch viel schlimmer.

Alle vier Reiter hatten das Problem, zu locker mit ihrer Macht umzugehen. Mir war klar geworden, dass das zum Teil daran lag, dass sie nicht anders konnten. Genau wie meine Bestie gegen mich kämpfte, war ihre Macht einfach zu groß, als dass man sie leicht in Schach halten konnte. Die Tatsache, dass Rysten es mir zuliebe versuchte, war süß, und es war ehrlich gesagt etwas beängstigend, dass er es überhaupt schaffte. Aber sie handhabten ihre Macht schon so lange so, dass sie es vermutlich gar nicht mehr bemerkten.

Im Gegensatz zu mir, für die diese ganze Machtdynamik neu war, gab es sie schon seit Tausenden von Jahren. Sie hatten nie einen Grund gehabt, ihre Energie einzudämmen.

Das Problem war, dass sie in mich hineinfloss und meine eigene Wahrnehmung beeinflusste. So wie es jetzt gerade der Fall war.

Ich hielt mir den Mund zu, um nichts zu sagen, aber der Schaden war angerichtet. Meine positive Haltung hatte sich verschlechtert. Ich legte einen Deckel auf mein Essen und schob es weg. Meine Ellbogen ruhten auf dem Tisch, während meine Hände zu einem Kirchturm zusammenfielen. Sie legten beide ihre Gabeln ab und betrachteten mich neugierig.

»Stimmt etwas nicht, Liebes?«, fragte Rysten. Das Zittern in meinem Herzen verstärkte sich. Das Blut rauschte in meinen Ohren.

»Müssen wir reden?« Die Frage war an Julian gerichtet, als ein nicht allzu subtiler Hinweis darauf, dass er entweder seinen Teil sagen oder sich verdammt noch mal beruhigen sollte.

»Warst du heute Nachmittag schon draußen?«, antwortete Julian. Wollte er meiner Frage absichtlich ausweichen? Er konnte doch nicht so dumm sein, dass er nicht merkte, worauf ich hinauswollte. Vielleicht war sein Themenwechsel seine Art, zu sagen, dass er sich aus der Sache raushalten würde.

»Ich bin direkt nach der Arbeit nach Hause gekommen.« Sie sahen sich in die Augen und man musste kein Gedankenleser sein, um zu erkennen, dass sie ein stilles Gespräch führten. »Ist etwas passiert?«, fragte ich langsam. Rysten seufzte und wandte sich von seinem Bruder ab. Er griff hinter sich in seine Gesäßtasche und zog ein zusammengefaltetes Stück Papier heraus.

»Was ist das?«, fragte ich. Rysten reichte es mir schweigend.

»Mach es auf!«, sagte Julian.

Ich fuhr mit den Fingern über die ausgefransten Ränder und entfaltete langsam das einzelne Blatt Papier. Angst machte sich in meinem Bauch breit, als nichts mehr übrig war, außer der letzten Faltung. Ich hielt inne.

Was könnte hier stehen, das sie beide so melancholisch gemacht hat?

Es gab nur einen Weg, das herauszufinden.

Ich öffnete das Papier.

Und verstand augenblicklich.

In großen, fett gedruckten schwarzen Buchstaben stand darauf: ***Gerechtigkeit für Josh***

Dazu ein Bild von seinem Gesicht.

Aber das war noch nicht alles.

Mein Gesicht. Und das Bild, das Kendall mir vor ein paar Tagen gezeigt hatte. Das Bild hatte einen Datums- und Zeitstempel und eine Website, die behauptete, weitere Informationen zu besitzen.

Sie beschuldigte mich geradezu, dahinterzustecken.

Was auch immer das war.

Meine Finger strichen über die Falten des Papiers, bis ich sie mir eingeprägt hatte. Ich sagte nichts, während ich mir Zeit ließ, dies zu verarbeiten. Schließlich murmelte ich: »Wo habt ihr das gefunden?«

»Sie hat die Flyer in der ganzen Stadt aufgehängt«, antwortete Rysten leise. Ich wollte das Mitleid in seinen Augen nicht sehen, aber es war zu spät. In Julians Augen lagen genauso viel Vorwurf und Selbstverachtung wie in meinen. Vielleicht hatte ich Julian falsch eingeschätzt. Vielleicht aber auch nicht. Im Moment spielte es keine Rolle.

»Wird man mich verhaften?«, fragte ich, denn der Gedanke hätte mich eigentlich mehr erschrecken müssen, als er es tat.

»Nein. Allistair hat sich bereits die Freiheit genommen, in deinem Namen mit der Polizei zu sprechen. Du hast ein Alibi und da diese Bilder illegal beschafft wurden, sind sie vor Gericht nicht zulässig.« Rysten wusste genau, was er sagen musste. Er war so süß. So freundlich.

Vielleicht hörte ich deshalb das, was er nicht gesagt hatte, am lautesten.

Ich werde nicht verhaftet, aber dafür wird es Blut geben.

»Wie ist sie überhaupt an dieses Bild gekommen?«, fuhr ich fort. *Stell Fragen! Bekomme Antworten!* Das war alles, was ich im Moment tun musste. Nur einen Schritt nach dem anderen.

»Wir wissen es noch nicht. Ich lasse gerade ein Programm laufen, mit dem ich mich in das Sicherheitssystem des Clubs hacken kann, um herauszufinden, wer sich Zugang zu diesem Video verschafft hat«, sagte Rysten.

Wieder nickte ich, denn Nicken war besser als Weinen. Nicken bedeutete, dass ich wenigstens etwas tat. Es bedeutete, dass ich versuchte, Antworten zu erhalten und mein Leben in den Griff zu bekommen.

Weinen bedeutete, dass ich zusammenbrach, aber diese Leute ... diese *Menschen* ... sie waren es nicht wert, dass man ihretwegen zusammenbrach. Josh war tot. Der Schaden war angerichtet. Doch irgendwie lief es immer darauf zurück, dass ich den Preis dafür zahlte.

Es gab immer einen Preis. Hatte das nicht die Bestie gesagt?

War das mein Preis für die Rache? Dafür, dass ich mich entschieden hatte, mein eigenes Leiden zu beenden? Dafür, dass ich mich entschieden hatte, kein Opfer zu sein, sondern eine Überlebende?

Alles, was mir noch an Herzenswärme geblieben war, hatte John mit seinem Auftauchen durchtrennt. Alles, was mir jetzt noch blieb, war der seichte Schlag meines Herzens, die Kraft meiner Glieder und die Stärke meines Geistes, weiterzumachen.

Um zu überleben.

Meine Finger schlossen sich um das Papier und zerknüllten es zu einem Ball. Meine Bestie rief das Feuer in meinen Adern herbei und blaue Flammen erwachten zum Leben. Das Papier leuchtete in einem strahlenden Kobaltblau, dann war es verschwunden und hinterließ nichts als obsidianfarbene Asche. Ich erhob mich von meinem Platz und warf die Handvoll Asche in den Müll, wusch mir die Hände und setzte mich wieder an den klapprigen Tisch, den ich vor drei Jahren im Secondhandladen gekauft hatte.

Ich griff über die Tischplatte und löste den Deckel von meiner Schüssel. Der Duft von Shrimp Pad Thai war nicht mehr so appetitlich, aber das war mir egal. Ich wollte jeden verdammten Bissen essen.

Denn zum zweiten Mal in dieser Woche hatte ich die Entscheidung getroffen, mich nicht von der Situation bestimmen zu lassen. Die Entscheidung, mich nicht brechen zu lassen. Die Entscheidung, keine Angst zu haben.

Ich wusste, wer ich war, und Kendall konnte sich zusammenreimen, was sie wollte.

Ich hatte es satt, mich zu kümmern.

13

Ich wurde von Moiras Klingelton »Fergilicious« aus dem Schlaf gerissen.

»Was?« Ich krächzte. Mein Mund schmeckte wie der Atem eines Drachens.

»Komm heute nicht in den Laden!«

Ich richtete mich auf. »Warum? Was ist passiert?«, fragte ich und streckte meine Füße aus dem Bett. Ich schaltete den Lautsprecher ein und legte mein Handy auf den Nachttisch, während ich mich eilig anzog.

»Kendall ist passiert. Ich meine es ernst, Ruby. Komm nicht rein! Du musst dich nicht mit dieser Scheiße beschäftigen«, seufzte sie in den Lautsprecher. Moira wartete nicht auf eine Antwort. Die Leitung war tot.

Scheiß drauf! Ich würde nicht zu Hause sitzen und sie mit allem allein fertigwerden lassen, als wäre ich eine zarte Blume. Ich war Ruby Morningstar, verdammt, aber heute konnte die Welt mich Karma nennen.

Ich putzte mir die Zähne und fütterte Bandit in Rekordzeit, bevor ich aus der Tür rannte und erst im Auto nachschaute, ob meine Schuhe zueinanderpassten. Meine Finger zitterten, als ich das Lenkrad umklammerte.

Ich holte tief Luft. *Du schaffst das!*

Ich fuhr innerhalb von drei Minuten nach dem Handyanruf aus der Einfahrt. Auf halbem Weg dorthin hatte ich das Gefühl, von jeder roten Ampel in der ganzen verdammten Stadt angehalten zu werden.

»Verdammt noch mal, schalt endlich auf Grün!«, knurrte ich. Durch mein Gemecker ging es allerdings auch nicht schneller. Nach weiteren zehn quälenden Minuten in meinem Auto fuhr ich endlich auf den Parkplatz hinter *Blue Ruby Ink*. Trotz der Kälte schwitzten meine Handflächen, als ich den Schlüssel aus dem Zündschloss zog. Ich stieß die Tür auf und rannte die Gasse hinunter, ohne auch nur eine Sekunde innezuhalten, um Luft zu holen. Mein Herz pochte in meiner Brust, als ich auf meinen Laden zu rannte und kurz anhielt, als er in Sichtweite kam.

Ich war mir nicht sicher, was ich erwartet hatte, aber ein Mob von Demonstranten gehörte nicht dazu.

Fünfzig oder sechzig Leute hatten sich vor dem Laden versammelt und schrien Moira furchtbare Dinge zu, während sie versuchte, alle Flugblätter von der Glaswand zu reißen. Es waren nicht nur ein paar Flugblätter. Sie säumten jeden Zentimeter der Vorderseite meines Ladens und klebten durch den Regen an der Scheibe. Weitere lagen zu ihren Füßen und bildeten Haufen, die mindestens fünfzehn Zentimeter hoch waren. Die Menge schrie sie mit bösen Worten an. Sie nannte sie eine Mörderin und eine Hure.

Und mittendrin stand Kendall.

Ihr weißblondes Haar war feucht vom Regen. Trotz der eisigen Temperaturen war sie mit ihrem Kleid und der durchsichtigen Hose wie eine ordentliche Dame gekleidet.

Aus diesem Blickwinkel konnte ich ihr Gesicht nicht sehen, aber ich konnte mir das süffisante Grinsen auf ihren Lippen vorstellen. Oder vielleicht war es die weinende Freundin, die heute aufgetaucht war.

Das war mir egal.

Neben ihr stand eine Frau mit einem Mikrofon. Nicht mit einem Megafon.

Das war merkwürdig. Warum hatte sie ein Mikrofon? Es sei denn ...

Ein Mann stand ein paar Meter weiter hinten mit einer riesigen Videokamera auf der Schulter. Ein Nachrichtenreporter. Sie führte ein verdammtes Interview mit einem Nachrichtenreporter und erzählte der Welt, wie ich Josh getötet hatte. Oder entführt. Oder gefoltert.

Ehrlich gesagt, nach allem, was die beiden mir angetan hatten, wünschte ich, ich hätte ihn noch etwas länger gequält. Ich wünschte, ich wäre diejenige gewesen, die ihn bei lebendigem Leib verbrannt hatte. Wenn man mir die Schuld dafür geben wollte, hätte ich das Verbrechen genauso gut begehen können.

Trotz allem brach mich diese Situation nicht.

Das geschah, als jemand einen Stein warf.

Er warf ihn nicht in meinen Laden. O nein!

Er warf ihn auf Moira.

Es war wieder wie im Diner, an dem Tag, an dem alles begonnen hatte.

Nur war es diesmal tausendmal schlimmer. Diesmal war es nicht nur meine Wut. Es war auch die Wut der Bestie, die ich kanalisierte.

»Sie müssen sterben. Niemand verletzt, was mir gehört«, zischte sie.

»Nein. Wir werden sie nicht töten. Das ist zu einfach. Ich habe eine bessere Idee«, sagte ich zu ihr. Mein Gang war sicher und fest, als ich mich dem versammelten Mob näherte. Ich ging komplett um sie herum und direkt auf Moira zu. Ich stieß die Tür auf und spürte, wie die Menge hinter mir in Aufruhr geriet, als sie merkte, dass ich angekommen war. Meine beste Freundin sah mich mit Tränen in den Augen an.

»Es tut mir leid«, flüsterte sie. Ich zog sie mit mir ins Haus und schloss die Tür hinter uns.

Sie hatten keine Ahnung, mit wem sie sich da anlegten.

Wenn ich ein anderer Dämon wäre, würde ich sie alle einfach kurzerhand umbringen. Das war schließlich das, was mein dunkles Wesen wollte.

Aber ich war keine andere Art von Dämon.

Ich war Ruby Morningstar.

Und sie würden mich nicht brechen.

Ich führte Moira in mein Büro und forderte sie auf, auf meinem Stuhl Platz zu nehmen. Sie wackelte und fiel fast hinein, als der Schock einsetzte. Im anderen Raum nahm ich eine Flasche Wasser und brachte sie zurück in mein Büro, öffnete sie und stellte sie vor ihr auf den Schreibtisch.

»Trink!«, sagte ich ihr, während ich mich hinkniete. Hinter meinem Schreibtisch befand sich ein Safe. Die meisten Leute würden denken, dass sich dort Geld befand, da ich oft bar bezahlt wurde. In Wirklichkeit bewahrte ich dort eine Vielzahl von Dingen für Notfälle auf. Ein solcher Notfall war zum Beispiel, wenn wir ausgeraubt werden sollten. Ich bewahrte das Geld auf einem Konto auf, das Moira verwaltete, aber das wussten die Räuber nicht. Als ob ich so viel Geld bunkern würde.

»Was machst du da?«

»Was ich hätte tun sollen, als sie mir das erste Mal dumm gekommen ist.« Moira sagte nichts, als ich mir die Gasmaske über den Kopf stülpte und eine kleine Flasche aus dem Tresor holte. Ich hängte sie mir über die Schulter und hievte mich auf die Beine. Ich legte den Taser in Moiras Schoß und schloss die Bürotür fest hinter mir.

»Ich benötige deine Hilfe, damit das funktioniert«, flüsterte ich.

»Lass sie bezahlen!«

Ich schloss die Tür auf und trat hinaus. Die Leute wichen bereits zurück, aber nicht Kendall. Sie stand mit dem Rücken zu mir und führte immer noch ein Interview vor der Kamera. Sie würde nicht wissen, was auf sie zukam, bis es zu spät war. Ich lächelte schwach unter der Maske, als ich den Behälter ein paar Meter vor der Tür absetzte. Zwei oder drei lösten sich aus der Menge und versuchten vergeblich, zu fliehen.

Die Bestie und ich lachten gemeinsam, denn wir brauchten keinen Schalter oder Auslöser.

Wir waren der Auslöser.

Mein Blick fiel auf den Behälter, der nicht größer war als ein Laib Brot.

Und dann explodierte er.

In meinen Ohren klingelte es wie der Anfang eines schlechten Witzes über Tinnitus. Genau wie die Bestie es mir gesagt hatte, setzte sie den Behälter in Brand, aber mehr nicht. Sie gab mir die Chance, meine Rache so zu nehmen, wie ich es wollte, und dafür dankte ich ihr.

Staub und Trümmer vermischten sich mit den Chloroformpartikeln, als der leichte Nebel sie in alle Richtungen trug. Einer nach dem anderen fielen die Randalierer wie die Toten. Sie fielen flach auf ihr Gesicht. Es war ein schrecklicher Anblick. Schlimm auf eine Art, die fast schön war. Ich stand mit meiner Gasmaske zwischen ihnen, der Regen durchnässte mein Sweatshirt, meine alten Converse-Turnschuhe waren bis zu den Knöcheln nass von den Pfützen, durch die ich in der Gasse gelaufen war.

Es war ein monumentaler Moment für mich, als ich dort stand. Ich gegen den Rest der Welt. War das nicht schon immer so gewesen? Ich war als Dämon mit zwei Seiten geboren und als Mensch dazu erzogen worden, sie beide zu hassen. Oh, wie sehr die Welt die Ironie liebte.

Ich wartete im Regen darauf, dass jede einzelne Person auf dem Parkplatz umgekippt war. Der Kameramann war der letzte, der ging, und ich freute mich darauf, die Aufnahmen zu sehen. Umfallende Menschen neben der Mörderin, die ich nun mal war.

Wenn ich sie tot sehen wollte, dann würden sie es auch sein. So einfach war das.

Keine noch so gute Erklärung würde jemals meinen Ruf wiederherstellen. Nicht nach dieser Sache. Das nahm ich zur Kenntnis, als ich nach vorne trat und das Quietschen meiner Füße in den mit Wasser vollgesogenen Schuhen und matschigen Socken ignorierte. Ich beugte mich hinunter, schaltete den Rekorder aus und zog die Speicherkarte heraus. Dabei setzte ich meinen Fuß auf das Gerät.

Ehrlich gesagt tat mein Fuß nur sehr wenig, aber ich fühlte mich besser.

Ich steckte die Speicherkarte ein und drehte mich zu Kendall um.

Ihr blondes Haar klebte auf dem schmutzigen Beton. Die Spitzen waren schwarz und ihre Kleidung mit Schlamm besprenkelt, aber ansonsten war sie unversehrt.

Ich atmete tief durch die Nase ein und sog den Staub und Moder ein, der in der Maske hing. Das war der Moment. Der Moment, in dem ich meinen Stempel aufdrücken würde.

»*Sie haben Moira verletzt*«, erinnerte mich die Bestie. Mehr musste sie nicht sagen, damit ich das Mädchen an den Füßen packte und ins Haus zerrte.

Es würde ein langer Tag werden und ich hatte gerade erst angefangen.

* * *

IRGENDWANN AN DIESEM NACHMITTAG öffnete der Himmel seine Schleusen und es regnete in Strömen, sodass alles, was weiter als einen Meter entfernt war, im Nichts verschwand. Es war schön, ein kleines bisschen Ruhe zu haben, während ich arbeitete. Ich ahnte, dass es nach dem heutigen Tag nicht mehr so sein würde, aber darüber könnte ich mir morgen Gedanken machen.

Im Moment war ich auf Rache aus.

Und ich war gekommen, um mir meine Bezahlung abzuholen.

Moira saß neben mir auf ihrem Lieblingsbarhocker und kaute an ihren Nägeln, während sie zusah.

»Es gibt keinen Weg zurück. Das weißt du doch, oder?«, fragte sie mich zum siebzehnten Mal. Ich nickte, als ich die Spitze der Tätowiermaschine an Kendalls Gesicht hielt.

Sie hatte mich fast zwei Monate lang für etwas gequält, das nicht meine Schuld gewesen war. Die meisten Leute würden mir raten, mich nicht auf ihr Niveau herunterzulassen. Nicht darauf zu reagieren. Einfach die Polizei anzurufen und sie sich darum kümmern zu lassen.

Aber die Sache war folgende:

Leute wie Kendall scherten sich genauso wenig um die Regeln wie ich. Ihre Familie hatte die Polizei in der Tasche. Sie spielte dieses Spiel schon so lange mit mir, dass mir klar geworden war, dass sie nicht die Absicht hatte, mich verhaften zu lassen. Wenn ich verhaftet werden würde, wäre plötzlich alles vorbei. Sie würde dann niemanden mehr haben, dem sie die Schuld geben konnte. Und wenn sie niemanden hatte, den sie den Wölfen zum Fraß vorwerfen konnte, wie konnte sie dann noch das Opfer spielen?

Die einfache Antwort war: Das konnte sie nicht.

Sie brauchte mich. Sie konnte mich nicht weiter belästigen, Aufstände anzetteln oder versuchen, mir einen Tod oder ein Verschwinden anzuhängen, von dem sie nichts wusste, wenn es mich plötzlich nicht mehr gab. Denn wenn sie etwas darüber wüsste, wäre sie jetzt nicht hier. Wenn sie wüsste, was wirklich mit ihm passiert war, hätte sie jeden Flyer selbst heruntergerissen, denn niemand, nicht einmal sie, würde ihre eigene Haut riskieren, wenn sie auch nur ahnte, was die Reiter mit Leuten machten, die mir wehtaten.

Josh hatte bekommen, was er verdient hatte.

Und jetzt würde Kendall das auch bekommen.

Ich würde ihr alles geben, was sie jemals gewollt hatte. Ich würde ihr Gesicht zwischen den sorgfältig schattierten Lidfalten und der künstlich hinzugefügten Augenbraue so unkenntlich machen, dass die Leute ihr das Mitleid und die Aufmerksamkeit schenkten, nach der sie sich jahrelang gesehnt hatte. Sie würde die schöne junge Frau in den Zwanzigern sein, die ihr Gesicht in einem sündigen Spiel verloren hatte.

Ein Spiel aus Wahrheiten und Lügen.

Ein Spiel, das sie hätte besser spielen sollen.

Ein Spiel, das ich nicht verlieren würde.

Nicht dieses Mal.

Die Falten um ihre Augen bildeten jetzt Krähenfüße, selbst wenn sie schlief. Ihre Wangen waren schlaff und fahl,

Altersflecken zierten ihr Gesicht. Ihre Augenbrauen bestanden aus einer Mischung aus Weiß, Blond und Braun, die nicht nur zueinanderpassten, sondern auch dafür sorgten, dass sie nie ganz frei sein würde, selbst wenn sie sie mit einer Laseroperation entfernen ließe. Nicht bevor ihre Haut wirklich alt und faltig war.

Josh mochte durch Rystens Hand gestorben sein, aber die Welt tat gut daran, sich daran zu erinnern, dass es Bestrafungen gab, die schlimmer waren als der Tod. Als Dämon, der unter den Menschen aufgewachsen war, hatte ich sie lange genug studiert, um ihre Schwächen zu kennen, zu verstehen, wie sie tickten, und sie schließlich zu vernichten.

Aber ich wollte die Welt nicht in Schutt und Asche legen.

Ich wollte mich nur rächen.

Ich stellte die Maschine auf den Tisch neben uns und tupfte die frische Tinte ab. Kendalls einst jugendliches Gesicht sah jetzt aus wie das einer neunzigjährigen Frau mit einer bunten Augenbraue und strähnigen Kinnhaaren, die dazu passten. Sie würde alles daran setzen, es zu entfernen, wenn sie aufwachte und erkannte, was ich getan hatte.

Ich verband ihr Gesicht so behutsam, wie ich es bei jedem anderen Kunden tun würde. Ich nahm mir sogar die Freiheit, Moira in ihr Auto einbrechen zu lassen, damit sie einen trockenen Platz zum Schlafen hatte, während das Chloroform abklang.

Wie nett von mir.

»Kannst du mir helfen, sie zu bewegen?«, fragte ich meine grünhäutige beste Freundin. Moiras Zittern hatte aufgehört, kurz nachdem ich Kendall hineingeschleppt hatte, und die misstrauische, übervorsichtige Miene der Todesfee kam langsam zurück.

»Ich kann nicht wirklich Nein sagen. Wir sind schon so weit gekommen«, seufzte sie dramatisch. »Nur damit wir uns einig sind: Du bist die Verrückte. Ich schreie vielleicht und so, aber ich habe noch nie etwas getan ...«

»Sie ist heute zu weit gegangen, und jetzt sorge ich dafür, dass sie nie wieder daran denkt. Nenn mich verrückt! Nenn mich boshaft! Es ist mir egal. Ich bin, was ich bin, und ich werde mich nicht mehr entschuldigen.« Ich zuckte mit den Schultern und lehnte mich gegen die niedrige Lehne meines Stuhls. Mein Rücken knackte und ich stöhnte erleichtert auf.

Warme Arme legten sich um meine Schultern und zogen mich in eine feste Umarmung. Ich versuchte, die Augen zu öffnen, aber die dunkelgrüne Haarmasse versperrte mir die Sicht.

»Ich bin stolz auf dich«, sagte Moira gegen mein Haar. Ihre Stimme war gedämpft und rau und ich vermutete, dass es Tränen waren, die sie zurückhalten wollte. »Jetzt lass uns die Schlampe wegbringen, bevor sie aufwacht!«

Zum ersten Mal seit Tagen musste ich lächeln. Trotz allem hatte ich genau das getan, was ich mir vorgenommen hatte. Ich war nicht zusammengebrochen. Ich war nicht zu Kreuze gekrochen. Ich hatte mich der Herausforderung gestellt und war mir ziemlich sicher, dass ich sie in ihrem eigenen Spiel geschlagen hatte.

Moira und ich lösten uns voneinander, und ich tat so, als würde ich die Feuchtigkeit in ihren Augen nicht bemerken, während sie sie dezent wegwischte. »Weißt du, ich hasse dich irgendwie dafür, dass du mich zum Weinen bringst«, murmelte sie. Ich gluckste leise vor mich hin.

»Ist das deine Art zu sagen, dass du die Arme nehmen willst?«, überlegte ich und rollte das Tablett mit meiner gesamten Ausrüstung aus dem Weg.

»Und riskieren, dass sie ausflippt und mich beißt, wenn sie aufwacht? Nein danke!« Moira ging zum Ende der Kabine und packte Kendall an den Knöcheln. Sie rührte sich nicht.

»Bereit?«, fragte ich und nahm beide Handgelenke.

»Bereit.« Wir hoben sie vom Tisch und machten uns langsam auf den Weg zur Haustür. Sie war erstaunlich schwer für jemanden, der so schlank war. Das konnte unmöglich am Gewicht ihres Gehirns liegen. Vermutlich waren es die Brüste.

Wir schlängelten uns an der Haustür vorbei, ohne sie fallenzulassen, obwohl ich ihr auf dem Weg nach draußen ein oder zweimal versehentlich den Kopf anschlug.

Ihr Auto war gut fünfzig Meter entfernt, was gut und schön war, wenn es nicht geregnet hätte. Zum Glück hatte ich dafür vorgesorgt und mein Sweatshirt ausgezogen, um es ihr um das Gesicht zu wickeln. Hoffentlich würde sie in den neunzig Sekunden, die wir zum Überqueren des Parkplatzes brauchten, nicht ersticken.

Wind und Wasser trafen mich gleichzeitig und mein Zähneklappern verwandelte sich in eine regelrechte Symphonie. Der Regen durchnässte mein dünnes T-Shirt und präsentierte jedem, der vorbeifuhr, die härtesten Nippel der Welt. Zum Glück tat das niemand. Ich war mir sicher, dass sie meine eiskalten Titten nicht einmal bemerkt hätten, während wir auf dem Weg zu Kendalls Auto einen bewusstlosen Körper hin und her schwangen.

Ich hielt ihre beiden Handgelenke in einer Hand, riss die Fahrertür auf und trat sie weit auf, damit Moira ihre Füße zuerst hineinstecken konnte. Ich war mir nicht sicher, ob es ein Segen war, dass wir so etwas nicht zum ersten Mal taten – oder ein Zeichen dafür, dass wir uns bessere, weniger illegale Hobbys suchen sollten.

Ich legte eine Hand um eine ihrer schlanken Schultern, schob den Rest ihres Körpers ins Auto und richtete ihren Kopf auf, bevor ich mein Sweatshirt wegzog. Ihre Augen waren noch geschlossen und die Verbände trocken. Bei meinem Sweatshirt sah das anders aus. Ich versuchte gar nicht erst, mir den schlabberigen Stoff überzuziehen. Darin würde ich eher erfrieren als ohne.

»Alles klar hier?«, rief Moira über den Regen hinweg.

»Nur noch eine Sache«, rief ich zurück und schob mir die nassen Haarsträhnen aus dem Gesicht. Moira zog eine Augenbraue hoch, und ich holte den metallisch-silbernen Stift aus meiner Hosentasche.

»Was ...« Ihre Stimme verstummte, als ich mich in die Fahrerkabine des Autos lehnte und eine Nachricht auf ihr Lenkrad schrieb. »Oh!«

»O ja«, grinste ich, während ich dem Marker seine Kappe aufsetzte. Moira knallte die Autotür zu und stieß ein böses Lachen aus.

»Weißt du, Ruby, manchmal glaube ich, wir sind füreinander geschaffen.« Sie legte einen Arm um meine Taille und zog mich an sich. Ich schlang meinen nackten Arm um ihre Schultern und wir schlenderten sorglos durch den Regen zurück zu *Blue Ruby Ink*.

An manchen Tagen war es schön, ich zu sein, an anderen Tagen nicht.

Aber ich machte das Beste daraus, indem ich mich entschied, glücklich zu sein, während ich dem Sturm trotzte.

14

Ich hatte Moira losgeschickt, um eine Besorgung zu machen, und kurz darauf den Laden geschlossen. Jetzt saß ich zusammengekauert in meiner Auffahrt und fürchtete mich vor den paar Metern, die ich von meinem warmen Auto bis ins Wohnzimmer laufen musste, wo ich mir zu neunzig Prozent sicher war, dass die Temperatur unter vier Grad lag.

Bei den Zahlen, die Moira genannt hatte, konnte das nicht so schnell repariert werden. Wir verdienten bei *Blue Ruby* anständig. Nicht überragend viel, aber genug, um zu leben und einmal in der Woche etwas trinken zu gehen ... Bis zum Vorfall neulich im Club. Nach dem heutigen Tag war ich mir nicht mehr so sicher, ob das der Fall sein würde.

Um Ärger mit dem Gesetz zu vermeiden, hatte ich einen Freund von mir, der Polizist war, um einen Gefallen gebeten. Er war mir wirklich einen großen Gefallen schuldig, also dachte ich mir, dass ich an dieser Stelle meine Chips einlösen würde. Er würde mich nicht für immer aus den Fängen der Polizei halten können, aber er konnte mir zumindest etwas Zeit verschaffen, bevor sie mit Fragen anklopften. Doch der Schaden, den Kendall meinem Ruf zugefügt hatte, war bereits angerichtet. Ich hatte einen Tank voller Gas explodieren lassen und Leute umgehauen.

Ja, das Geschäft würde bestimmt florieren – Nein!

Ich liebte mein Haus von ganzem Herzen und alles, wofür es stand. Mit zwanzig Jahren hatte ich es mit dem Geld gekauft, das ich mit den Tattoos verdient hatte. Das mochte für andere nicht viel erscheinen, aber für mich war es alles. Es war der Beweis dafür, dass ich, Ruby Morningstar, ein Mädchen, das sich in der Highschool gerade so durchgeschlagen hatte, es trotzdem schaffen konnte. Ich hatte nicht den traditionellen Weg gewählt, aufs College zu gehen. Ich hatte Moira unterstützt, indem ich für ein Dach über dem Kopf gesorgt hatte, während sie studiert hatte.

Mein Leben änderte sich. Viel schneller, als ich es wollte.

Und ich war mir nicht sicher, wie das Haus, der Laden oder ich selbst da hineinpassten.

Etwas musste passieren, wenn ich das hier überstehen wollte.

Mit klammen Fingern und schwerem Herzen griff ich über den Beifahrersitz und holte mein Handy aus der Tasche. Ich scrollte durch die Kontakte und drückte auf Anrufen.

Es klingelte einmal.

»Ruby? Geht es dir gut? Wo bist du?« Oh Mann, Julian klang stinksauer. Vielleicht hätte ich stattdessen Rysten anrufen sollen.

»Ja, mir gehts gut. Hör zu, ich ...«

»Wo bist du? Ich bin bei dir am Laden. Draußen wacht gerade eine Horde Menschen auf – offensichtlich mit

Gedächtnislücken. Keiner scheint zu wissen, warum sie hier sind.«

»Ich erkläre dir alles, wenn du hier bist«, seufzte ich. »Ich habe angerufen, um dir zu sagen, dass ich zu Hause bin und meine Sachen packe. Moira und ich werden diese Woche einziehen.«

»Hat das etwas mit den Überresten einer Bombe zu tun, die ich weggeräumt habe, bevor sie jemand gesehen hat?«

Mist! Ich wusste, dass ich etwas vergessen hatte.

»Ich verweigere die Aussage.«

»Hm. Pack deine Sachen! Ich schicke Laran rüber«, antwortete er. Dann war er weg.

Ich betrachtete grimmig den Regen, während ich mein Handy einsteckte und den rutschigen Weg die Treppe hinauf in Angriff nahm. Der Regen prasselte unerbittlich auf mich ein und scherte sich einen Dreck darum, dass ich bereits bis auf die Knochen durchnässt war und fror. Die Elemente waren so unkontrollierbar und unversöhnlich.

Als ich die oberste der alten Holzstufen erreichte, bemerkte ich, dass etwas nicht stimmte. Die Haustür stand einen Spalt offen. Als hätte sie jemand in aller Eile geschlossen, den Riegel aber nicht vorgezogen. Ich hätte es gar nicht bemerkt, wenn sich die Tür nicht bei jedem peitschenden Windstoß leicht bewegt hätte.

Vor einem Monat hätte ich mir wahrscheinlich noch nichts dabei gedacht.

Heute wurde mir klar, dass Moiras Auto nicht zu Hause war.

Jemand war entweder in meinem Haus gewesen oder war noch dort.

Mein Herz pochte in meiner Brust, als sich meine Instinkte meldeten. Kampf oder Flucht. Für mich war es keine Frage, ob ich wegrennen oder ins Haus gehen sollte, denn ich hatte mein Limit an Bullshit erreicht – und das schon vor sechs Stunden.

Ich ließ die Schultern hängen, machte zwei Schritte nach vorne und trat mit dem Fuß gegen die Mitte der Tür. Sie wehrte sich nicht im Geringsten, als mein Fuß und der Wind sie hart und schnell gegen die Wand dahinter trugen, wo sie mit einem dumpfen Knall landete.

Meine Unerschrockenheit war nur von kurzer Dauer.

In meiner Eile, heute Morgen zu Moira zu kommen, hatte ich die denkbar schlechtesten Schuhe angezogen, um mit dem Regen und rutschigen Stufen fertigzuwerden. Ich verlor das Gleichgewicht und stolperte, als meine Füße nach oben gingen – und ich nach unten. Mein Hintern prallte hart gegen die Veranda und Schmerz durchzuckte mich.

Nein, nein, so sollte es nicht laufen, verdammt noch mal!

Ich landete in einem Knäuel meiner eigenen Gliedmaßen, mit einem geprellten Hintern und einem geschundenen Ego.

»Na, na. Sieh mal, was der Regen ins Haus geschleppt hat!«

Ich blinzelte durch den Dunst und sah zwei Dämonen, die auf mich habstarrten. Ihr grausames Lächeln stand im krassen Gegensatz zu ihrer jenseitigen Schönheit. Wie bei vielen Dämonen war es eine raue Schönheit, die sich an der Grenze zwischen erschreckend und großartig bewegte.

»Wer seid ihr? Und warum seid ihr in meinem Haus?« In meiner Stimme lag genau das richtige Maß an Unsicherheit und Verzweiflung. Ich spielte die Rolle der Maus gut, und das lag zum Teil daran, dass ich wirklich verängstigt war. Schweiß überzog meine Haut und meine Glieder zitterten vor Erschöpfung. Ich atmete schwer und mühsam, während meine Lunge vor Angst schrie.

In mir regte sich etwas anderes, aber ich hielt es zurück.

»Schau, wie sie redet! So mutig für ein Kind«, bemerkte das Weibchen. Ihre Zähne glänzten schwarz wie geschliffener Onyx. Na toll! Sie waren nicht nur die herablassenden Typen, sondern konnten mit ihren spitzen Zähnen vermutlich auch noch großen Schaden anrichten.

»Verärgere das arme Ding nicht, Lydia! Bringen wir es einfach rein und erledigen den Job«, seufzte der Mann. *Den Job erledigen? Was zum Teufel sollte das denn heißen?*

Die Mieze namens Lydia beugte sich vor und legte eine krallenbestückte Hand um meinen Bizeps. Ich runzelte die Stirn und trat mit dem Fuß unter ihren. Sie versuchte, sich abzufangen und nach vorne zu kippen, aber ich schlug ihr eine Hand gegen die Brust und warf sie neben mir zu Boden. Ich drehte meinen eigenen Körper über ihren, setzte mich auf ihren Oberkörper und drückte mit meinem Unterarm gegen ihre Halsschlagader.

»Du kleine Schlampe!«, würgte sie hervor. Ich drückte fester zu.

»Wer bist du?«, brüllte ich.

Sie lächelte kalt und Angst machte sich in meinem Bauch breit. Starke Arme packten mich an den Schultern und zerrten mich von ihr weg. Ich kämpfte mit dem Mann, als er mich zurück in mein eigenes Haus zerrte, und gegen meine aufsteigende Panik. Ich musste ruhig bleiben, damit ich sie dazu bringen konnte, mir Antworten zu geben und nicht aus Versehen die Bestie zu entfesseln. Das würde nur in einem Blutvergießen enden, und womöglich würde ich einen Teil von Portland niederbrennen.

Ich wollte der Polizei keinen weiteren Grund geben,

mich zu verhaften oder auf die FBI-Liste der Meistgesuchten zu setzen.

Der Griff des Mannes um mich lockerte sich erst, als er mich ins Haus gezerrt hatte. Die Frau kam nach uns herein und schloss meine Haustür hinter sich.

»Wildes kleines Biest! Da hast du mich aber überrascht. Das wird Spaß machen, Ryku«, grinste sie bösartig. Ich warf ihr meinen besten apathischen Blick zu und sie kicherte.

»Mach einfach den Job, damit wir bezahlt werden können!«, sagte der Mann hinter mir.

»Und wenn ich es hinauszögern will?«, sagte sie mit süßlicher Stimme und schürzte ihre vollen Lippen, während sie ihn mit einer sinnlichen Sehnsucht anstarrte.

Was zum Teufel?

»Ich weiß nicht, Lydia ... Etwas stimmt hier einfach nicht. Sie fühlt sich nicht so an wie die anderen.« Sein Akzent war fast perfekt, aber er hatte einen Hauch von etwas Fremdem an sich. Ich konnte nur nicht genau sagen, was ...

»Ach? Und wie fühlt sie sich dann an?«, sagte Lydia und verschränkte ihre Arme vor der Brust. Der dunkle Stoff schmiegte sich perfekt an ihre Kurven, und die Geste hob ihre Brüste auf eine Art und Weise an, die man fast als lässig bezeichnen könnte.

»Ich weiß es nicht. Sie riecht wie ein Sukkubus, aber da ist noch etwas anderes. Es ist mir noch nie zuvor begegnet. Es fühlt sich einfach alt an. Wie alte Magie.« Ich legte den Kopf leicht schief, als sich die Puzzleteile langsam zusammenfügten. Die Frau beäugte mich misstrauisch, und ich wusste sofort, dass dieser Blick nichts mit ihrem Job zu tun hatte, sondern mit meiner fiesen kleinen Angewohnheit, Männer anzulocken.

»Na dann! Warum schneiden wir sie nicht auf und

sehen nach? Der Kobold hat gesagt, er würde uns das Doppelte zahlen, wenn es wehtut.« Ihre Worte waren leidenschaftslos, aber in ihren Augen lag ein Grinsen. Sie griff in das Holster an ihrer Taille und zog ein Messer heraus. Es war nicht irgendein Messer. Der Griff war abgenutzt und verschlissen. Hätte ich nicht das Aufblitzen der Klinge gesehen, hätte ich gedacht, dass es sich um einen x-beliebigen Auftragskiller handelte. Aber ich hatte noch nie von einem gehört, der eine Obsidianklinge mit leuchtenden Kobaltrunen benutzte.

O nein! Das waren keine gewöhnlichen Auftragskiller.

Es waren nicht einmal Dämonen.

»Ihr seid Dämonenjäger«, flüsterte ich.

Jeder von uns hatte das Geflüster gehört. Dämonenjäger. Magiesammler. Wir wussten, dass sie kein Mythos waren. Aber ich hätte mir nie träumen lassen, dass ich tatsächlich einem begegnen würde.

»In natura«, antwortete sie. Die Frau lächelte und hob ihre zeremonielle Klinge, um sie in ihrer Handfläche zu drehen.

»Ihr wurdet geschickt, um mich zu töten«, fuhr ich fort und schluckte schwer. Die Bestie starrte mich an und forderte mich leise auf, mich mit meiner Befragung zu beeilen. Der Anblick des Messers gefiel ihr nicht. Ich konnte nicht behaupten, dass ich ihr widersprach.

»Der Kobold hat einen guten Preis bezahlt«, grinste sie.

Ja, ich wette, das hat er.

»Lydia ...«, knurrte der Mann hinter mir. Er wurde langsam ungeduldig. Ich mochte Ungeduld. Sie machte die Leute töricht. Unbesonnen. Ich lächelte von meinem Platz auf dem Boden zu ihr hoch. Ich war in der Unterzahl und hatte keine Waffen. Meine Knie taten weh und meine Arme zitterten immer noch, aber ich hatte keine Angst.

»Habt ihr jemals darüber nachgedacht, warum er euch geschickt hat, anstatt selbst zu kommen?«, fragte ich sie. Erst in diesem Moment schienen sich die Rädchen zu drehen zu beginnen.

Sie kniff die Augen zusammen und machte einen Schritt nach vorne. In diesem Moment ertönte ein markerschütternder Schrei aus dem Flur.

O nein! Bitte lass das nicht das sein, wofür ich es halte.

Sie hob das Messer zur Verteidigung, als Bandit den Flur hinunterlief.

»NEIN!«, schrie ich.

Die Zeit verging nun langsamer. Ich konnte mich nicht konzentrieren. Ich konnte nicht denken. Trotzdem sah ich alles, was passierte. Es war die vollkommene Reizüberflutung.

Ein Schuss hallte durch die Luft und mein gerade erst repariertes Fenster zerbrach in Millionen Stücke. Mein Spiegelbild blendete mich in Bruchstücken meines Gesichts.

In einem Moment waren meine Augen blau. Im nächsten waren sie schwarz.

Ich bemerkte die Veränderung nicht einmal, als die Bestie vorwärtsdrängte. Nur der Wunsch, Bandit zu retten, trieb mich an, als er sich furchtlos auf diese Schlampe stürzte – mit dem Ziel, um mein Leben zu kämpfen.

»Du hättest auf deinen Partner hören sollen!«, knurrte mein Monster.

Admiralblaue und marineblaue Flammen erwachten zu ihren Füßen zum Leben, kringelten sich nach innen und leckten an ihrem Fleisch. Innerlich zuckte ich bei dem grausigen Anblick zusammen, als das Feuer immer heller brannte und ihre Haut zu Asche wurde, aber die Bestie sah unbekümmert zu. Schwarze, zerklüftete Furchen erschienen, die sich von ihren Beinen bis zu ihrem Oberkörper ausbreiteten, dann zum Arm, der das Messer hielt, und darüber hinaus. Diese teuflischen Risse splitterten und verbreiterten sich, während flüssiges Saphir in ihnen glühte. Ihre magische Klinge fiel aus ihren toten Fingern und prallte auf den Boden, während sich ihr Körper in einer Wolke aus kristalliner Asche auflöste.

Bandit stürzte sich auf die Aschestatue, als sie explodierte. Er landete mitten im Raum und kreischte wie ein Verrückter, während ich auf den Mann hinter mir zustürmte.

Aber ... der war bereits tot.

Eine Schusswunde genau zwischen seinen Augen. Wie die dort hingekommen war, wusste ich nicht. Ich wusste nur, dass es wahrscheinlich etwas mit dem zerbrochenen Fenster zu tun hatte. Jemand hatte auf ihn geschossen, aber war nicht bis zum Finale geblieben.

Die Bestie hatte das innerhalb weniger Sekunden registriert. Sie lauschte auf jeden Hinweis auf ein schlagendes Herz in seiner Brust, obwohl die Hälfte seines Gehirns und Blutes über die Wohnzimmerwand gespritzt war. Als außer unserem eigenen Herzschlag und Bandits Husten kein Geräusch zu hören war, drehte sie sich zum Fenster, um nach dem Schützen zu suchen.

Wer auch immer das gewesen war, hatte sich schon lange verzogen.

Der einzige Hinweis auf eine Antwort war das Glitzern von Silber in der Ferne.

15

Meine Wohnzimmertür flog auf und die Bestie drehte sich mit einer zum Töten erhobenen Hand um.

»Ruby!«, atmete Laran erleichtert auf, als er mich inmitten der Überreste stehen sah. Es war nicht seine Ruby, die ihn anstarrte, und nach Julians Versprechen, mich zu beschützen, war die Bestie mit keinem von ihnen zufrieden.

Laran schaffte es nur ein paar Schritte durch die Tür, bevor er stehenblieb. Bandit tauchte neben ihm auf und begann, an seiner Jeans zu zerren. Das machte er immer, wenn er hochgehoben werden wollte. War das, weil er ihn mochte? Oder war es, weil er sah, was Laran nicht bemerkt hatte? Er schenkte meinem Waschbären keine Beachtung, denn sein Blick fiel auf mich oder besser gesagt auf meine Bestie. Ihr intensiver Blick blieb an ihm haften wie der einer Katze an einer Maus.

»Also sag mir, Krieg! Wie viele Reiter braucht es, um ein Mädchen zu beschützen?«

Es war nicht zu übersehen. Sie war *stinksauer*.

Das Einzige, was ihn rettete, war, dass sie ihn als ihr Eigentum betrachtete. Das waren wir alle auf die eine oder andere Weise. Bei Moira und Bandit war es meine Liebe zu ihnen, die ihr ein Gefühl der Pflicht gab. Sie beschützte sie für mich.

Bei Laran und den Reitern war es eher so etwas wie Begehren und Besitz. Sie besaß sie, weil sie ihr gehörten. Sie hatten ihr schon immer gehört und würden es auch immer tun. Sie waren für uns geschaffen worden. Sie waren die einzigen männlichen Wesen, die eine Chance hatten, und das, was einem Partner am nächsten kommen würde. Aber wir hatten vier von ihnen.

»Was ist hier passiert?«, fragte er. Sein Ton war nicht unterwürfig, und sie konnte sich nicht entscheiden, ob ihr das gefiel oder nicht. Er war wütender, als Julian es gewagt hätte, mit ihr zu sprechen, und er war der Tod. Was konnte Krieg schon besitzen, das ihm das Gefühl gab, unbesiegbar zu sein?

Sie lächelte.

»Die Antwort ist: keine. Denn so viele von euch sind da, wenn sie euch braucht«, spottete das Wesen. Laran ballte seine Hände zu Fäusten und löste sie dann wieder.

Bitte, bitte lass dich nicht auf eine Schlägerei mit Krieg ein! Ich betete, aber nicht zu Gott. O nein, sie würde diese Gebete der Tochter des Teufels nicht erhören.

Auf diese Weise war sie genauso boshaft wie er.

Ich betete zu mir selbst, denn hier auf der Erde, jetzt, da Satan tot war, war meine Bestie die Einzige, die mir vielleicht zuhören würde.

»Ich wusste nicht, dass sie in Gefahr war. Ich hätte ...«

»Was hättest du getan? Dich beeilt? Wärst du schneller gerannt? Von vornherein nicht so lasch gewesen?« Das Blut rauschte in meinen Adern, als sich mein Herz verlangsamte. Stetig, wie Kriegstrommeln. Mein Körper bereitete sich auf einen Kampf vor, aber ich hatte nicht das Sagen. Die Kontrolle lag ganz bei ihr.

Sie machte drei Schritte auf ihn zu und verringerte den Abstand, wobei das Verlangen einen Teil dieses Austauschs anheizte. Es schien, als hätten wir wenig Kontrolle, wenn es um die beiden ging. An den meisten Tagen wollte ich sie gleichermaßen küssen und erdrosseln. Sie hatte ähnliche Gedanken, wenn nicht noch detaillierter.

»Ich werde mich nicht entschuldigen, denn Worte bedeuten nichts. Nur Taten.« Eine Erklärung, die aber nicht als solche angepriesen wurde. Er sprach sie sanft aus, aber es war nichts Sanftes an Krieg. Es gab nur nackte Wahrheiten, die ebenso beißen wie heilen konnten.

Die Bestie mochte ihn dafür. Sie fand die Wahrheit erfrischend, aber nicht erfrischend genug, um ihr zu verzeihen.

»Mach es wieder gut!«, forderte sie.

Seine dunklen Augen veränderten sich; die Farbe wechselte von Onyx zu einem Weinrot. Die Hände an seinen Seiten wurden schlaff, als sie eine zarte Handfläche auf seine Brust legte. Durch den dünnen Stoff seines Hemdes klopfte sein Herz.

»Ruby ...« Er murmelte meinen Namen wie ein Gebet. Vielleicht war es auch ein Flehen. Ich war nicht diejenige, die er besänftigen musste, sosehr er es sich auch wünschte.

»Habe ich gestottert? Mach es wieder gut!« Der sibirische Winter bot mehr Wärme als die Stimme, die aus meinem Mund kam. Laran zitterte nicht und wich nicht zurück. Er versteckte sich auch nicht vor ihrem Befehl.

Er blieb still wie Stein, als sie meine Hand um sein Hemd legte und den Stoff verdrehte, um ihn näher an sich zu ziehen. Sie konnte den Konflikt spüren, den er in sich trug. Ein Sturm braute sich zusammen. Das Bedürfnis, der

Wunsch und die Verzweiflung, von ihr verbrannt zu werden. Von mir. Er war nicht wie Julian, der versuchte, seine Bedürfnisse zu verbergen, und er war auch nicht wie Allistair, der mich hartnäckig bedrängte. Er war heiß und leidenschaftlich. Und seine Gefühle waren genauso verworren und bedürftig wie meine eigenen.

Seine Lippen tauchten vor uns auf und sie zögerte nicht.

Mein Mund prallte auf seinen. Heiß und heftig. Sie schlang meine Hand um seinen Hals und hielt ihn eisern fest, während meine Lippen seine teilten. Die Hitze fegte wie ein Monsun durch mein System, unerbittlich in den Dingen, die ich fühlte, während ich der Lust nachgab.

Laran packte mich an der Taille, als er mich vom Boden hochhob. Meine Beine schlossen sich instinktiv um seine Hüfte und sein Schwanz drückte sich an mich. Er trug mich mit Selbstsicherheit und jeder Schritt rieb an meiner geschwollenen Klitoris. Ich drückte mich gegen seine Beule, während seine Hände von meiner Taille zu meinem Hintern glitten und seine Fingerspitzen sich in meine Haut gruben.

Ein Schnurren entwich meiner Kehle, dunkel und bedürftig, als die Bestie ihn, ohne zu zögern, frontal attackierte. Ich ... ich hatte keine Kontrolle, aber ich spürte jede Bewegung. Jedes Kratzen meiner Jeans an meiner Pussy. Jeden Stoß seiner Zunge, als er versuchte, mich genauso zu verschlingen, wie die Bestie ihn verschlingen wollte. Im Grunde genommen war ich es, nur ohne die Vorbehalte.

Ich genoss es, denn ich wusste, dass mein Verstand vor Unentschlossenheit zerrissen wäre, wenn ich wirklich die Kontrolle hätte. Das war in vielerlei Hinsicht befreiend und die Bestie wusste das.

Ich stieß mit dem Rücken gegen etwas Hartes und

Festes, aber Laran brach durch und die Tür fiel mit einem dumpfen Geräusch zu Boden. In diesem Moment war es mir egal, was wir zerstörten. Es war mir egal, als wir auf das Bett knallten. Er zog sich zurück und ich riss ihm das Hemd von der Brust.

Ein Knurren grollte in seiner Kehle, als er mir auf die Lippe biss. Hart. Kupfer und Süße breiteten sich zwischen unseren Mündern aus. Er brach den Kuss ab, als ich nach Luft schnappte und kühle Luft einatmete. Seine Hände glitten unter mein feuchtes Sweatshirt und strichen über meine Rippen, als er es mir über den Kopf zog und das Shirt, das ich trug, mitnahm.

Ich wölbte meinen Rücken gegen seine Berührung. Er war so anders als Allistair und sein Bedürfnis zu dominieren. Oder Rysten, der süß war und mir gefallen wollte. Nicht einmal wie Julian, dessen Wesen einen Schmerz in sich trug, der mich nach mehr sehnen ließ.

Laran wollte, dass ich brannte, und er wollte mit mir brennen.

Ich lockerte meinen Griff um seine Taille, ließ meine Beine auf beide Seiten von ihm fallen und meine Füße über den Rand baumeln. Er strich mit seinen Lippen über meinen halb nackten Körper und ließ die kühle Luft über meine empfindliche Haut streifen. Ohne zu fragen, was ich wollte oder benötigte, begann er, an meinen Stiefeln zu zerren, und zog mir schnell die Socken und Hosen aus. Mit einem Knurren entkleidete er mich, und die Bestie lächelte und setzte sich auf, um ihn zu beobachten.

Ich war nur mit Slip und BH bekleidet und Laran kniete vor mir nieder. Meine Beine hingen über die Bettkante, sodass wir auf Augenhöhe waren, als er meinen BH mit einer schnellen Bewegung seines Daumens öffnete. Die Träger rutschten locker über meine Schultern und die

Körbchen fielen von meinen Brüsten auf den Boden unter uns.

Er schlang einen muskulösen Arm um meine Taille und zog mich zu sich. Seine nackte Brust berührte meine, als er mich in einem weiteren leidenschaftlichen Kuss verschlang. Er löste sich von mir und küsste sich meinen Hals hinunter, wobei er sich Zeit ließ, Bisse zu hinterlassen.

Ich war mir nicht sicher, was es mit ihnen allen und dem Beißen auf sich hatte, aber ich wollte nicht, dass es aufhörte.

Ich stöhnte innerlich auf, aber die Bestie gab keinen Laut von sich. Laran tauchte seinen Kopf tiefer und nahm meine Brustwarze zwischen seine Zähne. Die Lust schoss direkt zwischen meine Schenkel, und ich drückte mich gegen ihn und wölbte meinen Rücken, um ihm besseren Zugang zu verschaffen. Er stöhnte anerkennend und setzte seinen Weg fort, während die Bestie sich auf ihre Ellbogen stützte und zusah.

Larans perfekter Körperbau war mit dunklen und hellen Narben übersät. Die Haut war nicht verformt oder kantig, sondern herrlich glatt, aber die Geschichten seiner Vergangenheit prägten ihn. Genauso wie das rote Brandzeichen, das über seiner Jeans herausschaute. Aus diesem Blickwinkel sah es aus wie ein Knoten aus Feuer, aber meine Aufmerksamkeit geriet ins Wanken, als er seine Nase über meine Brust, meinen Bauch und das Baumwolldreieck zwischen meinen Schenkeln führte.

Er atmete meinen Geruch ein und küsste meine Pussy durch den dünnen Stoff, der uns voneinander trennte. Ich ertrank in meinen Gefühlen, unfähig, etwas zu tun, aber ich wollte nicht, dass er aufhörte.

Die Bestie drückte meine Füße gegen die Bettkante und

hob meine Hüften an, um ihm ihre Absichten zu verdeutlichen.

Er knurrte und ließ eine Welle der Hitze durch mein Höschen und direkt in den empfindlichsten Teil meines Körpers strömen. Meine Hüften zuckten einmal und entzogen sich sowohl ihrer als auch meiner Kontrolle.

»Sag mir, dass sie das will!«, stöhnte er gegen meinen Innenschenkel. Mein Atem zischte zwischen meinen Zähnen hindurch, als die Bestie auf ihn hinabstarrte.

»Sie und ich sind ein, wir sind zwei Seiten einer Medaille.«

»Das habe ich nicht gefragt«, knurrte er, während er in meinen Oberschenkel biss. Er packte mein Höschen und zerriss es, sodass meine vor Erregung gespannte Haut zum Vorschein kam.

»Befriedige uns beide und du wirst es herausfinden!«, sagte sie und wackelte mit meinen Hüften.

Er war unschlüssig, als er beobachtete, wie die Bestie meinen Körper präsentierte. *Unseren Körper.* Sie war kein Mensch und würde es kein bisschen kümmern, wenn Laran sie nicht befriedigte. Vielleicht sah er das, vielleicht verzehrte ihn aber auch sein eigenes Bedürfnis.

Er öffnete meine Schamlippen und blies einmal über meine Klitoris, bevor er sie mit seinen Zähnen umschloss und heftig daran saugte. Die Bestie schnurrte und wickelte sein Haar in meine Hand. Er rutschte tiefer, bewegte seine Hände zu meinen Schenkeln und packte mich grob. Er spreizte meine Beine weiter und beugte sich vor, um mit seiner Nase über meine Haut zu streichen.

»Du riechst, als wärst du für mich gemacht«, murmelte er. Die Bestie zog eine Augenbraue hoch und wartete ungeduldig auf mehr. Laran knurrte, drehte seinen Kopf zur Seite und saugte an der Innenseite meines Oberschenkels.

Die Bestie gab keinen Laut von sich, während mein Herz in meiner Brust hämmerte. Laran knabberte mit seinen Zähnen an der Haut und wanderte die Innenseite meines Oberschenkels hinunter, wobei ihr ein Stöhnen entwich.

»Du neckst mich, Krieg«, hauchte die Bestie und ihre Stimme war wackelig. In meiner Stimme – und auch in ihrer – lag ein heiserer Klang, der ihm verriet, wie sehr er sie beeinflusste.

Larans Finger drückten sich in meine Beine, als er seine Lippen an meinem Schenkel hochzog und über mein nasses, wartendes Fleisch leckte. Ohne Vorwarnung stieß er seine Zunge in mich hinein, drückte meine Schenkel auf das Bett und entblößte meine Muschi.

Mein Rücken wölbte sich vor Lust, und ich schaukelte gegen ihn und bewegte meine Hüften mit jedem Vorstoß und jedem Schnippen seiner Zunge mehr. Er ließ zwei Finger in mich gleiten, während er mit seinen Zähnen an meiner Klitoris knabberte, und bewegte sie beharrlich in mir. Dabei krampfte ich mich um ihn herum zusammen. Als mein Körper zu zittern begann, zog er seine Hand zurück und schob seine Arme unter mich, um meine Hüften festzuhalten und mich näher an seinen Mund zu ziehen. Mein Höhepunkt steigerte sich und mein Körper krümmte sich unkontrolliert nach vorne, während die Bestie meine Beine hinter seinen Armen festhielt und meine Hände von seinem Haar auf beide Schultern verlagerte.

Erst einen Moment, bevor es passierte, wurde mir klar, was sie vorhatte, aber da war es schon zu spät. Laran zog sich nur ein wenig zurück, als ein Brennen in meinen Handflächen entstand und sich wie ein Lauffeuer durch unsere beiden Körper fraß.

Der ungemeine Druck und der sengende Schmerz

wirbelten durcheinander und lösten meinen Orgasmus aus, als Laran meine Klitoris in den Mund nahm und hart saugte. Die Bestie wich augenblicklich zurück und drängte mich nach vorne, um in Ekstase zu schreien, während sich mein Körper krümmte und die Lust auf das Bett unter uns ergoss.

Die Befreiung war lang und erschütternd. Ich schnappte immer noch nach Luft, als es aufhörte, und zitterte vor lauter Anstrengung, die keinen Sinn ergab. Ich löste meine Beine aus seinen Armen und versuchte, mich zurückzuziehen, aber Laran packte beide Beine und drückte sie fest, während er sich über mich kniete. Seine Augen loderten mit einer sengenden Hitze, die mich wieder erregt hätte, wenn ich nicht gesehen hätte, was jetzt seine Schultern zierte.

»Laran, ich ...«

»Wolltest du mich?«, unterbrach er mich. Die Aufrichtigkeit in seiner Stimme erschütterte mich.

»Ja, aber ...«

»Dann musst du dich nicht entschuldigen«, antwortete er.

»Was?«, fragte ich und meine Stimme klang hysterisch.

»Ich weiß, dass das für dich eine große Sache ist ...«

»Es ist eine verdammt große Sache. Schau dich an!«, schnauzte ich.

Was auch immer wir hatten sagen wollen, es blieb unausgesprochen, denn wir sprangen beide auf, als irgendwo im Haus eine Tür zuschlug und Julian brüllte: »Was ist hier passiert?«

Um Teufels willen ...

Ich schlängelte mich in Rekordzeit unter Laran hervor und zog meinen Morgenmantel an, als Julian um die Ecke stürmte. Er blieb kurz vor der zerbrochenen Tür stehen, die meinen Fußboden mit Scherben bedeckte. Ich verschränkte meine Arme vor der Brust und starrte an die Decke, während sich Stille zwischen uns ausbreitete.

Ich sah nicht hin, weil ich es nicht musste. Julians Gefühle wandelten sich von besorgt und verzweifelt zu schockiert und wütend. Es wäre höflich gewesen, das, was zwischen Laran und mir passiert war, zu ignorieren, mir die Chance zu geben, mich anzuziehen, und vielleicht sogar nach den Leichen oder dem zerstörten Fenster zu fragen.

Aber tat er das?

O nein!

Stattdessen fragte er: »Warum trägt Krieg dein Brandzeichen?«

Eifersucht stand niemandem gut, weder Menschen noch Dämonen.

Aber verdammt, ich war gut darin, sie zu schüren.

16

—

LARAN

Sie hatte mich gebrandmarkt.

Zwei Pentagramme schmückten nun meine Schultern, genau wie das zwischen ihren Brüsten. Nur waren sie nicht schwarz, sondern blau. Sie schimmerten schwach im Abendlicht, das aus ihrem Fenster drang. Wirbelnd. Sie bewegten sich auf eine Weise, wie es Markierungen normalerweise nicht taten.

Ich berührte sie mit den Fingerspitzen, aber die Haut war unversehrt.

Alte Magie.

Sogar älter als ich.

Ich ließ meinen Blick zu ihr hinübergleiten und wollte nichts weiter, als ihr die Hand zu reichen. Sie hatte mir das größte Geschenk gemacht, das sie mir machen konnte. Die höchste Ehre.

Ich war der erste Gefährte.

Und sie fühlte sich deswegen schuldig.

Besitzgier und Territorialismus durchströmten mich, und ich wollte Tod für das, was er tat, in den Boden stampfen. Der Wichser war eifersüchtig, dass er es nicht

122

geworden war. Er hätte es genauso gut sein können, wenn er nicht so einen Stock im Arsch hätte und einfach mit ihr reden würde.

Er musste ihr deshalb keine Schuldgefühle bereiten.

Ich trat einen Schritt näher und ihre saphirblauen Augen flackerten vor Hitze.

So ist es gut, Baby! Komm zu mir!

Mein Geist streckte sich zaghaft aus und versuchte, ihre zerbrechliche Psyche zu berühren. Sie hatte noch keine Form von Telepathie gezeigt, aber ich wünschte, sie besäße sie.

Oh, wie sehr ich mir das wünschte. Was ich alles mit ihr anstellen würde, sobald ich die Gelegenheit dazu hätte ... sobald ich Julian hier herausbekommen würde.

»*Krieg!*«, schrie Julian. Es hallte bis in meine Knochen, obwohl keiner von uns ein einziges Wort gesprochen hatte. Ich richtete meinen Blick auf ihn.

»*Was zum Teufel machst du da? Siehst du nicht, dass ich gerade mitten in ...*«

»*Sie hat sich nicht verwandelt, du Idiot!*« Er schrie nicht. Er erhob seine Stimme nicht. In den Äonen unserer Existenz gab es nur eine Handvoll Fälle, in denen er das getan hatte.

Es war der Ton seiner Stimme, der mir das Eis in den Adern gefrieren ließ.

Sie hatte die Verwandlung noch nicht vollzogen. Nicht einmal, nachdem sie mich gebrandmarkt hatte, war der Prozess losgelöst worden, aber oh, sie roch danach. Die Zeit war nicht auf unserer Seite, und ich hatte die Situation nur noch komplizierter gemacht und die Wahrscheinlichkeit erhöht, eine Katastrophe zu begründen.

Denn jetzt konnte ich auf keinen Fall mehr wegbleiben.

Es war schon schwer genug, nicht zu ihr zu rennen und auf die Knie zu fallen.

Um ihr alles zu geben, was sie verdient hatte.

Ich war als erster Gefährte der nächsten Königin beansprucht worden, und ich konnte es nicht einmal ausleben.

Verdammt noch mal!

17

»Nun ... sie war nicht sehr glücklich darüber, dass ihr mich ungeschützt gelassen habt, und wir hatten ein kleines Problem, sie zum Einlenken zu bewegen ...«

Die Bestie schnaubte in mir und schnurrte wie ein verdammtes Kätzchen angesichts dessen, was sie getan hatte.

Ja. Das kleine Problem war noch nicht einmal die Spitze des Eisbergs.

»Die Bestie.« Julians Kiefer zuckte wie immer. »Sie hat ihn gebrandmarkt?«, fragte er.

Ich nickte schuldbewusst.

Julian sagte nichts, während er zwischen uns hin und her blickte und sein Gesicht zu einem neutralen Ausdruck verzog. Irgendwie glaubte ich, dass Laran ihm seine Show genauso wenig abkaufte wie ich, aber egal. Er war derjenige, der mich die meiste Zeit über kaum ansah und so tat, als wäre er nicht interessiert. Es war nicht meine Aufgabe, ihm auf die Schliche zu kommen. Ich würde mich nicht schuldig fühlen. Wenn ich ein schlechtes Gewissen haben musste, dann war es Laran gegenüber. Er war derjenige, den ich gebrandmarkt hatte.

»Nun. Ich denke, wir sollten darüber reden, was passiert ist und wie es *dazu* gekommen ist.« Er winkte zwischen mir, Laran, einem Haufen Klamotten, einem zerrissenen Slip und einem zerfetzten Shirt auf dem Boden hin und her. Ich verkniff mir eine Erwiderung darüber, dass nichts passiert war, bevor sie sich gezeigt hatten. Das hatte nicht viel Sinn. Leute zu beschuldigen, brachte uns nicht weiter.

»Wo willst du denn anfangen? Mit dem Mob, den ich heute Morgen vor meinem Laden gefunden habe, oder damit, dass ich heute Nachmittag, als ich nach Hause gekommen bin, angegriffen wurde?« Ich verschränkte die Arme und schenkte Julian meinen neutralsten Blick. Seine Augenbrauen zogen sich leicht zusammen, als ein kleiner Anflug von Überraschung durchdrang.

»Fang beim Mob an!«, antwortete er.

»Bitte!«, fügte Laran hinzu. Ich schenkte ihm ein schmallippiges Lächeln und Julian rollte mit den Augen.

Wie menschlich von dir, Tod.

Ich gab ihnen einen kurzen Überblick über den Vormittag, überflog, was ich auf Kendalls Gesicht tätowiert hatte, und fuhr mit dem Angriff fort. Sowohl Laran als auch Julian blieben relativ ruhig, abgesehen von gelegentlichen Ausbrüchen wie »Warum hast du das getan, Ruby?« oder »Ich kann nicht glauben, dass du dein Leben in Gefahr gebracht hast, Ruby«.

Am Ende des Gesprächs sahen mich beide mit besorgter Miene an.

»Deine Verwandlung steht kurz bevor. Laran hätte es besser wissen müssen, als zu …«

»Oh, verpiss dich, Tod! Ich bin nicht in der Stimmung,

und das geht dich verdammt noch mal nichts an.« Mit diesen Worten stürmte Laran aus meinem Zimmer.

»Bist du dir da sicher?«, antwortete Julian, seine Stimme nicht lauter als ein Flüstern.

Um Teufels willen, können wir uns nicht alle vertragen?

Ein gellender Todesfee-Schrei hallte durch das Haus und zerschmetterte das Fenster in meinem Schlafzimmer. Ich hielt mir beide Hände über die Ohren und drängte mich an Julian vorbei in den Flur, wo Bandit sich mit ihr zusammen die Seele aus dem Leib schrie.

»Moira!«, rief ich, aber sie konnte mich wegen ihres eigenen Schreis nicht hören. Ich rannte gegen Laran und brachte ihn so sehr ins Wanken, dass ich sie auf der anderen Seite erblickte. Ihre Augen blitzten zu meinen und der Schrei erstarb augenblicklich in ihrer Kehle.

Bandit rannte auf mich zu und begann, an meinen nackten Beinen zu kratzen. Ich griff nach ihm, hob ihn hoch und drückte ihn an meine Brust. Das Klingeln in meinen Ohren ließ nicht nach, auch nicht, als sie losrannte und mich fast zu Boden warf. Laran legte eine feste Hand auf meinen unteren Rücken und hielt uns alle drei aufrecht, während sie ihre Arme um mich schlang.

»Es tut mir so leid, Ruby. Ich habe gerade die Leichen gesehen und bin völlig durchgedreht. Ich dachte, dir könnte etwas zugestoßen sein, aber ich habe nichts gespürt und das hat es nur noch schlimmer gemacht und ...«

»Shh ...«, flüsterte ich. Dass sie sich Sorgen machte, war zwar nett, aber nicht hilfreich. Ihr verdammtes Gekreische würde mich eines Tages schwerhörig machen. Ganz zu schweigen davon, dass der arme Bandit einen Besuch bei der Tierärztin brauchen würde, um sicherzugehen, dass sie keinen wirklichen Schaden angerichtet hatte. Oh, das würde ihm *bestimmt* gefallen. Sie fütterte ihn mit Thunfisch, während ich ihm den Bauch massierte, damit er sich beruhigte und sie ihn untersuchen konnte. Und wenn er Spritzen brauchte? Ha! Dafür musste Moira herhalten.

»Was zum Teufel ist hier passiert?«, fragte sie und wich zurück, um die Leiche und den Aschehaufen hinter ihr zu betrachten.

»Ich wurde von Jägern angegriffen«, murmelte ich und ging um sie herum über den kalten Betonboden. Die Schritte hallten in der Abwesenheit von Möbeln wider und unterstützten den heulenden Wind draußen. Ich beugte mich hinunter und hob die zeremonielle Klinge auf, die im Aschehaufen vergraben war.

»Ist es das, was ich denke?«, krächzte Moira. Ich blickte zu ihr auf und holte tief Luft. Sie hielt die Arme vor der Brust verschränkt, ihr waldgrünes Haar stand zu Berge. *Gänsehaut.* Ich pustete die glitzernde Asche von der Klinge, und die Runen leuchteten auf.

»Das hängt davon ab, wie sehr du an Geistergeschichten glaubst«, murmelte ich. »Ich habe Gerüchte über Auftragsmörder gehört, die mehr als nur ein Leben nehmen können.« Moiras Augen verließen das Messer nicht, als ich es in meinen Händen umdrehte.

»Dämonenjäger?«, flüsterte Moira.

Ich nickte feierlich.

»Wer würde jemanden anheuern ...«

»Der Kobold«, antwortete Julian ernst, bevor die Frage ihren Mund vollständig verlassen konnte. Sie hielt kurz inne und ihr Gesicht wurde eine Spur dunkler.

»Jemand muss sich um ihn kümmern«, forderte sie. Sie ballte ihre Hände zu Fäusten. Schuldgefühle und Empörung kämpften in ihr, aber am Ende blieben nur eine schleichende Hilflosigkeit und das unbändige Bedürfnis, mich zu beschützen.

»Ja!«, schwor Laran. Ein Windstoß trug die Asche aus dem zerbrochenen Fenster. Er kniete nieder, um die Leiche zu untersuchen: die des Mannes, dem zwischen die Augen geschossen worden war. Julian trat aus dem Schatten hervor und betrachtete den toten Mörder mit einem Blick, der an Wut und kalte Grausamkeit grenzte.

»Du hast gesagt, sie sahen sich ähnlich?«, fragte Julian. Ich nickte. »Das ist bedauerlich«, murmelte er vor sich hin. Julian betrachtete die Leiche mit zusammengekniffenen Augen und fuhr sich mit den Fingern über den Kiefer. Dann strich er sich mit dem Daumen über die Unterlippe, schien es aber nicht zu bemerken. Seine ganze Aufmerksamkeit galt dem Toten vor uns.

»Warum ist das bedauerlich?«, hauchte ich und wollte schon gar nicht mehr fragen.

»Weil sie weder Menschen noch Dämonen waren. Der Tote vor mir war ein Seelie und dein Retter wusste das.« Ich machte einen kühnen Schritt auf die Leiche zu. Im Leben hatte seine Haut die Farbe von Blei gehabt. Im Tod war sie schiefergrau, verwittert und aschfahl, wie eine Leiche, die viel älter war als er. Seine großen Augen waren vom dunkelsten kristallinen Weiß, aber sie enthielten keine Vitalität.

Moiras Augen schienen die Frage zu stellen, die in der Luft hing.

Wie?

»Eisen«, murmelte ich. »Die Kugel, die sie benutzt haben, muss aus Eisen gewesen sein.« Seelies waren so alt wie wir Dämonen, und obwohl ich noch nie einer dieser Feen begegnet war, kannten wir alle die Geschichten. Oder zumindest das Geflüster darüber. Die Dämoninnen, die die Waisenhäuser leiteten, in denen ich gelebt hatte, waren von den Geschichten nicht begeistert gewesen und hatten sie verboten. Sie wurden als Legenden abgetan, um Dämonen und Menschen gleichermaßen zu erschrecken.

Als schwächerer Dämon kam man nicht durch diese Welt, ohne diese Gerüchte zu hören. Du wusstest nie, was sie sagen würden; du wusstest nie, welche Informationen für dein Überleben wichtig sein könnten.

Man sagte, dass Feen, insbesondere Seelies, Jäger aller Dämonen sind. Sie kämpften im Namen der ersten Seelie – Eva. Dunkel und unnachgiebig in ihrem Streben.

Ja, *die* Eva.

Wie es der Zufall wollte, war Eva nicht die erste Frau auf Erden gewesen, sondern eine von zwei Schwestern. Ohne Adam. Er kam erst viel später dazu, nachdem sich die Welten in zwei Teile gespalten hatten. Was einst Eden gewesen war, wurde zur Hölle. Ihre Schwester Lilith blieb unsterblich, schön und – was noch wichtiger war – sie band sich an Luzifer. Zumindest zeitweise. Da ich existierte, hatte er sich offensichtlich auch andere Geliebte gesucht. Wie man sich vorstellen konnte, war Eva mit ihrer Hälfte des Deals nicht sehr glücklich. Sie musste sich mit Adam, der Erde und der Sterblichkeit abfinden. Evas Aufgabe war es, so viele Kinder wie möglich zu gebären und gleichzeitig die Welt von den unheiligen Göttern zu säubern.

Als Sterbliche war es schwer, Dämonen zu jagen. Daher die Babys.

»Eisenkugeln sind nichts, was man einfach so mit sich herumträgt. Nicht einmal Dämonen.« In meinem Hinterkopf rüttelte etwas an meinem Gedächtnis, aber der Gedanke wollte nicht an die Oberfläche kommen und sich präsentieren.

»Wer auch immer sie gerettet hat, wusste von den Feen«, sagte Laran unwirsch und drehte das Gesicht des Mannes zur Seite.

»In der Tat«, antwortete Julian. Etwas Unausgesprochenes ging zwischen ihnen vor, als sie sich in die Augen sahen, nicht länger als einen Moment. Vielleicht war ich ein aufmerksamer Beobachter, aber ich wurde immer besser darin, sie zu lesen. Ich wusste, was als Nächstes kommen würde. »Rysten und Allistair holen dich ab und bringen dich zurück in unsere Wohnung. Laran bleibt bei mir, um die Bedrohung einzuschätzen und die Schäden zu beseitigen. So oder so wirst du in Sicherheit sein, bis es Zeit für dich ist, den Thron zu besteigen.«

Den Thron zu besteigen.

Mein Magen zog sich zu einem schmerzhaften, festen Knoten zusammen.

Wieder schoss mir die Frage durch den Kopf, unaufgefordert, aber dennoch mit extremer Schärfe. *Wenn ich hier in Portland nicht sicher bin, welche Sicherheit könnte mir dann die Hölle bieten?*

Die Bestie in mir knurrte angesichts der Implikationen dieser Aussage. Sie glaubte nicht, dass wir uns um Sicherheit sorgen sollten. Die Welt sollte vor ihrem Zorn vor Angst zittern.

»Wie originell«, dachte ich trocken.

»Angst ist für die Schwachen. Sie wird dich schneller töten als alles andere«, zischte sie mir zu.

»Eine gesunde Dosis Angst bedeutet, dass ich meine Optionen überdacht habe«, sagte ich für ihren Geschmack zu sachlich.

»Es bedeutet, dass du gezögert hast.«

»Ohne sie wüssten wir nicht, wer die Seelie auf mich gehetzt hat.«

»Mit ihr könntest du sterben.«

Ich biss die Zähne zusammen und schürzte meine Lippen. Mein Kiefer begann vor lauter Anspannung zu schmerzen. Bandit klammerte sich fester an mich und gab ein jämmerliches Wimmern von sich. Ich war mir ziemlich sicher, dass er sich beschwerte, weil ihm kalt war. *Stell dich hinten an, Kumpel!*

»Ruby«, sagte Moira zögernd, als sie auf mich zukam. »Ich weiß, dass wir nicht bei ihnen einziehen wollten, aber der heutige Tag war scheiße. Erst Kendall und der Laden, jetzt das ... ich meine, ich habe gerade das Wohnzimmerfenster austauschen lassen. Wir können uns keine Renovierung leisten, alle unsere Fenster sind kaputt, die Heizkostenrechnung wird diesen Monat wahnsinnig hoch sein. Ich ...« Sie brach ab, als sich ihre Lippen kräuselten. Einige dunkle Haarsträhnen lösten sich aus ihrem Pferdeschwanz und wehten im Wind. »Es ist nicht mehr sicher für dich, wenn du von ihnen getrennt bist«, flüsterte sie.

»Ich weiß«, sagte ich. Ihre Hände waren kleiner als meine, mit kurzen stumpfen Fingern. Das machte es mir leicht, meine unbeholfen lange Hand um ihre zu legen. Sie zitterte von der Kälte und dem nachlassenden Adrenalinspiegel.

»Es ist nicht sicher für dich, hier in Portland zu sein. Ruby, ich denke, es ist Zeit, dass wir ...« Ihre Stimme brach ab, als sie sich zum ersten Mal bemühte, in Worte zu fassen, was ich seit dem Tag wusste, an dem das Pentagramm auf meiner Brust aufgetaucht war.

»Ich weiß. Deshalb habe ich Julian schon gesagt, dass wir bei ihnen einziehen werden. Wir müssen uns überlegen, was wir mit *Blue Ruby* und dem Verkauf des Hauses machen, aber nach dem heutigen Tag wissen wir wohl beide, dass meine Zeit hier ... begrenzt ist.« Ich hielt inne und schluckte den Kloß in meinem Hals hinunter. »Ich bin nicht bereit, in die Hölle zu gehen. Sie würde mich wahrscheinlich auffressen und wieder ausspucken, aber im Moment sehe ich nicht viele andere Möglichkeiten.«

Ich war so was von nicht bereit für das hier. Für nichts davon. Doch diesen Luxus besaß ich nicht, seit ich nicht nur Luzifers Reich geerbt hatte, sondern auch eine ganze Reihe von Feinden.

»Wir werden uns schon etwas einfallen lassen«, sagte Moira. Ich schüttelte traurig den Kopf.

»Es tut mir so leid, dass du in diesen Schlamassel hineingezogen wurdest. Ich werde einen Weg finden, es wiedergutzumachen. Wir können dich an einem schönen Ort unterbringen und ich komme dich besuchen ...«

Moira warf ihre Arme um meinen Hals und drückte mich fest an sich. »Ich habe zwölf Jahre meines Lebens in dich investiert. Glaubst du, ich lasse dich allein in die Hölle fahren, um Königin zu werden? Ich möchte eine Gegenleistung für meine Investition!«, erklärte sie. Meine Sorge schwand ein wenig, als ich lächelte.

Es war ein langer Tag gewesen und es würden noch viele weitere folgen. Mein Freund konnte die Bullen aufhalten, aber nur für eine bestimmte Zeit. Mein Haus war zerstört, mein Ruf ging in Flammen auf. Ich hatte Laran gebrandmarkt, auch wenn ich die Verwandlung noch nicht geschafft hatte. Der Kobold war immer noch da draußen und jagte mich, so wie die Reiter ihn jagten.

An manchen Tagen kam das Glück nicht einfach so; man musste sich dafür entscheiden.

Und trotz allem entschied ich mich, zu lächeln.

18

———

JULIAN

In dem Moment, als mein Bruder sie abgeholt und in die Wohnung zurückgebracht hatte, belebte ich den Seelie wieder und befragte ihn.

Nicht, dass ich viel mehr erwartet hätte als das, was Ruby mir bereits gesagt hatte.

»Ich habe gefragt, wer dich geschickt hat«, forderte ich zum dritten und letzten Mal. Ich wollte die Sache vorantreiben und erzwingen, aber Seelien hatten Mühe, länger als eine Stunde zu verweilen. Schon jetzt zuckte der Seelie unkontrolliert und kämpfte darum, sich aus meiner Kontrolle zu befreien.

»Ich habe e... es dir g... gesagt«, röchelte der Körper. »W... wir wurden bezahlt. Ich h... h... habe das Gesicht nie gesehen.« Der Körper begann mit den Zähnen zu knirschen. Wenn ich ihn zum Bleiben zwingen würde, hätte ich es mit einem Zombie zu tun. Das wäre zwar eine angemessene Strafe, aber ich musste meine Kräfte für etwas anderes aufsparen.

»Und du solltest dafür sorgen, dass sie weiß, dass ein Kobold euch geschickt hat?« Ich zwang seine Seele, lange

134

genug bei uns zu bleiben, um bestätigend zu nicken. Tote freizulassen war so, als würde man einen Hund von der Leine lassen. Er schlüpfte durch den Körper in die Luft und war nur noch ein vager Umriss des Seelies, der er gewesen war. Der Geist blinzelte mir zu und ich schickte ihn zurück ins Nichts und ließ Krieg den Körper des Dings verbrennen.

»Es ist seltsam, dass derjenige, der ihn angeheuert hat, will, dass sie weiß, dass der Kobold es getan hat, wenn er doch geschickt wurde, um sie zu töten«, sagte Laran über die knisternden Flammen hinweg.

»Es sei denn, er hat nicht damit gerechnet, dass sie stirbt.«

»Vielleicht wollten sie ihr nur Angst einjagen«, schlug Laran vor.

»Vielleicht. Was ich nicht verstehe, ist, wie sie einen Job von einem Dämon annehmen und ihn nicht stattdessen töten?« Etwas schien an diesem versuchten Auftragsmord falsch zu sein. Er war sowohl zu schlecht durchdacht als auch zu bequem, um das zu sein, was wir hier sahen. Es steckte mehr dahinter, aber was genau, war schwer zu sagen.

»Ich werde Rysten darauf ansetzen. Mal sehen, ob er etwas finden kann«, sagte Laran. Wir standen schweigend da, während ich darauf wartete, dass die Flammen erloschen, bevor ich durch den Raum stakste und ihm eine Ohrfeige verpasste.

»War das dafür, dass sie angegriffen wurde, oder dafür, dass ich zum ersten Gefährten ernannt wurde?« Krieg renkte sich den Nacken wieder ein und spuckte einen Blutklumpen aus.

»Du bist ein verdammter Idiot, sie in Gefahr zu bringen«, schnauzte ich und musste mich beherrschen, damit wir nicht versehentlich ihr Haus dem Erdboden gleichmachten.

»Ah! Du bist sauer, weil sie mich gebrandmarkt hat, und du denkst, die Wahl hätte auf dich fallen sollen.« Er schrie nicht. Warum sollte er auch, als erster Gefährte der künftigen Königin? Er hatte nicht unrecht, was meine Wut anging, aber ich hatte ihn geschlagen, weil er sie in Gefahr gebracht hatte.

»Es ist unsere Pflicht, sie zu beschützen. Sie steht der Verwandlung jetzt noch näher, und wenn etwas diese auslöst, bevor wir den Kobold – oder wer auch immer die beiden hier geschickt hat – finden, werden wir alle in eine verletzliche Lage geraten. Überleg mal, wie lange die meisten Dämonen dafür benötigen! Jetzt mach dir klar, über wen wir hier reden!« Seine Augen blitzten, aber er sagte nichts. Das sollte er auch nicht. Er hatte großen Mist gebaut.

»Sie könnte *wochenlang* darin gefangen sein. Das sind *Wochen*, in denen wir die Bestie besänftigen müssen. *Wochen* des Handelns, wer von uns bei ihr sein wird, während die anderen Wache halten. Und das auch nur, wenn sie jeweils nur einen will. Wir wissen nicht, wie groß ihr Appetit sein wird, da sie ein Halbsukkubus ist.«

Oh, aber ich träumte.

Am Anfang hatte ich es geschafft, mir einzureden, dass sie mich nicht beeinflusste. Dass ich nur ihr Beschützer war und das auch immer sein würde. Ich hatte ihre Schlafzimmeraugen auf ihre Sukkubus-Natur geschoben und mir eingeredet, dass ihre sündigen Kurven und ihr lüsterner Mund uns alle so berührten.

Es hatte nichts bedeutet.

Dann war die Bestie zum Vorschein gekommen.

Jetzt, da sie roch, als wäre sie wie für mich gemacht, war es nicht mehr so einfach.

Ich wollte sie mit einem so starken Verlangen, dass es schmerzhaft war.

Genau deshalb konnte ich sie nicht haben.

19

KENNST DU DAS GEFÜHL, WENN DU EINE MILLION Dinge zu erledigen hast, du in der Schlange im Supermarkt stehst und die Kassiererin nur vor sich hin plappert, während sie sich Zeit nimmt, eine Packung Milch und Donuts abzukassieren? So ging es mir heute ein bisschen. Sechs Kunden riefen an, um ihre Termine abzusagen. Weitere zehn musste ich die ganze Woche über verteilen, um sie zu erledigen. Das, was von meinem Haus noch übrig war, sollte in drei Tagen bewertet und auf den Markt gebracht werden – wir mussten unseren Kram bis Freitag raus haben. *Blue Ruby* wurde aufgelöst und das Grundstück verkauft. Und seit ich ihn gebrandmarkt hatte, stolzierte Laran herum wie der kostbare Hengst, für den er sich hielt.

Ich kümmerte mich um nichts davon. Nein, ich mied es wie die verdammte Pest, während ich mich darauf konzentrierte, die Peperoni auf dem Ärmel meiner aktuellen Kundin fertigzufärben. Damals dachte ich, es sei eine amüsante wenn auch seltsame Bitte, sich alle ihre Lieblingsspeisen tätowieren zu lassen. Damals hätte ich bereits merken müssen, wie seltsam diese Frau war. Seit einer Stunde redete sie ununterbrochen über Makkaroni und Käse – ein Grundnahrungsmittel, das ich auf ihren Wunsch hin als Basis für dieses Motiv verwenden sollte.

Ich war gerade dabei, das Stück, das sich um ihren Unterarm gewickelt hatte, zu Ende zu stechen, als die Klingel an der Ladentür ertönte. Ich schaute zu Rysten hinüber, der neben meiner Kabine Wache stand. Wir hatten der Mac'n'Cheese-Lady gesagt, dass er mich beschattete, und sie hatte nicht weiter gefragt. Man hätte nicht einmal bemerkt, dass er da war, wenn die Kundin ihm nicht gelegentlich einen Blick zugeworfen hätte, während sie sich die Lippen leckte.

»Kannst du mal nach...« Meine Worte wurden durch das Geräusch sich nähernder Schritte unterbrochen. Zu schwer für Moira, zu schnell für einen Kunden. Rysten war nicht beunruhigt. Er lächelte nur leicht, als Allistair um die Ecke kam.

»Ich muss mit dir reden«, forderte er. Er musterte die Situation, aber es schien ihn nicht besonders zu interessieren, dass ich mitten in einer Sitzung war. In seinen Augen loderte ein Feuer, eine stille Wut, die zweifellos etwas mit mir zu tun hatte. Ich schaute zu meiner Kundin hinüber und sah, dass ihr Mund offen stand.

Ich verdrehte die Augen. »Lass uns fünf Minuten Pause machen! Du kannst gerne aufstehen und dich bewegen, aber berühre deinen Arm nicht und komme nirgendwo dagegen.« Ihr Kopf hob sich, als würde sie gerade erst realisieren, dass sie gestarrt hatte, und sie nickte verlegen. Ich drehte mich um, um Allistair nach draußen zu folgen, und beide Männer grinsten selbstgefällig. Ich zog eine Augenbraue hoch, ging an den beiden vorbei und stieß dabei *versehentlich* mit ihnen zusammen.

Ich ließ die Bürotür hinter mir offen und ging auf die andere Seite meines Schreibtisches, bevor Allistair eintrat. Die Tür schnappte leise zu und ich schluckte schwer. Ihn auf dem Flur zu provozieren, schien plötzlich keine vielversprechende Idee mehr zu sein. Schon komisch.

Ich verschränkte beide Hände hinter meinem Rücken, damit er nicht sehen konnte, wie ich mit ihnen herumfuchtelte. Warum war er überhaupt hier? Wenn es um Laran ging ... *Scheiße!*

Allistair schien nicht der eifersüchtige Typ zu sein. Aber das war Rysten auch nicht, bis Laran heute Morgen anscheinend ohne Hemd in ihrer Wohnung herumgelaufen war. Das hatte ich mir schon alles anhören müssen. Mit ihnen zusammenzuwohnen, würde ziemlich anstrengend werden.

»Wann wolltest du es mir sagen?« Seine Stimme war sanft wie Samt, aber sie war zu einer Schlinge verwoben. Ich wippte unruhig hin und her und überlegte, ob ich Rysten herbeirufen sollte.

»Es ist ja nicht so, dass ich es *absichtlich* getan hätte ...« Falsch. Die falsche Art, dieses Gespräch zu beginnen.

Allistairs Augen verhärteten sich. »Wie in Teufels Namen willst du mir erzählen ...«

»Hey!«, schnauzte ich ihn an, als ich seinen Tonfall hörte. Meine eigene Wut passte sich seiner an. »Du hast selbst gesagt, dass ihr alle mich wollt. Es geht dich verdammt noch mal nichts an, was passiert, wenn ich mit den anderen zusammen bin. Verdammt, wenn ich euch alle will, dann bekomme ich euch auch.«

Allistair blieb der Mund offen stehen und er verstummte. Ein Kribbeln des Sieges durchströmte mich und machte mich mutig. Ich verschränkte meine Arme vor der Brust und ließ meine Selbstgefälligkeit den Raum durchdringen. Aber das hielt nicht lange an. Allistairs Schock verflog ziemlich schnell und seine sündigen Lippen verzogen sich zu einem wissenden Lächeln. Mein eigenes Grinsen verschwand aus meinem Gesicht, als meine Lippen einen neutralen Ausdruck annahmen.

»Wovon redest du, Ruby?« Seine Lippen streichelten meinen Namen. So verrucht. Hitze stieg in mir auf und ließ mich aufrecht stehen. Allein die Art, wie er meinen Namen aussprach, brachte meine Pussy dazu, sich zu verkrampfen. Ich presste meine Schenkel zusammen und seine Augen zuckten bei dieser Bewegung nach unten; sein Lächeln wurde zu einem wölfischen Grinsen, als er einen Schritt näher kam.

»Ich ...« Die Worte blieben mir im Hals stecken, als er einen weiteren Schritt auf mich zu machte und sich um den Schreibtisch herum manövrierte.

»Du was?«, murmelte er und machte einen weiteren Schritt, der ihn in meine Blase der Sicherheit brachte. Meine Blase der Klarheit. Ich konnte nicht denken, wenn er oder einer von ihnen mir so nahe war. Ich wich einen Schritt zurück und er folgte mir. Schneller als ich reagieren konnte, packte er meine Hüften und drückte meinen Hintern auf den Tisch. Seine Hände packten mich fest, aber nicht schmerzhaft. Jedenfalls noch nicht. Mit einem Knie stieß er meine Beine auseinander und schob sich zwischen sie.

»Ich ...« Ich brach ab und schloss den Mund. Ich mochte es nicht, wenn man mich dazu drängte, ihnen zu geben, was sie wollten ... Und doch tat ich es bei ihm. Ich biss mir auf die Lippe und versuchte, meinen Kopf freizubekommen. »Warum sagst du mir nicht, was du hier machst? Ich habe einen Kunden, zu dem ich zurückkehren muss, und ich bezweifle, dass du mich hier auf meinem Schreibtisch ficken wirst.«

Er schob seine Finger unter den Saum meines Shirts und spielte mit der Haut.

»Sei vorsichtig mit deinen Worten! Ich habe mich seit einer Woche nicht mehr gesättigt und ich kann mir *viel* bessere Verwendungen für dein Mundwerk vorstellen«, flüsterte er. Kühle Lippen berührten meine und ich stöhnte gegen ihn an.

Scheißkerl!

»Na, na. Redest du etwa so mit mir?«, kicherte er. Ich erstarrte.

Mist! Ich hätte nicht gedacht, dass ich das wirklich gesagt hatte ...

»Halt die Klappe! Entweder sagst du mir, warum du hergekommen bist, oder du lässt mich diese Kundin erledigen«, knurrte ich ihn an. Allistair wich im selben Moment einen Schritt zurück, als die Bestie sich auf ihn stürzte, und ich schlang meine Hand um sein Hemd und hielt ihn gerade lange genug auf Augenhöhe, um »*mein*« zu sagen.

Der Teufel sollte sie holen. Sie wich genauso schnell zurück, wie sie gekommen war, und überließ es mir, Allistairs prüfenden Blicken standzuhalten.

»Sie ist besitzergreifend«, kommentierte er.

»So scheint es«, antwortete ich trocken.

»Wenn sie es ist, dann bist du es auch, kleiner Sukkubus.«

»Ich habe Laran gebrandmarkt.« Die Worte sprudelten nur so aus mir heraus, und ich konnte sie nicht mehr zurücknehmen. Allistair errötete und verzog sein Gesicht zu einem unleserlichen Ausdruck. Ich brauchte seine Körpersprache nicht zu sehen, um die Wahrheit zu erkennen. Er stand viel zu nah, um sie zu verbergen, und da meine Schuldgefühle bereits in mir brodelten, wollte ich nicht, dass er mich auch noch beeinflusste.

Ich drängte ihn, sich zu bewegen, und er trat zur Seite, sodass ich gerade genug Platz hatte, um meine Beine zu schließen und vom Tisch zu rutschen. Ich wich seinem Blick aus, als ich von ihm wegging, und richtete meine Wirbelsäule auf.

»Weshalb bist du hier?«, wiederholte ich und verschränkte meine Arme vor der Brust.

»Um dich dafür zu rügen, wie unglaublich dumm dein Stunt mit Kendall war«, antwortete er forsch.

»Es gibt keine Beweise«, murmelte ich wie ein mürrisches Kind.

»Keine Beweise? Hast du das wirklich gerade gesagt?« Seine Stimme erhob sich mit der kalten Arroganz, auf die er so stolz zu sein schien. Nur ich kannte sein Geheimnis. Es war alles nur Fassade.

»Ich habe das Video mitgenommen. Den Rekorder vernichtet. Es gibt keine Beweise, die das Gericht mir vorhalten kann«, sagte ich mit meiner verschnupften und unausstehlichen Stimme.

»Du hast ihr ganzes verdammtes Gesicht tätowiert, Ruby. Du hast eine *Nachricht* hinterlassen. Wie lautete sie? *Jetzt passt dein Äußeres zu deinem Inneren?* Dich retten jetzt nur noch mein Geld und mein Ruf ... Was machst du da?«

Ich bückte mich, um den Tresor zu öffnen, in dem ich meine Sachen aufbewahrte, und neigte meinen Körper so, dass Allistair nicht hineinsehen konnte. Wenn er sich schon über Kendall aufregte, dann würde ihm ganz sicher nicht gefallen, was ich da drin lagerte.

»Einen Moment.« Ich griff nach unten und nahm das

Papier heraus, das ich benötigte, schloss den Safe wieder ab und stand auf, um Allistair anzusehen.

»Was ist das?«, fragte er misstrauisch und deutete auf das Papier in meiner Hand.

»Eine unterschriebene Verzichtserklärung, damit sie keine Anzeige erstatten kann.« Ich konnte die Selbstgefälligkeit in meiner Stimme nicht verbergen.

»Du hast ihre Unterschrift gefälscht«, sagte er trocken und riss mir das Papier aus den Händen, um es zu untersuchen.

»Sie hat meinen Ruf ruiniert und mich monatelang wegen Josh gequält. Und weißt du was? Es war mir egal. Es wurde langsam langweilig, aber ich habe mich nie um die Meinung anderer geschert, und damit werde ich auch nicht anfangen.« Ich begegnete seinem Blick mit nichts als Ehrlichkeit. »Sie hat eine Grenze überschritten, als jemand aus dem Mob einen Stein auf Moira geworfen hat. Ich könnte meine Lizenz verlieren. Ich könnte eine Geldstrafe bekommen. Sie könnten sogar versuchen, mich ins Gefängnis zu stecken, aber ich habe dieses Leben bereits verloren und werde lange weg sein, bevor das Gericht handelt. Aber Kendall ...« Ich hielt inne und ließ meinen Blick auf die verstreuten Entwürfe auf meinem Schreibtisch fallen. »Sie wird das nie vergessen können. Sie wird nie vor ihrer Vergangenheit fliehen können. Sie kann versuchen, sie loszuwerden. Aber sie wird so viel Schmerz erleiden, dass es nie ganz verschwinden wird; dafür habe ich gesorgt. Jeden einzelnen Tag ihres verdammten Lebens wird sie das Gesicht sehen, das ich ihr gegeben habe, wenn sie in den Spiegel schaut. Ich habe Menschen getötet und bin zu dem Schluss gekommen, dass es eine zu einfache Strafe wäre. Diese Person mit den Konsequenzen leben zu lassen ... Das ist Gerechtigkeit.«

Allistair antwortete nicht. Wir sagten einen sehr langen Moment lang nichts zueinander, lange genug, dass mindestens fünf Minuten vergingen. Wir starrten uns einfach nur an.

Es war kein Wettstarren in dem Sinne, dass er darauf wartete, dass ich den Blick abwandte, sondern dass er etwas in mir suchte. Und meiner Meinung nach auch fand.

Das taten wir wohl beide.

»Betrachte die rechtliche Seite der Dinge als erledigt! Wir müssen noch besprechen, was du mit dem Haus und *Blue Ruby* machen willst, aber ich werde versuchen, den Übergang so reibungslos wie möglich zu gestalten.« Er machte auf dem Absatz kehrt und wollte gehen. »Und Ruby?« Er hielt mit der Hand auf dem Türknauf inne.

»Ja?«, fragte ich. Ein einziges Wort hatte sich noch nie so anstrengend angefühlt.

»Dein Vater wäre stolz gewesen.«

Ich öffnete meinen Mund, fand aber keine vernünftige Antwort darauf. Allistair wartete nicht auf eine und die Tür fiel hinter ihm zu.

Angesichts der Tatsache, dass mein Vater der Teufel gewesen war, wusste ich nicht, ob das ein Kompliment oder eine Beleidigung gewesen war. Wie ich Allistair kannte, war es wahrscheinlich beides. Ich sollte mich vermutlich nicht zu sehr damit beschäftigen.

Ich musste die Woche noch überstehen. Und es war erst Dienstag.

20

ALLISTAIR

Sie war so nah und doch so fern.

Julian versuchte, uns auf Distanz zu halten, seitdem sie Krieg gebrandmarkt hatte. Der Scheißkerl hatte damit angegeben, als Erster ausgewählt worden zu sein. Jetzt, nachdem es einmal passiert war, handelte sie natürlich noch vorsichtiger und hielt mich auf Abstand, weil sie Angst hatte, dass es wieder passierte.

Ich gab ihm die Schuld dafür.

Keiner von ihnen wusste, wie nahe sie und ich dem gekommen waren, aber ich hatte sie priorisiert und damit verhindert, dass es passierte. Krieg war ein Idiot, wenn er nicht erkannte, dass er verdammtes Glück hatte, dass Julian aufgetaucht war und sie aufgehalten hatte. Wir konnten es uns nicht leisten, ihre Verwandlung jetzt einzuleiten. Nicht mit dem Kobold da draußen, der die verdammten Seelie in ihre Richtung schickte.

Keine Ahnung, wie sie es geschafft hatte, ihn zu brandmarken, ohne die Verwandlung loszutreten. Das war nicht nur ungewöhnlich, sondern verlieh Krankheits Theorie noch mehr Glaubwürdigkeit. Etwas war passiert. Und deshalb hielt sie sich zurück.

Das Problem war, dass früher oder später wieder etwas passieren würde, um sie zum Ausrasten zu bewegen.

Wir hatten es mit einem Auslöser zu tun, der jeden Moment explodieren konnte.

Aber wenigstens hatte sie daran gedacht, die Unterschrift des Mädchens zu fälschen, bevor ich die Bullen und den Richter bestochen hatte. Seltsam, wie wenig Gesetz durchgesetzt wurde, wenn Geld floss.

Ich musste sie für ihre Voraussicht loben, und ich meinte, was ich gesagt hatte.

Ihr Vater wäre stolz auf sie gewesen. Sie würde eine großartige Königin sein.

Gerecht und rücksichtslos. Mehr konnte ich mir von einer zukünftigen Herrscherin nicht wünschen.

Und genau deshalb würde ich an ihrer Seite stehen.

Rysten war wild entschlossen, als Nächster beansprucht zu werden, aber nicht, wenn ich etwas dazu zu sagen hatte.

21

WIR EILTEN DIE GUT BELEUCHTETE STRAßE HINUNTER, unsere Schuhe klatschten leise auf dem nassen Bürgersteig. Ein leichter Nebel hing in der Luft und machte die frostigen Temperaturen geradezu eisig. Ich stemmte die Hände in die Achselhöhlen und schlenderte auf mein Lieblingsrestaurant, das *Alley Cat*, zu. Neben mir stieß Rysten ein leises Lachen aus.

»Du wirst nicht mehr lachen, wenn dir die Eier abfrieren und du keine kleinen Plagegeister zeugen kannst«, schnauzte Moira und stürmte vor mir her. Ich lächelte ihr zu, als sie ihre Kapuze fester zuzog und sich an der betrunkenen Gruppe von College-Kids vorbei drängte. Ein Chor von »Hey, pass doch auf!« folgte ihr, als einer der Jungs seitlich in einen Mülleimer fiel.

Stockbetrunken.

Moira schenkte ihnen keinen einzigen Blick, als sie weiterlief und in eine Seitengasse einbog. Ich folgte ihr und ignorierte die Rufe hinter uns. Sie mochten schreien, aber niemand würde es wagen, Ärger zu verursachen, solange Rysten neben mir stand. Trotz seiner lockeren Art hatte er eine strenge Politik, wenn es um mich ging. Nur Moira und Bandit waren davon ausgenommen.

Das war beruhigend, aber auch etwas aufdringlich. Im Gegensatz zu den anderen drei, die alle auf ihre eigene Art und Weise überheblich waren, nahm er wenigstens Rücksicht auf seine Pflichten. Rysten gab uns das Gefühl, dass wir einfach zu dritt zu Abend essen würden. In Wirklichkeit waren es nur Moira und ich – und er musste mitkommen, weil ich nirgendwohin allein gehen durfte. Nicht mehr.

Ich schritt vorsichtig über die gepflasterte Straße. Sie war nicht gepflastert wie die meisten Straßen in Portland, sondern bestand aus einer Lage von Steinen auf einer Zementschicht. Die Steine waren glatt und glitschig in dem nebligen Wetter. Rysten holte mich ein und stützte sanft meinen Ellbogen, um mir zu helfen, das Gleichgewicht zu halten.

»Danke«, hauchte ich und zog meinen Arm weg, sobald wir die Stufen erreichten. Rysten sagte nichts, aber ich konnte die angenehme Wärme spüren, die er ausstrahlte. Wusste er, dass seine Hand wie ein heißes Eisen auf meiner Haut war? Konnte er spüren, wie mein Körper unter drei Schichten Kleidung reagierte?

Ich schüttelte den Kopf, um diese Gedanken zu vertreiben, während ich mich am schmiedeeisernen Geländer festhielt und die Treppe hinaufstieg. Drinnen bedeutete Moira uns, ihr zu folgen, und lotste uns zu einem Tisch im hinteren Bereich.

»Das ist dein Lieblingsrestaurant?«, fragte Rysten skeptisch und ließ seinen Blick von den schlichten Holzbänken, die die Wände säumten, zu den Servierwagen, die durch den Raum zogen, schweifen. Jeder von ihnen war für einen bestimmten Aspekt der Pizzaherstellung zuständig: für den

Teig, die Soße, den Belag und schließlich für den Ofen, in dem die Köstlichkeiten gebacken und von den Kellnern serviert wurden. Die Servierwagen verschoben und drehten sich, ohne sich gegenseitig anzurempeln, während sie so himmlische Pizzen zubereiteten, dass der Besitzer in seinem früheren Leben eine italienische Großmutter gewesen sein musste. Ich lächelte liebevoll über den jungen Mann, der den Teig hoch in die Luft schleuderte, bevor er ihn auf den nächsten Servierwagen warf.

»Ja, und das Hauptereignis hat noch nicht einmal angefangen«, antwortete Moira vergnügt und ein leises Kichern entwich ihren Lippen. Rysten warf mir einen Seitenblick zu, als ich in die Nische neben sie rutschte, und ich zuckte unschuldig mit den Schultern.

»Hauptereignis?«

»Du wirst schon sehen.«

Sie und ich grinsten gemeinsam angesichts des finsteren Gesichts von Rysten. Diesmal waren wir es, die den Witz verstanden. Oh, wie sich das Blatt gewendet hatte. In dem Moment verlegte der Teigjunge seine Station vor unseren Tisch.

»Was darf es heute Abend sein, meine Damen und Herren?«, fragte er mit einem starken New Yorker Akzent.

»Zwei große Hausspezialitäten und einen Krug mit dem Getränk der Saison«, antwortete Moira für uns alle. Seine Hände kneteten bereits den Teig.

»Hast du einen Ausweis dabei?«, fragte er. Ich wurde blass. Hatte Rysten überhaupt einen Ausweis? Ja, er hatte meine Geburtsurkunde gemacht, aber trotzdem? Ich fummelte an meinem Mini-Rucksack herum und musterte ihn aus den Augenwinkeln. Er klappte sein Portemonnaie auf und zeigte es dem Knetmännchen, das nickte, während ich meinen eigenen Ausweis herausholte.

»In Ordnung, das Essen kommt gleich«, sagte der Junge mit einem Zwinkern in Moiras und meine Richtung. Er schob den Wagen zu einem anderen Tisch und ließ dabei den Pizzateig auf den Soßenwagen rollen, während er unsere Bestellung durchgab. Man musste das organisierte Chaos bewundern, in dem das *Alley Cat* gedieh. Im Alter von dreizehn Jahren hatte ich hier arbeiten wollen. Dann kam ich in die Pubertät und nun ja ... *C'est la vie.* So war das nun mal, als Halbsukkubus. Danach war ein abgelegener Job meine einzige Chance gewesen.

»Ich wusste nicht, dass du einen Ausweis hast.« Ich beäugte die Brieftasche, die er schnell schloss.

»Es gibt eine Menge, das du nicht über mich weißt, Liebes«. Er zwinkerte mir zu, als er seinen Geldbeutel zurück in seine Gesäßtasche schob. »Wie sollten wir uns auf der Erde ohne die von den Menschen so geliebten Papiere fortbewegen?«

»Nun«, sagte ich. »Ich hatte angenommen, dass ihr das Gesetz umgeht und einfach kommt und geht, wie es euch gefällt.« Unser Gespräch wurde unterbrochen, als eine junge Frau mit einem Krug in der einen und drei eiskalten Bechern in der anderen Hand auf uns zukam. Sie schenkte unsere Gläser einzeln ein und stellte den halb vollen Krug wortlos auf den Tisch.

»So schön das auch wäre ...« Er machte eine Pause und nahm einen Schluck von dem schaumigen Bier. »Wir können nicht *alles* am Gesetz vorbeiregeln. Allistair könnte sich nicht um deine rechtlichen Probleme kümmern, wenn er nicht die gefälschten Noten im Examen vorweisen könnte, die ihn zu einem zugelassenen Anwalt machen.«

Anstatt zu antworten, nahm ich einen Schluck von dem Bier. Reichhaltig und malzig mit einer angenehmen Vanillenote und einem Hauch von Pfefferminze. Eine sanfte Wärme breitete sich in meiner Brust aus.

Viel besser.

»Sollte ich mir Sorgen um die Sache mit Kendall machen?«, fragte ich ernst. Wenn Allistair nie die Prüfung abgelegt hatte, konnte man wohl davon ausgehen, dass er auch nie aufs College gegangen war.

»Sorgen? Wirklich, Liebes? Wir haben die Kanzlei vor mehreren hundert Jahren gegründet. Wenn dir jemand aus deinen rechtlichen Problemen helfen kann, dann er«, versicherte mir Rysten und gestikulierte mit seinen Händen. Ich war nicht die Einzige, die der Alkohol heute Abend auflockerte.

»Wenn du sagst, die Kanzlei«, mischte sich Moira ein, »heißt das, dass sie euch allen gehört?«

»Ja, aber Allistair kümmert sich um das eigentliche Anwaltsgeschäft. Sagt ihm nicht, dass ich das gesagt habe, aber ich glaube, er ist dadurch auf einem ziemlichen Machttrip. Es würde mich jedenfalls nicht wundern«, spottete er. Ich schnaubte und verschluckte mich ein wenig an meinem Bier. Moira klopfte mir fester als nötig auf den Rücken und beäugte Rysten dabei interessiert.

»Warum sagst du das?«, fragte sie.

»Die Sache mit dem Machttrip?« Sie nickte und Rysten stieß ein dunkles Glucksen aus. »Hunger und mein Bruder streiten sich schon seit Langem um die Kontrolle. Da er der Anwalt ist, sorgt er für Ruby – Julian nicht. Ich vermute, das ist der halbe Grund, warum er es klaglos tut.« Er nahm noch einen langen Schluck von seinem Bier und leerte den Becher. Moira schenkte ihm nur zu gerne noch eins ein.

Sie war so rücksichtsvoll.

Die neugierige Hexe wusste genau, was seine Lippen bewegte – und ausnahmsweise war ich es nicht. In diesem

Moment kam eine Kellnerin mit zwei riesigen Pizzen, und wenn ich riesig sage, dann meine ich buchstäblich sechzig Zentimeter im Durchmesser. Sie passten kaum auf den Tisch um den Krug und die Becher herum. Rysten leerte seinen Becher, füllte ihn wieder auf und meinen nach, bevor er dem Mädchen den leeren Krug reichte. Wir bedankten uns alle, als sie sich zurückzog und etwas skeptisch dreinschaute, ob wir alles aufessen würden. Sie wusste nicht, was für einen Appetit Todesfeen hatten. Sie waren dafür bekannt, dass sie unglaubliche Mengen an Essen verschlingen konnten, und nach Rystens Größe zu urteilen, hatte ich das Gefühl, dass sie damit nicht allein wäre.

»Wenn Allistair der Einzige ist, der als Anwalt arbeitet, was macht dann der Rest von euch faulen Säcken?«, fragte Moira, nahm sich ein Stück Pizza und biss hinein, während es noch heiß war. Sie stöhnte unheimlich laut auf und der Nachbartisch warf uns böse Blicke zu. Ich hielt meine Hände hoch, als ob ich nichts damit zu tun hätte. Nicht, dass das eine Rolle spielte, als Moira ihnen den Mittelfinger zeigte. Die Frau hob ihr Kleinkind hoch und hielt ihm die Augen zu, während das Baby klatschte.

Es erinnerte mich fast an Bandit.

»Wirklich?«, fragte ich sie. Moira zeigte mir ebenfalls den Finger und zuckte mit ihren schmalen Schultern. Verdammt noch mal, lasst uns wenigstens so *tun*, als wären wir erwachsen.

»Nun, wir faulen Säcke, wie du so schön sagst, machen die ganze Arbeit außerhalb des Gerichtssaals«, erwiderte Rysten und beobachtete mich amüsiert, als ich die Pizza verschlang. Ich faltete sie wie ein Sandwich, bevor ich sie mir in den Mund steckte.

»Wie zum Beispiel?«, fragte ich mit vollem Mund. Moira kicherte und zog eine Augenbraue hoch. Ich grinste zurück, schluckte den Rest hinunter und strahlte wie ein verdammter Champion.

Ein Sukkubus ohne Würgereflex zu sein, hatte seine Vorteile.

»Nichts besonders Interessantes«, sagte er vage.

»Du hast meine Geburtsurkunde erstellt und ich wette, dass du auch Allistairs Testergebnisse gefälscht hast«, antwortete ich viel nüchterner als er es in diesem Moment war. Seine Hand hielt mitten im Biss inne und seine klugen Augen blickten zu mir hoch. Bingo. »Das ist also dein Ding? Du fälschst Sachen? Dokumente?«

Seine Lippen zuckten und ein Grinsen bahnte sich seinen Weg. »Unter anderem.«

»Hmm.« Ich nahm ein weiteres Stück Pizza und genoss die pikante Tomatensoße und die scharfe rote Paprika. Mit dem Winterbier und der warmen Atmosphäre fühlte ich mich hier wie zu Hause.

»Was ist mit Laran? Was macht er?«, fragte Moira und lenkte unsere Aufmerksamkeit wieder auf sie. Sie hatte nur geschwiegen, weil sie zu sehr mit dem Essen beschäftigt gewesen war. Die Hälfte der Pizza vor ihr war schon weg.

»Krieg hat nichts mit Politik oder Computern zu tun ...« Rysten brach ab und griff in diesem Moment nach seinem Bier. Das Grinsen auf seinen Lippen verriet mir, dass er das offensichtlich amüsant fand.

»Klar. Er ist wahrscheinlich derjenige, der Leute in Gassen verprügelt«, sagte Moira achselzuckend.

Rysten verschluckte sich an seinem Bier und stellte den Becher mit so viel Kraft ab, dass er beim Aufprall ein dumpfes Geräusch verursachte.

Na, na, na ... wenn das nicht interessant ist.

»Das ist es, was er tut, nicht wahr? Er verprügelt Leute?«, fragte ich ihn.

»Nicht mehr so oft«, antwortete Rysten.

»Nicht mehr?«

»Sollte ich Angst haben, zu fragen, was Julian macht?«, meldete sich Moira mit zu viel Enthusiasmus zu Wort. Rysten warf ihr einen Blick zu, als wollte er sagen: *Wage es nicht!*

»Hör zu, Liebes, wir haben uns einen Namen gemacht, weil wir überwiegend ehrliche Arbeit leisten. In den Anfängen arbeiteten wir mit ein paar Mafiosi zusammen, hier und da mit einem Drogenbaron, um den Geldfluss in Gang zu halten. Aber was erwartest du denn? Wir sind nicht gerade Schutzengel.« Damit leerte er den letzten Schluck seines Bechers und half mir, unsere Pizza aufzuessen.

Es ging doch nichts über ein letztes Abendessen, bevor wir die Stadt verließen, um herauszufinden, wer die Typen waren, mit denen wir da zusammenzogen. Obwohl, ehrlich gesagt war es keine große Überraschung. Sie hatten das Josh-Szenario zu gut gemeistert, als dass es das erste Mal hätte sein können. Sie waren schließlich die vier Reiter der Apokalypse – und ich verbrannte Menschen bei lebendigem Leib. Es war nicht so, als hätte ich einen Spielraum, um zu urteilen.

»Meine Damen und Herren, Jungen und Mädchen, jetzt ist die Zeit gekommen, auf die wir alle gewartet haben.« Die charismatische Stimme des Teigjungen lenkte meine Aufmerksamkeit auf die Mitte des Raums, wo die Arbeiter die Tische abräumten. Er stand auf einem einsamen Stuhl, überblickte uns alle und lächelte wie der größte aller Könige. Wie passend für das, was jetzt kam.

»Diese beiden reizenden jungen Damen werden mit Eimern voller Kompost vorbeikommen und ihn verkaufen. Fünf Dollar pro Eimer, um den Narren zu krönen.« Er klatschte in die Hände und ein junges Mädchen, wahrscheinlich nicht älter als sechzehn, erschien und schob einen mit altem Gemüse und Obst beladenen Wagen. Auch Eier sorgten immer für eine besonders lustige Show.

»Wie viele?«, fragte das Mädchen und errötete, als sie Rysten sah.

»Wir nehmen vier«, sagte Moira und lenkte damit ihre Aufmerksamkeit auf sich. Das Mädchen nahm die leeren Tabletts von unserem Tisch und schob uns die Eimer zu, während Moira ihr Geld abzählte.

»Hast du einen Fünfer?«, fragte sie mich und ich griff nach meiner Brieftasche.

»Ich mach das schon«, sagte Rysten und winkte ab. Er gab dem Mädchen einen Fünfziger, bedeutete ihr, das Wechselgeld zu behalten, und zwinkerte ihr zu. Die Porzellanhaut des Mädchens nahm einen tiefen Scharlachrotton an, während sie ihren Dank murmelte und zum nächsten Tisch ging.

»Wie charmant«, murmelte Moira. Ich schnaubte zustimmend.

»Und was machen wir jetzt mit all dem Müll?« Er rümpfte angewidert die Nase.

»Das wirst du schon sehen«, antwortete ich kryptisch. Moira gluckste und ein bisschen Todesfeen-Tenor ertönte, was die Eimer zum Schwingen brachte. Ich schlug ihr eine Hand auf den Mund, als ihre Augen groß wurden.

»War das gerade ...?«, fragte sie um meine Hand herum. Ich zog sie zurück, damit sie frei sprechen konnte.

»Ja.« Ich warf einen prüfenden Blick durch das Restaurant, aber niemand hatte etwas bemerkt. Niemand außer Rysten, der uns schweigend und mit zusammengezogenen Augenbrauen beobachtete, zwischen denen sich eine leichte Falte bildete, als er mit den Fingern über seinen Kiefer fuhr.

»Interessant ...«, murmelte er. Ich öffnete den Mund, um ihn zu fragen, wovon er sprach, aber der Teigjunge nutzte diesen Moment, um loszulegen.

»Also gut, hört zu!«, rief der junge Mann und seine Stimme zog uns in ihren Bann, als er den Raum zum Schweigen brachte. »Es ist Zeit für das Hauptereignis. Die eine Nacht im Monat, in der wir zusammenkommen, um den König der Narren zu krönen. Willkommen. Zur. Nacht der schlechten Poesie!«

Der Saal applaudierte donnernd, während die Leute die Eimer mit Kompost auf den Tisch hämmerten. Moira und ich jubelten und reckten unsere Fäuste in die Luft. Rysten starrte uns an, als wären wir verrückte Frauen.

»Dafür habt ihr mich hergeschleppt?«, flüsterte er ungläubig. Ich winkte ihm zu, als der Junge, der nun in der Nacht der schlechten Gedichte als Marschall bekannt war, den ersten Freiwilligen aufrief.

»Sag deinen Namen, wenn du der König der Narren sein willst!«, rief der Marshall und stieg vom Stuhl. Sein kaffeefarbenes Haar reflektierte das sanfte Licht von der Decke. Seine schokoladenfarbenen Augen funkelten schelmisch und ließen ihn jünger aussehen als zuvor.

»Ich bin Stehende Weide«, sagte der Mann, der nach vorne trat. Seine Regenbogenmütze hing seitlich herunter und bedeckte nur die Hälfte seines langen fettigen Haares. Er trug ein Schlabber-T-Shirt mit einem Peace-Zeichen darauf, das seine dünne Statur nicht gerade zur Geltung brachte, und seine Zigeunerhosen waren in der Taille eng, standen um seine Beine herum ab und schlossen an den Knöcheln. Ich war mir auch ziemlich sicher, dass ich dasselbe Paar Chacos besaß wie er, nur dass ich sie dann trug, wenn die Temperaturen *über* dem Gefrierpunkt lagen.

»Willkommen, Stehende Weide!«, sagte der Marschall. Seine Lippen zuckten, als fiele es ihm schwer, das ernsthaft zu sagen. Der Mützenmann nahm seinen Platz auf dem Stuhl ein und räusperte sich unangenehm, bevor er begann.

»Soll ich dich mit einem Sommertag vergleichen?«, begann der Mann.

»Buuuuh!«, schrie Moira. Rysten drehte sich erschrocken um, was für einen betrunkenen Dämon recht amüsant war.

»Shhhh!«, schimpfte er sie aus. »Kannst du nicht leiser sein? Das ist ziemlich unhöflich.«

Kaum hatte er das gesagt, ertönte ein Chor von Buhrufen aus dem ganzen Raum. Ich war mir nicht sicher, ob ich mich amüsieren oder Mitleid mit dem Kerl haben sollte. Einerseits ging es darum, die schlechtesten Gedichte auf den Tisch zu bringen, also machte er sich vielleicht über den guten alten Shakespeare lustig. Andererseits sah er so aus, als würde er sich das Ganze wirklich zu Herzen nehmen.

»Du bist viel schöner ...« Und das endete genau in dem Moment, als Moira sich um mich herumdrückte und die Hälfte einer Tomate nach ihm warf. Sie flog drei Meter geradeaus und direkt in seinen Mund. Seine Augen weiteten sich und er schaute an der Nase herunter, beschämt über das Stück Tomate, das halb aus seinem Mund hing.

Der Marschall trat heran und umkreiste den Mützenmann. »Der erste Volltreffer des Abends. Was wird er tun?«

Der Mann beugte sich *vornüber* und übergab sich, wobei er nicht nur die Tomate, sondern auch einen großen

Teil seines Abendessens ausspuckte. Er kippte seitlich aus dem Stuhl, wo seine Freunde, die ihn dazu angestiftet hatten, warteten. Sie fingen ihn auf und lächelten durch ihre tränenverschmierten Augen, nachdem sie offensichtlich so sehr gelacht hatten, dass sie weinen mussten. Er richtete sich auf und schaute sich um, wobei seine Wangen rosig gefärbt waren. Wie es schien, hatte Stehende Weide nicht geahnt, was für eine Art poetischer Abend das werden würde.

Als ein Reinigungsteam kam, um die Sauerei aufzuwischen, wandte sich der Marshall an die Menge und rief: »Disqualifiziert!«

Moira und ich schlugen mit den Händen auf den Tisch und trommelten zusammen mit den anderen Gästen, während ein weiterer Narr nach vorne trat.

»Damit ich das richtig verstehe«, sagte Rysten und sprach über den Lärm hinweg. »Ihr kommt hierher, um Leuten zuzuhören, die schlechte Gedichte aufsagen, und bewerft sie mit faulem Essen? Ist das nicht etwas ... erniedrigend?«

Mein Herz flatterte, als es in meiner Brust kleine Krämpfe bekam. Er verstand den Sinn nicht ganz, aber sein Urteilsvermögen war gut. Besser, als man es vom Reiter der Krankheit erwarten würde. Aber ich hatte keine Gelegenheit, es ihm zu erklären.

»Ich habe dir gesagt, wir hätten Laran mitnehmen sollen«, murmelte Moira gerade so laut, dass er es hören konnte. Rysten erstarrte für etwa eine halbe Sekunde und kniff die Augen zusammen. Sie zog eine Augenbraue hoch und deutete auf den Eimer, der vor ihm stand. Der zweite Narr hatte gerade seinen Auftritt beendet und die Menge drehte durch. Währenddessen stellte Moira Rysten auf die Probe.

Und es machte den Anschein, als würde er nicht versagen.

Er schnappte sich eine Paprika von oben, während ich mich zu Moira beugte und ihr zuflüsterte: »Du bist eine Schlampe. Weißt du das?«

Sie kicherte, als Rysten dem Mädchen die Paprika an den Kopf warf und sie auf dem Stuhl schwankte. Ihre Hand griff nach der hölzernen Lehne, als sie sich aufrichtete und eine Faust in die Luft streckte. Die Menge tobte und warf mit allerlei verdorbenen Waren, aber sie blieb standhaft und ging in die nächste Runde.

»Moment! Die *wollen* also mit Essen beworfen werden?«, fragte er zweifelnd.

»Ja«, sagte ich und schüttelte den Kopf, während Moira wie ein Idiot lachte. Ein dunkler Schimmer trat in seine Augen, aber das war alles, was er die nächsten Kandidaten über sagte. Nach und nach wurden weitere Stühle aufgestellt und schlechte Dichter getestet. Einige brachten Sarkasmus mit, andere Humor und nur wenige wagten sich an etwas so Übertriebenes wie Shakespeare. Das war weder der richtige Ort noch das richtige Publikum dafür. Diejenigen, die nur ausgebuht wurden und nichts geworfen bekamen, schieden aus. Von den anderen hielten nur diejenigen durch, die auf dem Stuhl bleiben konnten. Nicht, dass das eine leichte Aufgabe gewesen wäre. Moira hatte ein gutes Händchen dafür, Kompost zu werfen. Das hätte ich wahrscheinlich auch, wenn meine erste Pflegefamilie so gewesen wäre wie ihre.

Der Marschall trat vor und winkte auf die lächerlichste Weise mit der Hand. Vermutlich hatten sie den Jungen für diesen Job ausgewählt, weil er die Rolle ausfüllte und das Publikum ihn liebte.

»Letzter Aufruf für die Bewerber um den Titel des

Narrenkönigs in diesem Monat«, rief der junge Mann. Überall im Raum schauten die Leute nach rechts und links, um zu sehen, ob sich jemand in die Reihen der drei Narren einreihen wollte, die in die nächste Runde aufgestiegen waren.

»Ich!«

Ich drehte mich ruckartig um und mir blieb der Mund offen stehen. Rysten erhob sich aus der Sitznische und stolzierte mit unverkennbarem Schwung auf den Marschall zu. Seine große Statur überragte den Marshall, der ihn mit Unbehagen ansah. Als ob er wüsste, dass dieser Mann etwas an sich hatte, vor dem er sich sehr, sehr fürchten musste.

»Wie heißt du … Narr?«, fragte der Marschall mutig.

»Rysten.«

Moira hielt meinen Arm fest, während er sich auf den Weg zum Stuhl machte, und ich fragte mich, ob er unter ihm zusammenbrechen würde. Es war ja nicht so, als hätten sie robuste Stühle.

»Ich kann nicht glauben, dass er das getan hat. Krankheit hat also doch Eier«, kicherte Moira.

»Wenn du ihn weiter anstachelst, wird er ausrasten.«

»Damit rechne ich.« Sie leckte sich über die Lippen und beobachtete ihn mit zusammengekniffenen Augen. Ein Hauch von etwas Hässlichem durchfuhr meine Brust, fast so etwas wie Eifersucht. Das Wort, das meine Bestie am liebsten sagte, tanzte auf meinen Lippen. *Mein.*

Moira warf mir einen Blick zu und legte ihren Kopf schief.

Ups. Ich glaube, das war mir herausgerutscht.

»Dein, hm?«, fragte sie und ihre Augen leuchteten vor Vergnügen. »Das hat auch lange genug gedauert.«

Ich öffnete meinen Mund, aber sie ließ mich verstummen, als Rysten zu sprechen begann.

»Rubine sind rot, deine Augen sind blau. Deine Seele ist Feuer, ich will auch brennen, schau.«

Hat er gerade ...

O ja, das hat er.

Mein Herz pochte in meiner Brust und schlug wild, mit der Kraft eines Hurrikans. Die Welt wurde langsamer, als wir uns in die Augen sahen, und das kleinste Lächeln fand seinen Weg auf meine Lippen. Ich wusste nicht, was es war, das mich plötzlich so erregt hatte. Vielleicht war es der Blick, den er mir zuwarf, dieses dunkle Schimmern, das mir zeigte, dass so viel mehr in ihm steckte, als ich ahnte. Vielleicht war es die ohrenbetäubende Stille, die lauter sprach als die Worte selbst ...

Oder vielleicht war es die Art und Weise, wie er standhielt und den Blick nicht von mir abwandte, selbst als Moira eine Aubergine nach seinem Schwanz warf.

Er steckte den Treffer mit so viel Anmut weg, wie man es nur erwarten konnte. Seine Lippen verzogen sich zu einer Grimasse, aber er blieb standhaft und überragte alle anderen Narren um ihn herum. Selbst als Moira buchstäblich einen ganzen Eimer auf ihn schüttete.

Sie war meine beste Freundin, und so liebenswert, brillant und loyal sie auch war – mit den Reitern benahm sie sich wie ein verdammtes Kind, indem sie sich Tag und Nacht um mich stritt. Sie kommandierte sie so sehr herum, dass ich mich manchmal fragte, ob es vielleicht ihr Schicksal war, zu herrschen, da sie so geschickt darin war, anderen zu sagen, was sie tun sollten.

»Also gut, meine Damen und Herren, erfreut eure Augen an den Narren. Wie sie sich darauf vorbereiten, es vorzutragen, um eure Gunst zu gewinnen! Lasst uns beginnen!«

Er wandte sich an das erste Mädchen, das es überlebt hatte, von Rystens Paprika am Kopf getroffen zu werden, und sie fing an, irgendeinen Unsinn über ein Lama und eine Wüste aufzusagen. Es war schlecht, aber nicht lustig, und die Leute buhten sie zwar aus, aber sie warfen nichts. Sie wurde eliminiert.

Als Nächstes kam ein kräftiges Mädchen mit einem schottischen Akzent, mit dem sie wie die Mutter von Hicks, dem Hünen aus *Drachenzähmen leicht gemacht*, klang. Sie räusperte sich einmal und sagte: »Der Spindeldürre nimmt ein Bad, erzählt es keiner Seele. Vergisst den Stöpsel und rutscht durchs Loch, jetzt steht ihm das Wasser bis zur Kehle.«

Ich musste ein wenig kichern, aber so richtig amüsant wurde es erst, als zwei kleine Kinder vor Freude kreischten. Die Leute fingen an, die Frau mit Essen zu bewerfen, nur um eine Reaktion von den Kindern zu bekommen. Sie schaute ihnen so amüsiert zu, dass sie das altbackene Brot, das Moira ihr zuwarf, nicht bemerkte. Und einfach so kippte sie um. Eine weitere Person eliminiert.

Sie sollten die Leute wirklich dazu bringen, eine Verzichtserklärung für solche Dinge zu unterschreiben.

Der nächste Narr stand auf einem Stuhl, der mir am nächsten war. Seine babyblauen Augen schienen scharfsinnig zwischen mir und Rysten hin und her zu springen. Ein mulmiges Gefühl machte sich in meinem Magen breit, als er lächelte. Moira versteifte sich und legte schützend einen Arm um meine Schulter. Es war, als wüsste sie instinktiv, was los war, als der Junge seinen Mund öffnete.

»Rosen sind rot und warten aufs Pflücken. Ich hol dich ab,

um halb neun, sei bereit zum ...« Er ließ das Ende seines Gedichts offen und schürzte die Lippen, als er mich anlächelte. Der Raum brach erneut in Buhrufe aus, als sie ihn mit Essen bewarfen. Moira versuchte, ihn mit ein paar gut gezielten Traubentomaten in die Augen auszuschalten. Doch der Bastard hielt sich fest und zwinkerte mir zu, während er das tat.

Meine Lippen verzogen sich zu einer neutralen Grimasse, als ich zu Rysten blickte. Mein Herz blieb in meiner Brust stehen, als ich sah, wie er den Menschen auf dem anderen Stuhl anstarrte. Das Gesicht des Mannes verzog sich, als ihm der Schweiß auf der Haut ausbrach. Er öffnete den Mund, um etwas zu sagen, aber stattdessen kam nur der lauteste Furz heraus, den ich je in meinem Leben gehört hatte. Der Raum wurde still und Moira warf eine Tomate, die ihn mitten ins Gesicht traf. Er kippte vom Stuhl und fing sich mit dem Rücken zu mir auf. Da merkte ich, dass es kein Furz gewesen war.

Das waren Scheißflecken, die sich auf seinem Hosenboden ausbreiteten.

Und der Geruch ...

»Ich glaube, mir wird schlecht«, sagte ich zu Moira und kniff mir in die Nase. Der Typ sah sich um, als die Leute mit großen Augen dasaßen, sich vor lauter Lachen schüttelten und mit Fingern in seine Richtung zeigten. Er warf ihnen keinen Blick zu, sondern lief direkt zur Toilette. Er schaute nicht einmal zurück, als der Marshall rief: »Eliminiert! Oi, können wir hier etwas Lufterfrischer bekommen?«

Die Arbeiter kamen aus den Ecken des Restaurants, wo sie sich in der Menge versteckt hatten, um mit uns zu lachen und zu jubeln. Mehrere Leute fingen an, das Essen vom Boden aufzukehren, und das Mädchen, das vorhin die

Eimer mit dem Grünzeug gebracht hatte, kam mit einer Krone in der Hand nach vorne.

Eine Papierkrone, um genau zu sein, wie die, die man bei *Burger King* bekam.

»Ich kröne dich, Rysten, König der Narren! Zumindest bis zum nächsten Monat«, verkündete der Pizzateig-Marschall. Wir klopften mit unseren leeren Eimern auf den Tisch, während Rysten seine Krone mit Anmut entgegennahm – mit so viel Anmut, wie man ihn eben aufbrachte, wenn man mit einer Vielzahl von verdorbenen Lebensmitteln bedeckt war.

Jetzt, wo das Hauptereignis vorbei war, begannen die Leute zu gehen, aber Rysten schien es nicht eilig zu haben, denn er schlenderte mit viel zu viel Arroganz für jemanden, der mit Tomatensaft benetzt war, zu uns herüber. Hinter ihm, aus dem Augenwinkel, sah ich einen roten Schimmer. Ein Auge, das mich aus der großen Menschenmenge heraus beobachtete. Ich spähte um ihn herum, um einen besseren Blick zu erhaschen. Aber mit einem Wimpernschlag war es verschwunden.

Das musste ein weiterer Trick meiner Einbildung gewesen sein. Das Bier hatte mich paranoid gemacht.

»König der Narren, was?«, sagte Moira, als wir aus unserer Sitznische schlüpften.

»Jede Königin braucht einen König«, murmelte Rysten und öffnete seine Brieftasche, um einen Hundertdollarschein auf den Tisch zu legen. Moira sagte nichts, sondern ging voraus und machte sich bereit, in die Nacht zu ziehen. Rysten folgte ihr und ich beobachtete sie einen Moment lang und lächelte vor mich hin.

»Warum einen nehmen, wenn man vier haben kann?«, flüsterte ich und lief hinter ihnen her.

22

RYSTEN

Warum nur einen nehmen?

Ruby, Liebes, ich glaube, du hast es begriffen.

Sie mochte Krieg zuerst gebrandmarkt haben, aber ich würde der Zweite sein. Wenn Julian vorhatte, nicht nur seine Reaktionen auf sie, sondern auch ihre Gefühle für ihn zu ignorieren, warum sollte ich mich da einmischen?

In der Zwischenzeit wurde ihre Bestie immer nervöser. Sie war unerbittlich und suchte nach einem zweiten Gefährten.

Ich. Das würde ich sein.

Ich hatte mich nicht davon abhalten können, den Menschen auszuschlachten. Sie hatte sich in seiner Gegenwart unwohl gefühlt. Ein guter potenzieller Partner würde das nicht zulassen, aber Menschen funktionierten nicht so. Besonders Ruby. Sie wäre verärgert gewesen, wenn ich ihn getötet hätte. Mein Blut hatte darauf gedrängt, aber ich hatte mich zurückgehalten, weil er keinen potenziellen Partner darstellte. Sollte ein anderes Männchen versuchen, sich mit ihr zu paaren, während sie so verletzlich war, würde das böse für ihn ausgehen.

Also hatte ich mich für Krankheit entschieden. Ich hatte lediglich dafür gesorgt, dass sich die Bakterien in seinen Darm festsetzten und wuchsen.

Er würde nie erfahren, dass ich es war, der das verursacht hatte.

Jetzt, da Ruby wusste, was sie wollte, hatte ich keine Skrupel mehr, sie zu verfolgen. Und ich würde außerdem versuchen, Krieg in Schach zu halten. Sie hatte sich nicht verwandelt. Keine Ahnung, warum nicht. Wir hatten die Frist, von der ich angenommen hatte, dass sie sie nicht einhalten würde, bereits überschritten, aber sie hatte Kräfte gezeigt, die für einen Dämon vor der Verwandlung unerhört waren.

Wir mussten den Kobold finden – und zwar schnell, bevor einen Schalter in ihr umlegte.

Die Zeit lief uns davon. Sie konnte nicht ewig warten.

23

Ich drehte das Schild an der Eingangstür herum. Es war ein solch kleiner Akt, nur eine weitere Aufgabe am Ende eines jeden Tages, die ich beim Schließen erledigen musste. Aber dieses Mal war es anders.

Dieses Mal war es das letzte Mal. *Blue Ruby Ink* war offiziell geschlossen, und ich wusste nicht, was ich davon halten sollte. Wir waren eines der neuesten, aber erfolgreichsten Tattoostudios in Portland. Ich hatte dieses Geschäft zusammen mit Moira gegründet und von Grund auf aufgebaut. Wir hatten buchstäblich Schweiß, Blut und Tränen in diesen Laden gesteckt und jetzt ... war es vorbei.

Ich vermisste es schon wegen der Einfachheit, die dieses Leben für mich bereitgehalten hatte. Hier war ich Ruby gewesen: ein Halbsukkubus, dessen Leben sich um meine Kunden drehte, der seinen Kopf unten hielt und jeden Samstag bei Martha aß.

Es war ein schönes Leben gewesen. Einfach.

Aber mein Schicksal war vorbestimmt und nichts, was ich tat, konnte es aufhalten.

Es spielte keine Rolle, dass ich nichts davon gewusst

hatte. Es spielte keine Rolle, wie sehr ich versucht hatte, es zu vermeiden, wie sehr ich versucht hatte, mich zu wehren. Ich hätte alles Mögliche tun können und es wäre so ausgegangen, ob mit oder ohne Kendall.

Vermutlich war es ein bisschen so: verdammt, wenn ich es tat, verdammt, wenn ich es nicht tat.

Die Hölle würde mich so oder so erwischen. In den nächsten Wochen zu gehen, wenn es meine Entscheidung war – und ich noch atmete –, war wahrscheinlich der beste Weg.

Zumindest redete ich mir das ein, als ich mich zurück in mein Büro schleppte.

Es hatte keinen Sinn, den Ereignissen nachzutrauern, die mich hergeführt hatten. Das würde niemandem helfen. Es wäre nur viel einfacher, wenn ich wüsste, worauf ich mich zubewegte, wenn das alles vorbei war. Würden wir einfach die Hölle erreichen und *bumm*, war ich Königin? Ich fragte mich, ob ich an einem Schreibtisch sitzen und Leute herumkommandieren würde. Irgendwie glaubte ich nicht, dass es so funktionieren würde. Es war nur eine Vermutung, aber die Jungs waren immer sehr zurückhaltend, wenn ich sie fragte. Das klang auf jeden Fall furchtbar langweilig, aber es war ja nicht so, als gäbe es jemand anderen, der den Job machen würde. Außer vielleicht Moira.

Zumindest hatte ich sie und Bandit. Ich war mir nicht ganz sicher, was mein wilder kleiner Waschbär in der Hölle tun würde, aber ich wollte nicht ohne ihn gehen, also würden wir es wohl alle herausfinden müssen. Würde ihn das jetzt zu einem Höllenwolf machen? Ich hatte keine Ahnung, aber Rysten hatte mir versichert, dass es ihm gut gehen würde. Die Höllenportale transportierten viel mehr als nur Dämonen hinein und hinaus, und ich war mir sicher, dass er das als Trost gemeint hatte ... Aber es hatte mir nur Alpträume darüber beschert, was ich vorfinden würde, wenn wir endlich dort ankamen.

Ein dreimaliges Klopfen an der Tür ließ mich aufschrecken. Ich drehte mich um, als Moira gerade ihren Kopf hereinsteckte. Sie warf einen Blick auf mich, zog die Augenbrauen zusammen und kräuselte ihre Lippen. »Warum bist du hier drin und suhlst dich in Selbstmitleid?«

»Tue ich nicht«, schnauzte ich. Sie zog eine perfekte Augenbraue hoch, schlüpfte durch die Tür und schloss sie leise hinter sich.

»Doch, das tust du.«

»Moira ...«

»Ruby Morningstar, ich lebe seit zwölf Jahren mit dir zusammen. Ich weiß, wann du glücklich bist. Ich weiß, wann du wütend bist. Ich weiß, wenn etwas nicht in Ordnung ist, und ich *weiß*, dass du dich gerade jetzt in Selbstmitleid suhlst. Streite es nicht ab! Ich weiß es.« Moira verschränkte ihre Arme vor der Brust und wartete darauf, dass ich nachgab.

»Tue ich nicht, Moira. Ich denke nur nach. Kennst du das? Vernünftige Menschen tun das, wenn sie große Entscheidungen für ihr Leben treffen?«, erwiderte ich. Sie schien das nicht lustig zu finden.

»Nun, dann hör auf! Es ist ja nicht so, dass wir sofort abhauen werden. Wir haben das Haus gerade erst auf den Markt gebracht und müssen uns immer noch darum kümmern, alles auszuräumen.« Sie sah sich in meinem Büro um, als genügte es nicht ganz ihren Ansprüchen. Ich lebte im organisierten Chaos. *Verklagt mich doch!*

»Ich weiß, dass es nicht das Ende ist und dass wir noch nicht gehen ...« Ich holte tief Luft und schaute zu den Staubflecken an der Decke, die ich schon tausendmal gezählt hatte. »Es geht einfach alles zu schnell für meinen

Geschmack.« Ich zuckte mit den Schultern und zupfte unbeholfen an meinen langen Ärmeln, während ich darauf wartete, dass Moira ihren Kopf zurückwarf und mich auslachte.

»Du wärst verrückt, wenn es nicht so wäre, aber das heißt nicht, dass ich dir sage, du sollst es nicht tun. Du bist schon öfter angegriffen worden, als mir lieb ist, und so sehr ich die Reiter auch verabscheue, ich weiß, dass sie dich beschützen werden.« Ich blinzelte, als sie ihre Arme um meine Schultern schlang und mich an sich zog. Sie roch nach frischer Wäsche und einem Hauch von Minze. Das war ein Duft, den ich gut kannte.

»Das ist erstaunlich rührselig für dich«, murmelte ich in ihr Haar.

»Wenn du das jemandem erzählst, werde ich es leugnen«, fauchte sie zurück.

Jemand klopfte zweimal an meine Tür und öffnete sie dann uneingeladen.

»Entschuldige«, schnauzte Moira. »Wir hätten hier drin heißen lesbischen Sex haben können und ...«

»Ich weiß, dass sie hetero ist, Todesfee«, grinste Laran.

»Das weißt du nicht«, antwortete Moira gereizt.

»Doch, das weiß ich.« Sein selbstbewusster Gesichtsausdruck und die subtile Erinnerung an sein Brandzeichen ließen meine Wangen heiß werden. Er zwinkerte mir zu und hielt mir die Tür auf, damit wir hindurchgehen konnten. »Willst du noch beim Haus vorbeigehen, bevor wir zurück in die Wohnung fahren?«

»Ja, ich muss noch ein paar Sachen abholen. Bandit dreht nachts ohne seinen rosa Elefanten völlig durch.« Neben mir brummte Moira zustimmend. Er hatte uns die halbe Nacht wachgehalten und versucht, unter die Decke zu kriechen und mir an den Füßen zu knabbern, weil ich ihn ignoriert hatte. Der Bastard hatte mich sogar zum Bluten gebracht. Ja. Jetzt, da ich darüber nachdachte, würde es ihm in der Hölle wahrscheinlich relativ gut gehen.

»Kommt die Todesfee auch mit?«, fragte Laran.

»Die Todesfee hat einen Namen, weißt du«, antwortete ich. Er machte nicht einmal den Versuch, vorwurfsvoll oder entschuldigend dreinzuschauen. Vermutlich war er immer noch etwas sauer, weil Moira ihn vor zwei Wochen zurechtgewiesen hatte, nachdem er meine Tür eingetreten hatte. Nicht, dass sie es damit wirklich besser gemacht hätte.

»Ich bleibe hier und packe noch ein wenig«, sagte Moira und winkte die Einladung ab.

»Bist du sicher?«, fragte ich.

»Ja, ich komme nachher vorbei, um mein Auto mit weiteren Kisten zu beladen und dich dann in der Wohnung zu treffen«, sagte sie und schob mich praktisch durch die Tür. Ich gab ihr einen Kuss auf die Wange und machte mich mit Laran auf den Weg.

Der Himmel war heute wolkenlos blau, aber der Tag neigte sich bereits dem Sonnenuntergang zu. Über der Stadt verdunkelte sich das Blau zu Indigo und Violett, wo die Sonne kaum noch den Horizont berührte. Ohne die Wolkendecke war die Luft noch kälter und meine Zähne begannen in Sekundenschnelle zu klappern.

»Kalt?«, fragte Laran und zerrte meine Hand aus der Jackentasche. Ich beschwerte mich nicht. Seine Hand war kuschelig, fast abnormal warm.

»Wieso ist dir nicht kalt?«, fragte ich und betrachtete unsere verschränkten Hände.

»Ich bin ein Elementar. Wir empfinden Kälte nicht so wie der Rest der Dämonenwelt«, grummelte er. Wenn er nur wüsste, was dieser tiefe, kehlige Ton in mir auslöste ...

Konzentriere dich, Ruby! Konzentriere dich!

»Du bist ein Elementar?«

Er nickte.

»Das wusste ich nicht.«

Wieder nickte er.

»Wir behalten unsere Kräfte meistens für uns. Wenn der Feind weiß, wozu wir fähig sind, ist er zu vorsichtig. Ohne dieses Wissen ist es wahrscheinlicher, dass er sehr dumme Fehler macht, so wie es der Kobold bei dir getan hat«, sagte er. Ich wollte im Moment nicht an den Kobold denken. Nicht nach all den potenziellen Sichtungen der letzten zwei Wochen. Wenn ich zu viel nachdachte, fragte ich mich, warum er nichts unternommen hatte. Was er vorhatte. Unsereins war nicht der Typ, der vergab und vergaß, aber statt das zu sagen, lenkte ich unser Gespräch in eine andere Richtung.

»Zu welchen Elementen fühlst du dich hingezogen? Ich weiß von dem Feuer ... aber ich nehme an, das ist nicht das einzige.« Ich dachte an die Nacht, in der Josh starb, und daran, wie Laran seinen Körper in Brand gesetzt hatte. Ich zitterte wieder, aber nicht wegen der Kälte. Ich hatte keine Angst vor Laran, zumindest nicht mehr. Wir waren beide zu wirklich schrecklichen Dingen fähig.

»Ich habe die Kontrolle über alle natürlichen Elemente und ihre Formen.«

»Wirklich? Wie viel Kontrolle?«, fragte ich. Ich wünschte mir schnell, ich hätte es nicht getan. Wind fegte über den Himmel und heulte wie ein Jagdhund. Wolken zogen auf, wo vorher keine gewesen waren. Elektrizität knisterte in der Luft, als ein einzelner Blitz keine fünf Meter vor uns einschlug.

Ich blieb wie erstarrt mitten auf dem Parkplatz stehen. Mein Herz pochte in meiner Brust und meine Augen weiteten sich, als ich einen Blick in Larans Richtung warf.

Er hatte nicht nur genug Kontrolle, um einen Körper zu verbrennen.

Er konnte sogar die Atmosphäre kontrollieren.

Diese Art von Macht war ... unermesslich.

Wenn er in Sekundenschnelle einen Sturm heraufbeschwören konnte, was konnte er dann tun, wenn er wirklich wütend wurde?

»Du kannst Naturkatastrophen auslösen. Deshalb bist du Krieg«, murmelte ich. Die Worte schwebten zwischen uns, als der Druck nachließ. Er schloss sich um uns und zog uns wie Magnete zusammen. Seine Augen wechselten von Schwarz zum dunkelsten Rot. Sie leuchteten nicht wie eine Rose oder ein Rubin, aber sie funkelten dennoch voller Gefahr und Geheimnisse.

»Ich habe große Kontrolle über sie alle, aber ich konzentriere mich auf das Feuer. Vielleicht fühle ich mich deshalb auch zu dir hingezogen.« *Sei still, mein schlagendes Herz!* Laran war nicht gerade ein Schmeichler, aber das machte seine Worte umso liebenswerter.

»Ihr Reiter seid viel forscher als Menschen. Ich bin mir nicht sicher, ob ich das erfrischend oder beunruhigend finden soll«, flüsterte ich zurück. Er drückte meine Hand sanft, aber mit genug Kraft, um meine Haut kribbeln zu lassen.

»Das liegt daran, dass wir keine Menschen sind. Wir sind Dämonen und ob wir Erben der Hölle sind oder nicht – wir nehmen uns, was wir wollen. Du hast mich gebrandmarkt, Ruby Morningstar. Jetzt wirst du mich nicht mehr los.« Seine Worte brannten wie ein Feuer auf meiner Haut. Worte, die ich genoss. Da war nur eine Sache ...

»Verwechsle das Brandzeichen nicht mit Liebe! Die Bestie ist besitzergreifend. Jetzt gefällt es dir vielleicht, aber wenn du mit jemand anderem zusammen wärst ...« Meine

Stimme wurde leiser, als mein Blick auf seine Lippen fiel. »Ich kann es nicht mit Sicherheit sagen, aber die Wahrscheinlichkeit ist groß, dass ich sie bei lebendigem Leib verbrennen würde.«

»Der Mensch hat nur deshalb so lange überlebt, weil du seine Zuneigung nicht erwidert hast. Sei versichert, Ruby, diese Markierung ist nicht einseitig. Du magst mich besitzen, aber der einzige Grund, warum ich dich nicht gebrandmarkt habe, ist, dass du mit der Todesfee ein Zimmer teilst. Für den Moment.«

Heilige Scheiße!

Wie zum Teufel konnten mich seine Worte so anmachen, wenn sie mir gleichzeitig eine Heidenangst einjagten? Versteh mich nicht falsch, ich wollte ihn auf jeden Fall ficken.

Aber sich gegenseitig zu brandmarken? Die Bestie drängte und stupste und versuchte, sich einen Weg nach vorne zu bahnen. Sie wollte das. Mit allen von ihnen.

Ich war mir nicht sicher, ob ich für eine solche Bindung bereit war, aber ich hätte wohl darüber nachdenken und ein Gespräch mit der Schlampe in mir führen sollen, bevor sie ihn gebrandmarkt hatte.

Verdammt!

»Wir sollten ins Auto steigen, bevor ich etwas Leichtsinniges tue«, flüsterte Laran. Ich biss mir auf die Innenseite meiner Wange, um mich nicht nach vorne zu beugen ...

Nein! Vergiss es! Reiß dich zusammen, Ruby! Bleib stark!

Anstatt mich auf ihn zu stürzen, ihn zu küssen, ihm auf die Lippe zu beißen und seine Selbstbeherrschung zu brechen, rollte ich mich auf den Fußballen zurück und sagte: »Ja, das sollten wir wahrscheinlich.«

Ich konnte nicht umhin, die Wolken zu bemerken, die

sich verzogen, während wir schweigend zu meinem Haus fuhren. Es war eine angenehme Stille. Nicht wirklich seltsam. Ich ließ Laran im Wohnzimmer warten, da er sich weigerte, im Auto zu bleiben, während ich ein paar Sachen aus meinem Schlafzimmer holte: Bandits rosa Elefanten und seine Hängematte, Kleidung für eine weitere Woche und die Amaryllis-Blume, die ich in meinem Zimmer aufbewahrte. Einfach so. Es wäre schön, einen Hauch von Zuhause zu haben.

Wir waren in weniger als fünfzehn Minuten fertig und erreichten dreißig Minuten später die Tiefgarage unter ihrem Wohnhaus. Ohne den Verkehr wären wir doppelt so schnell gewesen.

Laran hielt den Blumentopf in der einen und den rosa Elefanten in der anderen Hand, als wir uns auf den Weg durch das Parkhaus machten. Unsere Schritte hallten in der Stille wider. Der Parkplatz war ziemlich leer, aber er versorgte eines der teuersten Hochhäuser in Portland. Die wenigen Autos, die hier unten standen, stellten meinen VW in den Schatten. Das billigste war locker hunderttausend Dollar wert. Hier lebten keine Tattoo-Künstler, das war verdammt sicher.

»Eure Firma muss gutes Geld verdienen, damit ihr euch diese Wohnung leisten könnt«, sagte ich, als ich den Knopf drückte.

»Hm?«, fragte er.

»Eure Firma? Rysten hat sie neulich Abend erwähnt«, sagte ich geistesabwesend, als wir in den Aufzug stiegen.

»Er hat dir von Cocks Brothers erzählt?« Er drehte einen Zugangsschlüssel, als meine Hand auf dem Knopf mit der Aufschrift PH verharrte. Ich drückte ihn einmal und schaute ihn von der Seite an, als sich die Türen schlossen.

»Cocks Brothers?«, fragte ich und er starrte mich fragend an. Ich warf meinen Kopf zurück und brüllte. »Ihr habt euch Cocks Brothers genannt?«

»Nein, nicht Cocks im Sinne von Schwänzen«, sagte er abwehrend. Als wäre ich diejenige mit den Gedanken in der Gosse. »Caux. C-a-u-x.«

»Als ob das besser wäre«, spottete ich.

»Allistair hat den Namen ausgesucht«, brummte er. Das brachte mich wieder zum Lachen.

»Warum überrascht mich das nicht?«, sagte ich, als die Türen klingelten und aufglitten.

Als ich einen Schritt aus dem Aufzug trat, blieb ich stehen und starrte erstaunt auf die Szene, die sich vor mir abspielte. Rysten war in der Küche und versuchte verzweifelt, etwas zu beschützen. Essen. Gebackenes Hähnchen, dem Geruch nach zu urteilen. Mit Ofenhandschuhen hielt er eine Zange in der einen Hand und eine große Backform, die noch ein wenig Hitze abgab, in der anderen.

Das war nicht der Teil, der meine Aufmerksamkeit erregte. Nicht wirklich.

Nein. Es ging darum, dass er die Pfanne von der Arbeitsplatte weghielt und mit der Zange schnappte, als wäre sie eine Waffe, um einen bestimmten Waschbären abzuschrecken, der auf der Arbeitsplatte stand.

»Weg! Weg mit dir! Kein Futter für das Ungeziefer«, schimpfte Rysten und stieß die Zange in Bandits Richtung. Bandit krümmte sich zusammen, fauchte und schlug mit einer seiner Pfoten nach dem Huhn, um es zu greifen.

Satan, rette mich!

»Was macht ihr da?«, fragte ich sie. Sowohl Rysten als auch Bandit erstarrten mitten im Kampf und drehten langsam ihre Köpfe zu mir. Laran stieg neben mir aus dem Aufzug und fing an, sich kaputtzulachen.

»Worüber lachst du?«, fragte Rysten.

»Über euch beide.«

»Er versucht, das ganze verdammte Essen zu stehlen. Was soll ich denn machen?«, fragte Rysten. Bandit gab ein schnatterndes Geräusch von sich, drehte sich langsam um und stolzierte über den Tresen.

»Er ist ein Waschbär, Rysten. Was erwartest du denn? Hast du ihn gefüttert und ihm viel Wasser gegeben, wie ich dich gebeten habe?« Ich gab Bandit mit der Hand ein Zeichen, zu mir zu kommen, und er sprang vom Tresen und rannte los.

»Ja, ich habe alles getan, was du verlangt hast. Er ist schlimmer als ein verdammter Höllenhund, wenn du nicht da bist«, sagte Rysten. Langsam stellte er das Huhn zurück auf den Tresen und beobachtete Bandit wie ein Falke, in der Erwartung, dass der sich umdrehte und auf ihn stürzte. Ich konnte es ihm nicht verübeln. Bandit hatte das schon mal gemacht.

»Also, Bandit, Kumpel, wir müssen wirklich an deinen Hausmanieren arbeiten, wenn du ...« Meine Worte verließen mich, als ich sah, wie er zu Laran ging und an seiner Jeans zerrte. Nicht an meiner. Sondern an *Larans*.

Er wartete ganze drei Sekunden, bis Laran sich herunterbeugte und ihm seinen rosa Elefanten anbot. Bandit ignorierte den Elefanten und kletterte seinen Arm hinauf, um sich auf seine Schulter zu setzen. Laran stand wieder auf, legte den Elefanten in die Beuge seines anderen Arms und kraulte Bandit hinter den Ohren.

»Was?«, fragte Laran mich.

»Nichts«, sagte ich schnell und eilte ins Wohnzimmer. Ich hatte noch nie erlebt, dass Bandit sich gegenüber jemandem, der nicht ich war, so verhielt. Nicht einmal Moira. Das Einzige, was er je getan hatte, war, einige wenige und ihre Anwesenheit zu tolerieren. Dass Laran ihm ans Herz gewachsen zu sein schien ... das gab mir Hoffnung.

Ich durchquerte das Wohnzimmer und zum ersten Mal fühlte es sich nicht mehr so steril und hart an. Schwarze Haare klebten an dem teuren weißen Stoff: ein Zeichen dafür, dass Bandit hier herumtobte. So makellos die weißen Wände, die Marmorböden und die ganz in Weiß gehaltenen Möbel auch waren – ich selbst zog einen lebendigeren Look vor.

Ich ging den Flur links vom Kamin hinunter zu meinem und Moiras vorübergehendem Zimmer, das zwischen dem von Rysten und Julian lag. Drinnen standen Kisten mit den Dingen, die wir mitnehmen wollten, an der Rückwand aufgereiht. Anscheinend konnte man Besitztümer in die Hölle mitnehmen. Man musste nur etwas tricksen, damit die Portalwächter es zuließen. Wer hätte das gedacht?

Vermutlich ein Vorteil der Bekanntschaft mit den Reitern.

Ich warf meine Tasche auf meine verblichene schwarze Bettdecke. Moiras lindgrüner Wecker zeigte in leuchtenden weißen Ziffern siebzehn Uhr dreißig an. Ich fragte mich, wann sie wohl ankommen würde. Sie hatte gesagt, sie würde packen, was bedeutete, dass sie nebenbei putzte. Das allein könnte sie bis neunzehn Uhr aufhalten, aber zumindest würde sie den Verkehr vermeiden.

»Essen ist fertig«, sagte Rysten hinter mir. Ich drehte mich um und schenkte ihm ein kleines Lächeln.

»Geh du voran!«

Als wir zurück in die Küche kamen, lehnte Laran an der Theke und fütterte Bandit mit Hähnchenstücken von seinem Teller. Ich grinste meinen Waschbären an und schüttelte den Kopf.

»Musst du ihn vom Tisch aus füttern?«, fragte Rysten

und schob uns zwei Teller hin. Laran ignorierte ihn, während Rysten die Teller auf die Theke stellte und den mittleren Stuhl für mich herauszog.

»Du übertreibst es ein wenig, oder?«, sagte Laran, ohne in unsere Richtung zu schauen. Ich verschluckte mich an einem Schnauben, und Rysten warf ihm einen bösen Blick zu, während er sich auf die andere Seite von mir setzte.

Wir aßen schweigend zu Abend, denn jedes Mal, wenn einer der beiden versuchte, mit mir zu sprechen, endete es in Handgreiflichkeiten und belanglosen Beleidigungen. Wenigstens war das Essen gut. Gebackenes Hühnchen, gebratene Kartoffeln und grüne Bohnen. Ich aß zwei Portionen, bevor ich meinen Teller in die Spüle stellte und kapitulierte.

Wir bewegten uns zur Couch, wo die festgefahrene Situation weiterging. Laran saß zu meiner Linken und Rysten zu meiner Rechten, während Bandit mit seinem rosa Elefanten davonlief. Wahrscheinlich vergrub er ihn in meinem Laken, damit ich ihn später finden konnte.

»Was willst du sehen?«, fragte Rysten und scrollte durch Netflix.

»Wir könnten mit der zweiten Staffel von *How to Get Away with Murder* anfangen.«

»In Ordnung.«

Er drückte auf Play und das Intro begann zu laufen. Keine zehn Minuten später baute sich eine leise Spannung zwischen uns dreien auf. Ich warf einen kurzen Blick auf Rysten, aber seine Augen waren fest auf den Fernseher gerichtet. Als ich zu Laran hinübersah, stützte er seinen Ellbogen auf und legte sein Kinn in die Handfläche.

Nun, vielleicht lag es nur an mir. Ich faltete meine Hände in meinem Schoß und versuchte, meine Aufmerksamkeit auf den Fernseher zu lenken. Nö. Es klappte immer noch nicht. Ich schaffte es nur noch zehn Minuten, bevor ich anfing zu zappeln und mich auf meinem Sitz hin und her zu bewegen. Ich zog beide Füße hoch, schob meine Knie unter mein Kinn und schlang meine Arme um meine Beine.

So. Vielleicht brachte das alles in Ordnung. Dann berührte ich absolut niemanden mehr.

Fünf Minuten später …

Zehn Minuten später …

Fünfzehn Minuten später …

Die Show war fast zu Ende und ich hatte keine verdammte Ahnung, was überhaupt los war. Irgendwann waren Rysten und Laran näher gekommen. Sie waren beide so hinterhältig, dass ich es nicht bemerkt hatte.

Ach verdammt! Ich stand von meinem Platz auf und ging in die Küche. Unter dem Tresen ganz rechts stand ein Weinkühlschrank, auf den Rysten so nett hingewiesen hatte. Ich würde ihn nutzen.

»Was machst du da?«, fragte Rysten.

»Sie gießt sich offensichtlich ein Glas Wein ein«, spottete Laran. Dieses verdammte Gezänk war zwar manchmal lustig, ging mir aber langsam auf die Nerven.

»Wer hat etwas von einem Glas gesagt?«, murmelte ich vor mich hin, holte eine schöne Flasche Chardonnay heraus und öffnete das Siegel. Ich kramte in drei Schubladen, bevor ich den Weinöffner fand.

»Ah…ha«, sagte ich leise. Als ich den Korken knallen ließ, atmete ich den süßen Duft ein. Ich nahm einen kleinen Schluck direkt aus der Flasche und stöhnte vor Vergnügen.

»Hast du Spaß da drüben?«, rief Laran. Ich winkte ab und nahm einen viel größeren Schluck. Der vollmundige Weißwein umspülte mich wie ein alter Freund. Der fruchtige Geschmack und die unverwechselbare Süße, gepaart mit einem Hauch von Vanille, waren einfach hervorragend.

Ich war kein Weinsnob, aber ich konnte ja so tun, als ob, oder?

»Also, was habe ich verpasst?«, fragte ich und schlenderte während der Abspannszene um die Couch herum. Sie beäugten mich mehr oder weniger amüsiert, als ich die Flasche in eine Hand nahm und mich zwischen sie setzte. Wenn sie meine Grenzen austesten wollten, konnte ich mich auf jeden Fall revanchieren. Vor allem jetzt, wo mein treuer Freund hier war.

»Nicht viel. Ich verstehe nicht, was der Sinn dieser Show ist«, brummte Laran.

»Was gibt es da nicht zu verstehen? Du hast Viola Davis als knallharte Anwältin. Sie wird von ihrem Team von Möchtegern-Anwälten beschattet. Inzwischen haben sie alle jemanden umgebracht oder jemanden gefickt, den sie nicht hätten ficken sollen, und müssen es vertuschen. Deshalb ja der Name. Es ist eine aufwendig produzierte Soap. Denk nicht zu viel nach!« Ich nahm noch einen Schluck von dem Chardonnay. Er war ziemlich gut.

»Und damit verbringen die Menschen ihre ganze Zeit?«, fragte er ungläubig.

»So ziemlich, ja«, sagte ich. Er streckte seine Hand nach der Weinflasche aus, und ich überlegte, ob ich ihm sagen sollte, dass er sich seine eigene holen sollte. Aber eigentlich gehörte sie ihm und ich war diejenige, die schnorrte. Okay. Ich reichte ihm die Flasche. »Wenn du sie ganz austrinkst, musst du mir eine neue holen.«

Er trank etwa ein Drittel der Flasche in zwei großen Schlucken aus. Arschloch!

Rysten drückte auf den Startknopf für die nächste Folge, als Laran mir die Flasche zurückgab. Ich lehnte meinen Kopf an seine Schulter, während ich meine Beine hochschlug und sie über Rystens Schoß schwang.

Die Bestie schnurrte, weil sie diese Situation genoss. Nach einer kurzen Schrecksekunde richteten sich auch die Jungs ein. Laran neigte seinen Körper so, dass mein Kopf auf seiner Brust lag, während er einen Arm um meine Taille schlang. Der Klang seines Herzschlags lullte mich in eine vorübergehende Ruhe, während Rysten meine Füße massierte.

Allein dafür könnte ich sie in meiner Nähe behalten. Rysten kochte. Laran verstand sich mit Bandit. Beide schienen eine gute Vorstellung davon zu haben, wie Kuscheln aussah. Obwohl, wenn wir nicht zu dritt wären, würden wir vermutlich gerade viel interessantere Dinge tun, als so zu tun, als würden wir eine Fernsehsendung sehen.

Ich hatte die Flasche Wein nach fünfzehn Minuten ausgetrunken, auch wenn ich nicht wirklich die ganze Flasche getrunken hatte, da Laran immer wieder einen Schluck geklaut und dabei eine Grimasse gezogen hatte. Er kam mir eher wie ein Typ vor, der Bier trank. Ein Typ, der ohne Hemd dastand, während er Äxte warf und einen Krug Bier leerte. Aber wer war ich schon, dass ich einem Mann sagen konnte, was er trinken sollte?

Wir schauten uns noch ein oder zwei Folgen an, bis endlich eine Art vorübergehender Frieden einkehrte. Ich wusste, dass die Sticheleien unter der Oberfläche lagen, denn hin und wieder sagte oder tat eine Figur etwas, bei dem Laran entweder mit den Augen rollte oder finster dreinblickte, während er murmelte, wie dumm sie doch wäre. Rysten schmunzelte nur und wir tauschten einen kurzen Blick aus. Er verstand die Show und wusste, was ich daran mochte. Auf diese Weise verstand er mich und ich wusste, dass ich ihm ewig dankbar sein würde. Abgesehen von Moira war er der Einzige.

Moira ...

Wie spät war es? Und warum war sie nicht zu Hause?

Etwas stimmte hier nicht.

Als der Abspann der dritten Folge über den Bildschirm lief, schob ich meine Beine von Rysten auf den Marmorboden. »Ich muss auf die Toilette«, sagte ich. Das war keine Lüge, aber es war auch nicht die ganze Wahrheit. Larans Arm rutschte von meiner Taille, als ich von der Couch aufstand und den Flur hinunter ins Bad ging. In der einen Hand hielt ich noch immer die leere Weinflasche, während ich mit der anderen nach meinem Handy griff.

Es war fast zwanzig Uhr dreißig.

Und ich hatte keine neuen Nachrichten.

Paranoia und Panik kämpften um die Kontrolle, als ich eine Nachricht an Moira tippte. Es war nur ein kurzes »Geht es dir gut?« Dann setzte ich mich hin, um auf die Toilette zu gehen. Ich wusch mir die Hände in dem hübschen Steinwaschbecken und hob meine leere Chardonnay-Flasche vom Boden auf. *Warum hatte ich die hier reingetragen?*

Mein Handy summte. Es war Moira. Sie hatte ein Foto geschickt.

Ich wischte nach links und erwartete ein albernes GIF.

Aber was ich dann sah, war mein schlimmster Alptraum.

Die Zeit stand still. Mein Herz setzte einen Schlag aus und Adrenalin durchflutete meinen Körper, als ich alle Details aufnahm. Moiras Schlafzimmer. Ihre zerknitterte Bettdecke. Die blau schimmernde Flüssigkeit, die einen Teil ihres waldgrünen Haares auf ihr Gesicht klebte.

Waldgrün. Ihr Schleier war unten.

Der benommene Blick in ihren Augen. Sie war noch am Leben, aber sie war zugedröhnt.

Mein Telefon klingelte zu »Fergilicious«. Es war ein Klingelton, den ich gut kannte.

Ich wischte nach rechts und hielt den Hörer an mein Ohr.

Ich betete, dass ich falschlag.

Aber ich wusste, dass ich es nicht tat.

»Hast du mein Foto bekommen, Puppengesicht?« Ich hatte diese Stimme schon einmal gehört.

Und ich war dumm genug gewesen, zu glauben, dass sie in meinen Alpträumen bleiben würde.

»Ja.« Meine Stimme war steif, aber fest. Keine Ahnung, wie, aber ich war froh, dass sie es war. Moira würde nicht wollen, dass ich bettelte.

»Ausgezeichnet.«

»Was willst du?«, fragte ich ihn. Es war kein Flehen, aber es war nahe dran. Ich würde auf Händen und Knien zu ihm kriechen, wenn er das wollte.

Aber er wollte nicht.

Das war nicht genug für ihn. Nicht nach jener Nacht. Nach Julian.

»Ich habe ihr anscheinend zu viel schwarzen Lotus gegeben. Du hast zwanzig Minuten Zeit, nach Hause zu kommen, bevor sie eine zweite Dosis bekommt. Diese wird tödlich sein. Wenn du es jemandem erzählst, jage ich ihr eine Kugel ins Gehirn und bin weg, bevor sie mich erwischen können.«

Die Flasche glitt aus meinen Fingern und zerschellte auf dem Marmorboden, als ich an ihren Tod dachte. Schmerzensschübe und Feuerfetzen leckten an meiner

Haut, wo die Glaskanten mich schnitten. Es war mir völlig egal.

»Die Zeit läuft, Luzifers Tochter.«

Das Telefon verstummte im selben Moment, als die Badezimmertür aus den Angeln gehoben wurde.

Laran und Rysten nahmen alles auf, von der zerbrochenen Flasche bis zu meinem entsetzten Gesichtsausdruck. Ich hatte zwei Möglichkeiten: nach Strich und Faden zu lügen und als Heldin davonzulaufen und dabei vielleicht zu sterben ... oder ich konnte ihnen die Wahrheit sagen und die ganze Macht der vier Reiter schicken, um ihn zu töten und sie zu retten.

»Er hat Moira«, schluckte ich. »Er hat sie entführt.«

Ich wusste, wie diese Manipulationsspiele funktionierten. Er wollte, dass ich mir zu viele Fragen stellte.

Würde er wirklich wissen, ob ich es ihnen sagte oder nicht?

Würde er sie tatsächlich töten, wenn ich es täte?

Die Antwort war ja und nein.

Er würde sie töten, aber er hatte keine verdammte Möglichkeit zu wissen, ob ich es den Reitern erzählte. Er war ein einzelner Dämon. Kein allmächtiges Wesen.

Er würde es erst erfahren, wenn es zu spät war.

Tief in meinem Herzen begann ein Trauermarsch.

Er hat Moira.

Aber wie? Das wusste ich nicht. Ich konnte nur annehmen, dass er sie irgendwie in die Enge getrieben und ihr diese schrecklichen Drogen eingeflößt hatte.

Die Ausweglosigkeit. Die Verzweiflung. All das brach über mir herein wie eine Flutwelle, die mich unter sich begraben wollte, aber ich würde mich nicht unterkriegen lassen. Noch nicht.

»Ruby, du musst mir sagen, woher du das weißt?«,

fragte Laran. Ich hielt das Display hoch und sein Gesicht verfärbte sich. »Sie wurde unter Drogen gesetzt.«

»Er hat angerufen, nachdem er das geschickt hat. Ich habe zwanzig Minuten Zeit, um nach Hause zu kommen, bevor er ihr eine zweite Dosis gibt, die sie töten wird. Wenn er dich kommen sieht, wird er ihr in den Kopf schießen und weg sein, bevor wir ihn erwischen können.« Diesmal zitterte meine Stimme. War es die Verzweiflung, die mich beherrschte? Oder war es der Tod?

»Wir werden sie zurückholen, das verspreche ich ...«

»Mach keine Versprechen, die du nicht halten kannst!«

»Ruby ...«

Ich drängte mich an ihm vorbei in den Flur, wo Allistair und Julian gerade angekommen waren. Wie waren sie so schnell hergekommen? Egal.

»Hör auf! Du weißt genauso gut wie ich, dass er nicht die Absicht hat, sie am Leben zu lassen. Ob ich nun gehe oder nicht.« Ich spuckte die Worte aus wie ein abscheuliches Gift und begann, meine Stiefel über meine blutigen Füße zu stülpen.

»Du hast recht«, sagte Julian und legte mir eine Hand auf die Schulter. Ich schob sie weg und stürmte auf die Tür zu, aber Allistair packte mich am Handgelenk und zog mich zurück.

»Das ist genau der Grund, warum du nicht hingehst«, sagte Allistair.

»Was?« Ich schaute zwischen ihren Gesichtern hin und her, auf der Suche nach einem Hinweis darauf, warum sie das wohl tun würden. »Was meint ihr damit, dass ich nicht hingehe?«, verlangte ich und meine Stimme erhob sich um eine Oktave.

»Beruhige dich, Liebes! Denk doch mal nach ...«

»Sag mir nicht, dass ich mich beruhigen soll,

verdammt!«, schnauzte ich. »Moira ist nicht nur meine beste Freundin. Sie ist meine Familie. Wenn auch nur die geringste Chance besteht, dass sie stirbt, muss ich da sein.« Die Flammen im Kamin färbten sich blau und tauchten uns in ein unnatürliches Licht. Allistair ließ mich nicht los und die Reiter gaben nicht nach.

»Wenn du gehst, ist es unsere Priorität, dich zu beschützen. Wenn du sie liebst, dann bleibst du hier, während wir ...« Ich hob meine Hand, um ihn zum Schweigen zu bringen.

»Während ihr geht und kämpft?«, fügte ich hinzu. Die Bitterkeit in meinem Tonfall war nicht zu leugnen, aber die Härte in seinen Augen auch nicht. Er würde nicht nachgeben. Allistair auch nicht. Und Rysten auch nicht. Nicht einmal Laran ... Obwohl er so aussah, als würde er es verstehen.

»Ja.«

Ich schüttelte den Kopf, weil ich das nicht glauben konnte. Ich sollte Königin werden. Eines Tages sollte ich regieren. Ich konnte sie nicht einmal dazu bringen, mich einen einzigen verdammten Dämon jagen zu lassen, den *sie* anscheinend nicht hatten aufspüren können. Ich tat das einzig Richtige und sagte es ihnen. Ich hatte keine Geheimnisse vor ihnen.

Und doch ... Ich begann mich zu fragen, ob dies nur der Anfang der Barrieren war, die das Erbe der Hölle mit sich bringen würde. Eines Tages zu herrschen, bedeutete, ein Gefangener zu sein ...

Und wenn Moira starb ...

»Nun, lass mich dir eins sagen, *Tod*!« Ich spuckte seinen Namen aus, als wäre er Gift. »Ich werde sterben, wenn sie stirbt. Also gib lieber alles, was du hast, um sie zu retten. Es ist mir egal, was du dafür tun musst. Es ist mir egal, wen du töten musst. Verstehst du? Es ist mir egal. Aber wenn du sie nicht lebend zurückbringst, brauchst du gar nicht erst wiederzukommen, denn wenn du zurückkommst, wird hier niemand auf dich warten.« Es war nicht die Bestie, die sprach, sondern die Königin. Die zukünftige Königin. Noch nie in meinem Leben hatte ich Forderungen gestellt, aber dieses Mal ... war kein Preis zu hoch. *Nichts.*

Sie alle sahen mich mit fassungslosen Gesichtern an, als ich Allistair abschüttelte und mich an die Bar setzte. Bandit kam den Flur entlang gerannt, sprang auf meinen Schoß und rollte sich schützend um mich herum.

Und schon redeten sie wieder über meinen Kopf hinweg, aber niemand wagte es, mich nach meiner Meinung zu fragen.

Ich war ja nur die verdammte Erbin. Zu mächtig, um in Gefahr gebracht zu werden.

Was für ein Schwachsinn!

Mein Telefon vibrierte wieder und mein Magen sackte in sich zusammen.

Bitte sag mir nicht, dass er es weiß ...

Aber es war nicht Moira, die mir eine SMS geschickt hatte.

Es war eine unbekannte Nummer. Ich runzelte die Stirn und versteckte das Telefon hinter Bandit, als ich die Nachricht öffnete.

»Du kommst zu spät zur Arbeit.«

Ich starrte auf die sechs kleinen Worte. Zu spät zur Arbeit? Das *Blue Ruby* war geschlossen. Ich hatte keine Kunden und weiß der Teufel, keiner von ihnen würde sagen ...

Langsam tippte ich ein: *»Wer ist das?«*

Die Antwort kam sofort: *»Ein Freund.«*

Ein Freund, hm? Ich könnte den ganzen Tag hin und

her schreiben und versuchen, die Identität herauszufinden, aber Moira hatte keinen Tag Zeit. Sie hatte nicht einmal eine halbe Stunde Zeit.

Ich beobachtete die vier Dämonen vor mir, wie sie über ihre Strategie sprachen, wie sie das Haus betreten würden. Sie besprachen, wer gebraucht wurde und wer bleiben würde. Zu meinem Schutz, natürlich.

Die konnten mich mal.

»Ist mein Freund bei der Arbeit?«

Ich wartete auf die Antwort. Die Jungs sprachen jetzt leise miteinander, und ich wusste, dass es bald so weit war.

Mein Handy vibrierte wieder.

»Ja.«

Mist. Wenn das bedeutete, was ich dachte, dass es das tat …

»Danke.«

Ich drückte auf die Sperrtaste, als die Reiter auseinandergingen und sich zu mir umdrehten. Es waren noch keine fünf Minuten vergangen und schon hatte sich so viel verändert. Wir standen jetzt auf zwei Seiten: ich mit Geheimnissen und sie im Dunkeln.

Ich wusste nicht, was sie zu Hause erwarten würde, aber mein Gefühl sagte mir, dass es nicht schön war.

»Drei von uns gehen, einer bleibt zurück. Entscheide dich!«, sagte Julian. Wenn das ein Test war, um herauszufinden, wen ich am meisten mochte, dann waren sie alle Idioten.

Ich blickte zwischen ihnen hin und her und wog meine Optionen ab, während sich in meinem Kopf bereits ein Plan abzeichnete. Ich schluckte schwer und hoffte, dass er mich nicht hassen würde, wenn das hier vorbei war. Und ich betete, dass ich ihn nicht falsch gelesen hatte.

»Laran bleibt.«

Julians Gesichtsausdruck verriet nichts, und obwohl Allistair leicht eifersüchtig war, wusste er, dass ich mich nicht für ihn entscheiden würde. Der Einzige, der es sich wirklich zu Herzen nahm, war Rysten.

Das Problem mit Rysten war, dass er sich zu sehr um mich sorgte. Darum, was ich brauchte.

Laran stand für Feuer. Für Risiko. Für Leidenschaft. Und für Wut.

Wenn jemand zuhörte, dann er. Wenn nicht ... würde ich diese Brücke überqueren, wenn ich sie erreicht hatte.

»Es tut mir leid«, sagte Rysten. Er sah aus, als würde er es ernst meinen. Ich sagte nichts, nicht einmal einen Abschiedsgruß, als er und Julian in den Schatten gingen und verschwanden.

»Pass auf dich auf, kleiner Sukkubus!«, murmelte Allistair. Er drehte sich um und ging geradewegs durch einen obszön großen Spiegel. Ich dachte, sie hätten so viele, weil er eitel war, aber ein Spiegelwandler machte genauso viel Sinn. Ich speicherte diese Information für später ab.

Mein Handy summte ein letztes Mal, aber ich traute mich nicht, es zu überprüfen, weil Laran mich so genau beobachtete. Mit sicheren und gleichmäßigen Schritten durchquerte er das Wohnzimmer. Er stellte sich zwischen meine Beine, während ich auf meinem Barhocker thronte.

»Du hast mich nicht gewählt, weil dir mehr an mir liegt oder um die anderen drei zu ärgern.«

»Nein, das habe ich nicht.«

Er nickte und steckte sich die Zunge in die Backe.

»Warum hast du mich gewählt, Ruby?« Er sagte es nicht hart oder forsch. Er war ehrlich, fast schon resigniert. Offen.

»Weil du Krieg bist. Weil du klug bist und du an deinen Feind denken kannst, wenn du aufhörst, an mich zu denken. Bis jetzt hat noch keiner von euch aufgehört, an mich zu denken. Kannst du mir ehrlich sagen, dass du glaubst, dass dieser Feind so dumm ist, mir zu sagen, wo meine beste Freundin ist, und sogar zu riskieren, dass ich es euch sage?« Ich ging hier ein großes Risiko ein, aber er hatte mich noch nicht abgewimmelt. Ich wartete einen Moment, während er mit seiner eigenen inneren Zerrissenheit kämpfte.

Schließlich sagte er: »Nein.«

»Was würdest du tun?«, fragte ich und versuchte verzweifelt, nicht ständig auf die Uhr zu schauen. Er musste mir glauben. Er musste erkennen, dass ich schlauer, besser und stärker war, als sie annahmen.

Er musste mir ausreichend vertrauen, um nicht zu versuchen, mich aufzuhalten.

Er legte kurz den Kopf schief und zum ersten Mal sah ich, wie sich die Räder wirklich drehten. »Ich würde eine Falle stellen und sie dann wegbringen, in der Erwartung, dass du es uns sagst. Wenn du es nicht tust, wirst du ausgeschaltet, wenn du es tust, dann wir. So oder so, jemand stirbt. Dann würde ich Moira töten und in der Nacht verschwinden ...« Seine Lippen verzogen sich, als er mich anstarrte. War es Schock? Oder war es Misstrauen? So oder so, uns lief die Zeit davon. »Sie ist nicht in deinem Haus. Aber das wusstest du ja schon.«

»Ich glaube auch nicht, dass er gewartet hat, ihr eine tödliche Dosis schwarzen Lotus zu geben. Moira ist kein Volldämon, Laran, und wenn er es getan hat, wird sie sterben.« Ich zerbrach innerlich. Meine Handflächen schwitzten. Mein Puls raste. Ich konnte kaum noch denken und traute mich nicht, zu fühlen.

»Du hast recht. Sie ist nicht das eigentliche Ziel.«

»Ich bin es auch nicht. Du bist es. Du hast ihn zerstört, weil er mich berührt hat. Julian hat alle Dämonen getötet, die er noch hatte. Bei all dem ging es nie um mich und auch jetzt nur, weil er weiß, dass ich der Weg zu dir bin.« Er zuckte nicht zurück und schaute nicht weg, obwohl ich wusste, dass ihn das verletzt hatte. Er gab sich selbst viel mehr schuld an dieser Nacht als ich, aber ich wollte mit der Wahrheit nicht hinterm Berg halten. Nicht, wenn Moiras Leben auf dem Spiel stand. Dagegen weigerte ich mich.

»Wenn dir etwas zustößt, werde ich mir das nie verzeihen«, sagte er, aber ich merkte, dass ich ihn überzeugte.

»Wenn Moira etwas zustößt, werde ich nicht die Ruby sein, die du kennst. Es ist mir scheißegal, ob die Hölle zufriert und die Apokalypse kommt.« Jedes Wort war wie ein Eispickel gegen seinen Panzer. Ich hämmerte unerbittlich gegen das Band, das ihn und die anderen verband, und forderte ihn auf, das Undenkbare zu tun und sich gegen sie zu wenden. »Ich bitte dich nicht darum, mich zu töten, Laran. Ich bitte dich, mir zu vertrauen. Ich bin nicht wehrlos und ich bin es leid, so behandelt zu werden. Ich verstehe, dass die Welt gefährlich ist, aber wie soll ich jemals die Hölle beherrschen, wenn ihr mich nicht meine eigenen Entscheidungen treffen lasst? Moira liegt im Sterben, und wenn wir sie nicht retten, seid ihr selbst schuld, wenn ich zu der Bestie werde, die ich eurer Meinung nach unbedingt beherrschen muss.«

Sein Kiefer straffte sich, und ich wusste, dass ich einen Tiefschlag gelandet hatte, aber uns lief die Zeit davon. Es hieß jetzt oder nie.

»Lass mich das nicht bereuen!«, knurrte er.

Oh, Gott sei Dank! Jetzt hoffte ich nur, dass wir es noch rechtzeitig schafften.

»Wir müssen zu meinem Laden. Ich glaube, er hält sie dort fest ...« Ich machte mich auf den Weg zur Fahrstuhltür, als ein wirbelnder Flammenstrudel vor mir auftauchte.

»Du kannst pyroportieren?«, fragte ich und starrte in etwas, das durchaus ein Portal zur Hölle sein könnte. Das wusste man erst, wenn man es durchschritten hatte.

»Ja«, hauchte er und verschränkte meine Hand mit seiner. »Wir haben nur den Bruchteil einer Sekunde, bevor er merkt, dass wir da sind. Deine Aufgabe ist es, dich um Moira zu kümmern. Lass dich nicht auf ihn ein, wenn du nicht dazu gezwungen wirst. Wir wissen nicht, wie viele dort sein werden. Hast du das verstanden?«

Ich nickte und starrte in die Flammen. Es war noch gar nicht so lange her, da hatte ich Angst vor Männern und Dämonen gehabt. Ich war ihnen aus dem Weg gegangen und hatte mich größtenteils zurückgehalten. Sicher, ich hatte gelegentlich mit dem Feuer gespielt, aber ich hatte immer damit gerechnet, dass ich mich verbrennen würde.

Zum ersten Mal in meinem Leben starrte ich bereitwillig in das Gesicht der Gefahr, und ich konnte wahrheitsgemäß sagen, dass ich keine Angst davor hatte. Das Feuer umhüllte mein Gesicht, aber ich starrte es an, bereit für das, was mich erwartete.

Ich war eine Freundin des Todes, eine Königin der Dämonen und eine Schlächterin der Männer.

Ich war ein Mädchen, das in Flammen stand, und die Flammen gehorchten nur mir.

25

———

JULIAN

Sie hasste mich.

Mehr als alle anderen hasste sie mich. Aber wir konnten sie nicht gehen lassen.

Sie hatte ihre Fähigkeiten nicht richtig im Griff. Ruby konnte die Todesfee genauso gut töten, wie sie sie retten konnte, besonders so kurz vor der Verwandlung.

Sie war ein Pulverfass, das nur auf einen einzigen Funken wartete.

Wenn sie explodierte ...

Ich ließ den Kopf hängen, denn es war egal, was heute Abend passierte. Ich hatte sie enttäuscht. Sie war meine Königin, und ich hatte sie zu meiner Gefangenen gemacht.

Aber ich konnte es einfach nicht tun. Selbst wenn Moira starb und Ruby mir nie verzieh ... Wenigstens wäre sie noch am Leben.

»Es wird alles gut, Kumpel. Sie wird darüber hinweg-kommen.« Rysten klopfte mir auf den Rücken. Ich fletschte meine Zähne und schüttelte ihn ab.

»Nein, Bruder, das wird sie nicht. Sie wird dir verzeihen, weil du genauso schlimm bist wie die verdammten

196

Menschen. Aber ich glaube nicht, dass sie mir verzeihen wird«, spuckte ich ihn im Geiste an. Wir waren in der Nähe ihres Hauses angekommen und klammerten uns an die Dunkelheit, als wir die Straße entlanggingen.

Es war unnatürlich ruhig, wie die Ruhe vor dem Sturm. Der Druck in der Luft war auf einen Kampf eingestellt, als wir in ihren Vorgarten traten.

Die zerbrochenen Fenster waren mit Brettern vernagelt, aber kein Licht drang hindurch. Kein einziges Lebenszeichen.

»Kannst du etwas hören?«, fragte ich Rysten. Er hielt inne und legte den Kopf schief.

»Kein Herzschlag. Nur ihr Wecker tickt«, antwortete er. Ich knirschte mit den Zähnen und presste meinen Kiefer zusammen.

Ich sollte zuerst durch die Vordertür gehen, während Rysten die Hintertür nahm und Allistair draußen Wache hielt.

»Allistair.«

»Ich bin in Position«, antwortete er sofort. Wir konnten ihn nicht sehen, aber das war der Plan.

Wenn wir ihn nicht sehen konnten, konnte das auch sonst niemand.

»Ich gehe rein«, sagte ich zu den beiden. Rysten trat zurück in den Schatten und stellte sich wieder neben die Hintertür.

»Drei.«

Ich überquerte den Hof in vier Schritten.

»Zwei.«

Ich sprang auf die Veranda und landete so leicht und lautlos wie ein Pistolenschuss.

»Eins.«

Mein Stiefel stieß gegen die Tür und hob sie aus den

Angeln. Ich stürmte ins Haus und ging auf das Schlafzimmer zu, als ich etwas hörte.

»Julian! Julian, das ist kein Wecker, das ist eine ...«

»Bombe«, beendete ich.

Bumm!

Meine Haut schrumpfte und starb, als die Schichten in Fetzen gerissen wurden, Feuer brannte und wütete. Sehnen und Bänder dehnten sich und rissen, als der Aufschlag jeden Knochen in meinem Körper zertrümmerte. Ich hatte keine Zeit, aufzuschreien oder den Schmerz zu spüren. Während ich darauf wartete, dass mein Körper sich selbst reparierte, konzentrierte ich mich auf mein verbliebenes Bewusstsein. Unterdessen wurde mein Körper aus allen Nähten gerissen. Ich konnte das Echo der Stimmen meiner Waffenbrüder hören.

»Er ist am Boden und ich kann Krieg nicht erreichen.«

»Was meinst du? Wo zum Teufel ist Ruby?«

»Die ganze Sache war eine Falle. Wo zum Teufel sind sie?«

Ich verschwand in der Leere, in die alle Seelen gingen, um hinüberzuwechseln. Wäre ich nicht Tod, wäre ich jetzt tot, aber ich war mehr als ein Mensch oder ein Dämon.

Ich war ein Gott.

Unsterblich.

Erfüllt von einem Zorn, der so kalt war, dass er brannte.

Er hatte eine Bombe platziert, die für Ruby bestimmt gewesen war.

Jemand würde dafür bezahlen. Mit seinem Blut.

Ich krümmte meine Finger und öffnete meine Augen.

Das Einzige, was noch dauerhafter und garantierter war als meine Unsterblichkeit, war, wie schnell ich sein Leben beenden würde, sobald ich ihn gefunden hatte.

26

WIR TRATEN GEMEINSAM DURCH DAS PORTAL UND kamen in meinem Büro an. Im Bruchteil einer Sekunde war das Portal geschlossen, aber zu unserem Entsetzen war meine Bürotür es nicht.

Aus diesem Blickwinkel konnte man nur die Wand der Kabine sehen, und obwohl es still war, waren wir nicht allein. Ein langsames Klatschen setzte ein. Ich schaute zur Tür, aber das Geräusch kam nicht von dort. Auch nicht von hinter uns. Das Klatschen hallte um uns herum und in uns hinein, von oben, aber auch von unten. Es war überall und da wusste ich, dass ich in Schwierigkeiten steckte.

Ich drehte mich zu Laran um, aber er war nirgends zu sehen. Es war, als wäre er verschwunden.

Aber das kann doch nicht wahr sein.

Oder doch?

»Ich bin so froh, dass du aufgetaucht bist, Puppengesicht. Ich hätte nicht gedacht, dass du es schaffen würdest, aber angenehme Überraschungen sind *immer* willkommen.« Die Stimme des Dämons hallte in meinem Kopf wider.

Das konnte nicht stimmen. Hier drin gab es kein Echo. Das ergab keinen Sinn.

Ich machte einen zögerlichen Schritt auf die Tür zu und ein irrsinniges Gelächter ertönte.

Aus einem unbekannten Grund verdrängte seine Stimme alles. Ich konnte nur ihn hören, obwohl ich mir sicher war, dass Laran noch bei mir war. Er würde mich nie im Stich lassen ... Aber ich konnte ihn nicht sehen.

Wo war er?

Ich ging noch drei Schritte auf die Tür zu, als sich der Raum auf den Kopf stellte. Der Boden war jetzt die Decke, aber ich stand immer noch auf dem Boden. Ich drehte mich im Kreis, als mich etwas am Rücken berührte. Ich sprang auf und drehte mich um, aber es war niemand da.

»Suchst du mich?« Ich wirbelte herum und sah den Kobold direkt hinter mir stehen.

Er trug einen gut sitzenden Anzug, den ich sofort für so prätentiös hielt, dass Allistair ihn tragen würde. Das Jackett war marineblau und hatte einen weißen Knopf. Ich persönlich fand, er passte nicht zu seinen Augen ...

Er hatte keine zwei Augen. Er hatte nur eines.

Warum beobachteten mich dann zwei?

Das ergab keinen Sinn. Aber das war auch der einzige Teil, der Sinn machte.

»Das ist nicht real«, flüsterte ich. Er lächelte und es war fast freundlich. Fast gut aussehend.

»Sehr schlau, Puppengesicht. Meine Mutter war kein Kobold, sondern ein Alptraum. Sie gab mir ein paar sehr nützliche Gaben, um Menschen gefügig zu machen. Lass uns mal sehen, wie stark dein Verstand ist, ja?« Das Lächeln verschwand aus seinem Gesicht, als der Boden unter mir wegbrach. Ich stürzte im freien Fall und erschien in einem Raum, den ich am liebsten vergessen hätte.

Meine Beine baumelten nutzlos am Ende des Konferenztisches. Ich versuchte, mich zu bewegen, zu schreien, zu brüllen. Es kam niemand. Nicht als Josh meinen angezogenen Körper rammelte oder meine Brüste leckte. Auch nicht, als er meine Jeans öffnete und sie langsam herunterzog.

Jeden Moment ...

Josh zog mir die Jeans von den Beinen. Wenn das normalerweise passierte, konnte ich mich in meine Gedanken zurückziehen. Das war dieses Mal keine Option. Ich saß in meinem schlimmsten Alptraum fest. Ich konnte nicht aufwachen. Ich konnte nirgendwohin fliehen.

O Gott, tu das nicht! Lass das nicht geschehen! Was zum Teufel habe ich getan, um ...

Nichts. Ich hatte nichts getan, um das zu verdienen.

Der erste Anflug von Hitze berührte mich, aber es war nicht genug, um mich zu befreien.

Es ist nicht echt. Es ist nicht echt. Es ist nicht echt. Das rief ich mir immer wieder zu. Vielleicht würden die Jungs nicht kommen und vielleicht war ich in einer Art Alptraum gefangen, aber das machte es nicht real.

Nur weil ich ihn noch einmal erleben musste, gab er ihm keine Macht über mich.

Sobald mir der Gedanke kam, zersplitterte die Erinnerung wie Glas. Sie zerbrach in ein Kaleidoskop aus Bildern, die meine Geschichte ausmachten.

Ich stürzte tiefer in die Scherben meiner Vergangenheit und schrak entsetzt zurück, als ich landete.

Josh war schrecklich gewesen. Ich hatte mir seinen Tod gewünscht. Aber dies ... d

ies war der eigentliche Anfang von allem.

Sein Name war Danny und er war meine erste Liebe gewesen. Zumindest dachte ich, dass er das gewesen war.

Wir lernten uns hier in Portland kennen. Er wurde dem Waisenhaus zugewiesen, in dem ich lebte. Ich war fünfzehn, als wir uns das erste Mal trafen. Kaum mehr als ein Kind und definitiv keine Frau. Wir wurden schnell Freunde – er und ich. Sogar Moira mochte ihn, was eine Premiere war. Sie mochte buchstäblich niemanden außer mir.

Und seitdem auch niemanden mehr.

Wir kannten uns schon sechs Monate vor unserem ersten Date. Er führte mich in ein einfaches Restaurant mit amerikanisch-italienischer Küche aus – *Olive Garden*. Ich verschüttete Suppe über mich, und weil ich mich danach zu sehr schämte, um ins Kino zu gehen, legten wir uns zu Hause aufs Trampolin und starrten in die Sterne.

Sechs weitere Monate vergingen, aber Danny veränderte sich ... Er wurde immer anspruchsvoller, wenn es darum ging, wie viel Zeit ich mit ihm verbrachte. Er wurde unausstehlich, nachdem wir miteinander geschlafen hatten. Es gefiel ihm nicht, dass ich so viel Zeit mit Moira verbrachte, und er versuchte, sie loszuwerden.

Natürlich war es diese Nacht, die ich in diesem Alptraum wiedersah.

Meine Schritte knarrten, als ich die Tür schloss und ins Bett kroch. Moira war bereits im Land der Träume. Das war ungewöhnlich, denn sie hatte Probleme mit dem Einschlafen.

Ich zog die dünne Decke über meine Brust und schlief schneller ein als sonst. Es kam mir vor, als würde ich nur wenige Minuten später aufwachen, aber dann merkte ich, dass ich nicht allein war.

Ich öffnete meinen Mund, um zu schreien, als ein Lappen hineingestopft wurde, der meinen Schrei blockierte und meine Atemwege abschnürte. Entsetzen durchfuhr meinen Körper, als ich erkannte, wer mit mir im Bett lag – und was er tat.

Er hatte nur ein leichtes Schlafmittel benutzt, weil er dachte, das würde reichen. Ihm war nicht klar gewesen, wie sehr ich mich wehren würde.

Andererseits war ich mir nicht sicher, ob er in dieser Nacht oder in den Monaten davor bei klarem Verstand gewesen war.

Ich schlug mit allem, was ich hatte, um mich. Mein Körper war nicht stark genug, um gegen ihn zu kämpfen und ihm zu entkommen. Ich wusste nichts über die Bestie. Ich hatte keinen Zugang zu Feuer.

Aber ich hatte etwas anderes.

Ich klammerte mich an seinen Geist und zerriss ihn wie Papier.

Das war das Einzige, was ich tun konnte. Ich sah keinen anderen Weg. Verdammt, ich wusste nicht einmal, dass ich es tun konnte ... bis ich es tat.

Ich war so erschrocken, so verletzt, so gebrochen, dass ich um mich schlug und ihn in den Wahnsinn trieb. Als er merkte, dass ich die Ursache dafür war, versuchte er natürlich, sich zurückzuziehen. Er versuchte, zu rennen.

Er schaffte nicht einmal drei Schritte, bevor er zusammenbrach.

Ich wollte ihn nicht entkommen lassen.

Er fing an, zu plappern, dass meine Berührung ihn verrückt machte. Er hatte nicht bedacht, was mein Verstand alles konnte.

Aber ich war mit einer einzigartigen Fähigkeit geboren worden, die so schrecklich war, dass ich mich gezwungen hatte, sie zu vergessen.

Zu vergessen, was ich ihm angetan hatte.

Zu vergessen, was ich war.

Ich zerfetzte nicht nur seinen Verstand. Ich zerriss seine Seele und musste ihn dafü nicht einmal berühren.

Moira war aufgewacht. Sie sagte, ich hätte nach ihr gerufen. Dass ich sie brauchte. Dass er mir wehtat.

Sie fand ihn schreiend auf dem Boden vor und schlug ihm mit einem Briefbeschwerer den Kopf ein, sodass er blutete und seine Augen so groß und leer wurden wie die einer Puppe.

Sie entdeckte mich zusammengerollt in einer Kugel. Als sie mich umarmte, tat es weniger weh. Sie half mir, die Leiche loszuwerden. Als sie den Blutfleck von den Holzböden schrubbte, wurde sie zu meinem Anker.

Ich ertrank in dem Schmerz dieser Nacht und dem, was ich getan hatte. Denn ich erinnerte mich jetzt an alles. Jemand riss mir die Scheuklappen von den Augen und brachte mich dazu, mich zu erinnern, was passiert war.

Daran, dass ich seine Seele getötet hatte.

Dass Moira seinen Körper zerstört hatte.

Und dass wir Schwestern wurden, durch Blut miteinander verbunden.

Es gab eine Zeit, da hatte diese Erinnerung die Macht, mich zu brechen.

Also hatte ich mich dazu gezwungen, sie zu vergessen.

Jetzt erinnerte ich mich.

Und der Dämon, der mich dazu gebracht hatte, jene Nacht wieder zu erleben, hatte unterschätzt, wie sehr ich mich seitdem geheilt hatte.

Wie viel stärker ich geworden war.

Ich konnte meine Flammen hier nicht finden, in diesem Alptraum, den er geschaffen hatte.

Aber er gab mir eine noch tödlichere Waffe. Und er konnte sie nicht zurücknehmen.

Im Geiste streckte ich meine Hand aus und suchte nach

der realen Essenz, die mich überall umgab. Instinktiv wich er zurück. Er rannte vor der Macht davon. Er erkannte erst jetzt seinen Fehler.

Ich wusste es in dem Moment, als er sich aus meinen Gedanken zurückzog, denn ich fand mich vor ihm auf den Knien wieder, als er sich in Richtung Tür entfernte.

Ein einzelnes Auge starrte mich an und ich lächelte, dunkel und lieblich.

»Du hättest uns töten sollen, als du die Chance dazu hattest«, sagte ich, aber ich gab ihm keine weitere Chance.

Er öffnete den Mund, bereit, zu schreien, aber die Zeit zum Schreien war vorbei.

Ich stürzte mich auf ihn, die Wut schürte eine unermessliche Kraft, und verschlang seine Seele.

Das Feuer erwachte auf meinen Befehl hin zum Leben und brach seinen Körper auseinander, bis er nur noch glitzernde Asche war, die in den Flammen tanzte.

Ich watete durch das Feuer in den Raum dahinter, wo ich hören konnte, wie sich Moiras Herzschlag verlangsamte, als die Drogen in ihren Adern ihre Wirkung entfalteten. Er war ein Lügner und ich eine Mörderin, aber ich weigerte mich, Moira die Konsequenzen tragen zu lassen.

Ich weigerte mich, sie sterben zu lassen.

»Ruby!«

Ich drehte mich nicht nach der Stimme um, als ich mich dem Stuhl näherte, auf dem der Dämon sie festgeschnallt hatte. Es war ein Stuhl, den ich gut kannte. Ich hatte schon unzählige Menschen auf ihm tätowiert.

Flammen leckten an den Seilen und rissen sie auseinander. Ihr bewusstloser Körper kippte um und ich stürzte nach vorne, um sie aufzufangen. Die Bestie rutschte an ihren Platz. Sie nahm meine beste Freundin in den Arm, als wir sie gemeinsam auf den Boden sanken. Die Flammen züngelten über Moiras Haut, aber sie verbrannten oder verkohlten sie nicht.

Moira war immun gegen meine Flammen.

»Du wirst ihr wehtun. Ich brauche Ruby zurück«, rief Laran und tauchte über uns auf. Sein Anblick war beeindruckend, denn er badete in einer Welt, die nur aus Feuer bestand. Wie Moira wollten die Flammen ihm nichts anhaben.

»Sie liegt im Sterben. Ich werde sie retten, denn sie ist unser Anker. Wir müssen sie beschützen«, sagte die Bestie mit derselben leblosen Stimme. Sie benutzte meine Hände, um Moiras Kopf mit einer ungeheuren Sorgfalt zu wiegen.

Moiras Haut war so blass, dass sie nicht einmal grün aussah, sondern nur eine kränkliche Aschefarbe hatte, deren Anblick mich schmerzte. Ihr ganzer Körper war schlaff. Das Herz in ihrer Brust kämpfte darum, weiterzuschlagen, obwohl die Drogen es erdrückten.

Das war Moira.

Meine Moira.

Und sie würde leben, so oder so.

Ein strahlend blaues Licht strömte aus meinen Händen in ihre Schläfen. Das Feuer wirkte schnell, als es durch ihr Blut raste und die Chemikalien verbrannte, die ihr Leben bedrohten.

Vielleicht war es ein Segen, dass sie schlief, denn diese Art der Säuberung würde nicht einfach sein. Es war eine Sache, immun gegen die Flammen zu sein, aber eine andere, von innen heraus verbrannt zu werden. Trotzdem schüttete die Bestie weiter Feuer in ihre Adern, bis sie zu schreien begann.

Wenn sie stark genug war zu schreien, dann war sie auch stark genug zu leben. Und erst dann erlosch das Feuer. Ich sah Moiras Augen, die zu mir aufschauten. Sie waren nicht mehr grün, sondern kobaltblau, mit einem auf dem Kopf stehenden Pentagramm, das durch ihre Pupille lief und schwarz umrandet war.

»Ich habe dich gezeichnet«, flüsterte ich.

Und dann wurde ich ohnmächtig.

27

LARAN

Sie verzehrte die Welt in Feuer.

Die Flammen der Hölle wüteten nach ihrem Willen und verbrannten alles, was ihr lieb und teuer war. Sie war von ihrer Wut versklavt und es gab keine Möglichkeit, sie zu kontrollieren.

Ich war in meinem schlimmsten Alptraum gefangen, so sicher, dass sie sterben würde. Ich war davon überzeugt, dass ich den größten Fehler meines Lebens begangen hatte.

Dann zerbrach die Szene und vor mir stand nicht nur Ruby oder ihre Bestie, sondern eine rächende Göttin.

Sie schlug ihn mit einer Kraft aus ihrem Geist tot, die nicht zu bändigen war und auch nicht gebändigt werden wollte.

Es war eine Kraft, die sich von allen anderen unterschied, und zum ersten Mal fragte ich mich, welche Hälfte von ihr stärker war. Das Sukkubus-Mädchen, das alles für ihre Freundin riskierte, oder die Bestie, die Flammen auf diese Welt losließ.

Ich wusste es nicht, aber das würde alles ändern.

Sie war nicht mehr nur Luzifers Tochter, die Erbin der Hölle oder eine zukünftige Königin.

Sie war meine Gefährtin.

»Ruby!«, schrie ich und jagte ihr durch die Flammen hinterher. Sie verbrannten mich nicht, aber dafür konnte ich Luzifer danken. Die Todesfee würde nicht die gleiche Immunität haben. Wenn sie sie so tötete ... würde Ruby daran zerbrechen. Ich zweifelte keine Sekunde daran, dass sie meinte, was sie gesagt hatte.

Wenn die Todesfee starb, würde sie nicht mehr dieselbe sein – und beide Welten würden zusammenbrechen.

Ich tauchte durch das Feuer, unvorbereitet für das, was ich sah.

Ruby saß auf ihren Knien und hielt einen Halbdämon, der nicht mehr leben sollte.

Nein, nicht Ruby. Die Bestie.

Ihre Augen waren schwarz wie die Sünde und frei von jeglichen Gefühlen.

Nur reine Obsidian-Edelsteine, die zu der Kreatur gehörten, die mich gebrandmarkt hatte.

»Du wirst ihr wehtun. Ich brauche Ruby zurück«, rief ich. Zuerst dachte ich, sie hätte mich nicht gehört. Wie sollte sie auch, bei dem Gebrüll der Flammen?

Aber dann sprach sie.

»Sie liegt im Sterben. Ich werde sie retten, denn sie ist unser Anker. Wir müssen sie beschützen.«

Sie ist unser Anker ...

Wie hatten wir das übersehen? Die Todes... Moira war nicht nur eine Freundin oder Familie. Sie war Rubys Vertraute.

Sie war der Grund, warum Ruby die Verwandlung aufgehalten hatte. Der Grund, warum wir keine Ahnung hatten, wie stark sie war. Der Grund, warum Moira den Flammen widerstehen und Ruby ihr körperlich nichts anhaben konnte.

Moira hatte die Rolle der Reiter übernommen und die Macht auf sich gezogen, weil wir nicht hiergewesen waren. Wir hatten es nur nicht gemerkt.

Wir hatten sie vor dieser Nacht völlig im Stich gelassen.

Ich fiel vor ihr auf die Knie und hielt meinen Mund.

Die Zeichen waren alle da gewesen und wir hatten sie nie gesehen.

Vielleicht war es an der Zeit, zu beobachten und zuzuhören.

Die Bestie legte ihre Hände auf das Gesicht der Todesfee. Die normalerweise frühlingshafte Haut des kleineren Mädchens war kränklich und blass. Auch damit hatte Ruby recht gehabt. Der Kobold wartete nie, aber ich war nicht so dumm oder optimistisch gewesen, zu glauben, dass er das tun würde.

Blaues Feuer breitete sich von ihren Fingerspitzen aus und entflammte unter Moiras Haut zum Leben. Es breitete sich wie Rauchschwaden aus und erleuchtete jeden Zentimeter ihres Körpers, bis sie so hell strahlte, dass es beim Zusehen wehtat. Aber ich wollte nicht wegsehen.

Die Todesfee stieß einen Schrei aus, als ihre Augen aufflogen. Die Flammen verschwanden augenblicklich.

»Ich habe dich gezeichnet«, flüsterte Ruby.

Ich streckte meine Arme aus und fing sie auf, als sie in Ohnmacht fiel.

Blue Ruby Ink war weg. Zwischen den Aschehaufen standen die Reiter.

Sie beobachteten Ruby und Moira mit der gleichen grimmigen Erkenntnis wie ich.

Die Welt würde sie beide jagen, und wenn Moira etwas zustieß ... w

ürde Ruby alles und jeden in Schutt und Asche legen.

Unser Job war gerade unendlich viel komplizierter geworden.

28

Ich wachte vom leisen Säuseln des Windes auf, der über mein Gesicht strich. Kühl. Sanft. Ich blinzelte einmal und nahm die Dunkelheit wahr. Nachdem ich durch eine schwebende Leere getrieben war, konnte ich mein Zimmer in der Wohnung nicht wirklich Dunkelheit nennen. Das Mondlicht beleuchtete die an der gegenüberliegenden Wand aufgereihten Kisten, und die schimmernden weißen Vorhänge bewegten sich in einer leichten Brise. Jemand hatte die Tür zum Balkon offen gelassen.

Meine Beine waren steif und schwerfällig, als ich sie über die schwarzen Bettlaken und auf den weichen Teppich gleiten ließ. Ich knickte mit den Zehen ein und wickelte sie um die darunter liegenden Fasern.

Wie lange war ich weg gewesen? Wie viel Zeit war vergangen?

Ich griff nach meinem Bademantel, der auf der Bettdecke lag, und zog ihn an. Ich warf einen Blick zurück zum Bett, in dem Moira tief und fest schlief. Da sie die Augen geschlossen hatte, konnte ich so tun, als wäre es nicht passiert. Sie sah genauso aus wie sonst, nur dass Bandit sie umschlungen hatte. Er klammerte sich mit einer Pfote an ihr Shirt und wickelte die andere um seinen rosa Elefanten. Er drückte sein Gesicht über ihren flachen Bauch und benutzte sie wie ein Kissen. Er sabberte auf jeden Fall dementsprechend.

Ich lächelte, weil sie in Sicherheit waren. Innerlich war mein Herz schwer angesichts dessen, was am Morgen kommen würde. Ging es Laran gut? Und den anderen? Jemand musste uns hierher zurückgebracht haben. Das waren Fragen für den nächsten Morgen.

Meine Beine protestierten, als ich mich vom Bett erhob und mit wackeligen Schritten durch das Schlafzimmer zu den offenen Türen ging. Die Flammen der Hölle waren körperlich nicht annähernd so anstrengend wie meine andere Fähigkeit.

Seelenzerfetzend, nicht wahr?

So etwas in der Art. Ich würde Moira morgen früh danach fragen.

Ich streckte meine Hand aus und umklammerte eine der Balkontüren, um mich zu stabilisieren, während ich die Schwelle überschritt und in die Nacht hinausging. Meine Zehen kribbelten auf dem kalten Stein. Ich schlang meine Arme um mich und zog den Bademantel fest an mich. Nicht, dass er bei diesem Wetter viel gebracht hätte.

Dreiundzwanzig Stockwerke hoch, mitten in der Nacht ... die Aussicht war atemberaubend. Rund um die Stadt ragten Wolkenkratzer in die Höhe, aber keiner war so hoch wie der, auf dem ich mich befand. Sie leuchteten in Gold-, Blau- und Grüntönen vor einem dunklen, sternlosen Himmel. Ich kam mir wirklich klein vor.

Ich atmete tief ein und wusste, dass ich nicht allein war.

Ich wusste, dass sie dort in den Schatten war, wo ich sie nicht sehen konnte.

Schließlich war sie mir schon seit einiger Zeit gefolgt.

»Weißt du, manche hielten mich für verrückt, weil ich den Süden verlassen und hier leben wollte. Sie nannten mich ein Kind, weil ich einmal das Bild auf einer Postkarte gesehen und es mir zur Aufgabe gemacht hatte, umzuziehen. Weit genug nach Norden, um mich vor den meisten Dämonen zu verstecken, aber in eine Stadt der Wunder, um immer Inspiration zu haben.« Meine Stimme war kaum ein Flüstern im Wind, aber ich wusste, dass sie mich hörte.

»Das ist eine tolle Aussicht. Das muss ich dir lassen«, sagte sie leise. Der Wind trug ihre Worte an meine Ohren, während ich mich am steinernen Sims des Balkons festhielt.

»Warum hast du mir geholfen?«, fragte ich und schaute immer noch nicht in ihre Richtung. Sie würde mich nicht umbringen. Wäre das ihre Absicht gewesen, hätte sie Moira sterben lassen.

»Welches Mal?«, antwortete sie.

Der Druck veränderte sich, als ihre Anwesenheit näher rückte. Ich konnte brutale Kraft und Schmerz spüren, aber auch ... Widerstand. Wo mein eigenes inneres Licht blau war, war dieses Licht deutlich dunkler. Ein Indigofarbton.

Erschrocken stellte ich fest, dass das ihre Seele war.

Daran musste ich mich erst einmal gewöhnen ...

»Du hast mir gesagt, wo ich sie finden kann. Woher wusstest du, dass ich zuhören würde?«

»Ich wusste es nicht, aber ich habe es vermutet.«

»Du hast es vermutet?«

»Du wusstest, dass jemand auf dich aufpasst, aber am Ende war es deine Entscheidung«, sagte sie.

»Und die Seelie?«, fuhr ich fort und starrte immer noch auf die Skyline. Ich musste lernen, diese Anblicke zu schätzen, denn sie würden in absehbarer Zeit aus meinem Leben verschwinden.

»Ich wünschte, ich könnte sagen, dass es aus Herzensgüte passierte, aber dem ist nicht so.« Sie stieß einen sehr müden Seufzer aus. »Du bist die nächste Herrscherin der Hölle, und das macht dich zu einer sehr mächtigen Person. Eine Bedrohung für meinen Meister. Ich wurde geschickt, um den abtrünnigen Dämon auszuschalten und dich zu beobachten, ja sogar zu töten, wenn ich die Chance dazu hätte.«

Die Legionen der Hölle waren also angekommen. Die Reiter hatten nicht gescherzt.

Mächtige Leute wollten meinen Tod, und jetzt wussten sie, wo sie mich finden konnten.

»Aber das hast du nicht«, sagte ich und wandte meinen Blick von der Aussicht ab. Sie stand nicht mehr als einen Meter von mir entfernt, fast genau so, wie ich sie in Erinnerung hatte; die Ausnahme war ein dunkler Umhang, der den größten Teil ihres Körpers verdeckte. Ihr schneeweißes Haar schimmerte silbern im Mondlicht. Sie hatte es zu einem Zopf zusammengebunden, die violetten Enden waren nicht zu sehen. Die Dunkelheit machte ihre quecksilberfarbenen Augen noch lebendiger und auffälliger.

»Nein«, flüsterte sie. »Das habe ich nicht.«

»Warum? Ich habe dich aus meinem Haus geworfen. Ich habe dir gedroht. Du hättest es nicht einmal selbst tun müssen, und ich wäre wahrscheinlich gestorben ... Aber du hast mich gerettet. Warum?« Wir starrten uns an und hingen in der Zeit fest. Der Wind bewegte sich nicht und der Himmel auch nicht. Kein einziges Lebewesen rührte sich, nicht einmal die, die nur wenige Meter von uns entfernt waren.

»Ich war da, als der Mob deinen Laden umstellte, und ich habe gesehen, was du getan hast, als sie deine Familie mit Steinen bewarfen. Ich habe dich beobachtet und habe das Gute gesehen. Eine Zukunft für die Hölle, die nicht von blutigen Kriegen und sinnlosem Töten geprägt ist.« Sie wandte ihren Blick zum Himmel, aber es würde keinen Gott geben, der in dieser Nacht auf uns herabschaute. Auftragskillerin und Mörderin. Zwei Dämonen, die etwas Unheiliges und doch Göttliches betraten. »Du bist noch nicht lange genug dabei, um die Dinge zu sehen, die ich gesehen habe. Die Schrecken, die unsere Art entweder werden oder ertragen muss. Du bist nicht wie der Rest von uns, nicht ganz. Du bist Luzifers Tochter und kannst die Zukunft der Hölle verändern. Aber was mir noch wichtiger ist ... du kannst meine Zukunft verändern.«

Eine lose Strähne ihres weißlila Haares löste sich aus ihrem Zopf und wehte im Wind. Ich war mir nicht sicher, ob ich dankbar sein sollte dafür, was sie getan hatte, oder besorgt über die vermeintliche Zukunft, die sie sah. Oder ob ich mir Sorgen machen sollte, weil wir jetzt zum Kern der Sache vorgedrungen waren.

»Du willst etwas von mir.«

»Ja«, antwortete sie. »Nicht jetzt, aber später. Sieh es als Gefallen dafür, in deine Zukunft investiert zu haben.«

»Und in deine«, sagte ich kurz und bündig. Ihre Augen verengten sich, als sie mich ansah und überlegte, ob es richtig gewesen war, mir zu vertrauen. Ich nahm es ihr nicht übel, aber ich nahm es ihr auch nicht übel, dass sie eine Gegenleistung erwartete. So war die Welt nun mal: ein Austausch von Waren und Gefälligkeiten. So wurden Reiche aufgebaut und Königinnen gemacht.

Ich würde gut daran tun, mich daran zu erinnern.

Die Leute hatten immer gesagt, dass der Weg zur Hölle mit guten Absichten gepflastert war, aber niemand hatte jemals wirklich gute Absichten. Wir alle waren etwas egoistisch. Die meisten von uns sogar mehr als ein wenig. Ich könnte niemandem trauen, der mit guten Absichten ging, aber ich könnte mit jemandem verhandeln, der ehrliche Absichten hatte. Der Weg des Lebens kam nicht ohne Preis. Das war ihrer.

»Ich stehe in deiner Schuld und sollte ich tatsächlich lange genug leben, um zu herrschen – was auch immer das bedeutet –, dann weißt du ja, wo du mich findest.«

Sie entspannte sich nur ein wenig, bevor sie eine krallenbestückte Hand ausstreckte und nach mir schlug. Ich sprang zurück, knallte mit dem Rücken gegen den steinernen Balkon und meine schwachen Beine wackelten vor Überanstrengung.

»Was war das?«

Ich sah zu, wie sie mit der gleichen Klaue über ihre eigene Haut fuhr und mein Blut sich mit ihrem vermischte. Ein brennendes Gefühl breitete sich auf meiner linken Brust aus, wo sie mich geschnitten hatte. Ich zog den Stoff beiseite und sah eine sehr dünne, aber bereits verätzte Narbe.

»Blutmagie«, flüsterte ich. Mehr wagte ich nicht zu sagen.

»Betrachte es als Versicherung, dass du dein Wort hältst«, antwortete sie.

Ich schluckte schwer und nickte. Es hatte keinen Sinn, etwas herauszufordern, was nicht rückgängig gemacht werden konnte.

Die Dämonin wandte sich ab, und ich wusste, dass unser Treffen bald zu Ende sein würde.

»Warte!«, rief ich. Sie hielt inne und neigte ihr Kinn zur Seite.

»Die SMS, die du mir geschickt hast, waren in einem Code geschrieben. Warum?«

Sie lächelte, als wäre sie zufrieden mit mir. Überrascht

war sie sicher nicht. »Wir werden beobachtet, du und ich. Es werden noch mehr kommen.«

»Wer beobachtet uns?«, fragte ich. Es hatte keinen Sinn, zu fragen, wer kommen würde. Die Reiter hatten mich bereits davor gewarnt. Dämonen. Aus allen Teilen der Welt. Der Dämon aus dem *Black Brothers* hatte gewusst, wer ich war, und ich würde meine Ersparnisse darauf verwetten, dass er dafür gesorgt hatte, dass auch der Rest der Welt es wusste.

»Das kann ich nicht sagen.«

»Ist es dein Meister?«

Wieder lächelte sie. So langsam hatte ich den Dreh raus. Sie konnte sich einmischen, aber nur bis zu einem gewissen Punkt. Die Antworten, die ich benötigte, musste ich mir selbst erarbeiten.

»Es sind mächtige Leute im Spiel. Vertraue niemandem, nicht einmal mir, wenn du lange genug leben willst, um dich selbst auf dem Thron zu sehen. Das Böse versteckt sich nicht nur in den Schatten.« Ihre Abschiedsworte ließen mich erschaudern und innerhalb eines Wimpernschlages war sie verschwunden.

Ich machte mir nicht die Mühe, nach ihr zu suchen. Sie würde wieder auftauchen, wenn sie gefunden werden wollte, und nicht eine Minute vorher.

Die ersten Strahlen der Morgendämmerung durchbrachen den Horizont, als ich ins Bett zurückkehrte und mir erst jetzt bewusst wurde, dass ich nicht einmal ihren Namen kannte.

29

Am nächsten Morgen lief es überall in den Nachrichten. Ein Feuer hatte den gesamten Gebäudekomplex des *Blue Ruby Ink* niedergebrannt. Die Küche auf der anderen Seite des Studios hatte einen Holzofen betrieben. Die Presse berichtete, dass jemand die Kammer nicht geschlossen und das Feuer sich ausgebreitet hatte. Der Ofen des Restaurants war gerissen und das Feuer durch das ganze Gebäude geschossen, um alles auf dem Weg platt zu machen.

Ein verrückter Unfall, aber zum Glück keine Tragödie.

Niemand war ums Leben gekommen. Jedenfalls kein Mensch.

Ich zerrte meine Kapuze nach vorne, als ich auf der anderen Straßenseite meines alten Lebens stand. *Blue Ruby Ink* war weg. Mein Haus war weg. Asche wehte im Wind, vermischte sich mit dem Regen und überzog die Straße vor mir mit einem glitzernden schwarzen Schlamm. Die Kälte sickerte durch meine dünne Jacke und brannte mit jedem Atemzug in meinen Lungen, was mir die Klarheit gab, die Szene vor mir als das zu sehen, was sie war.

Der letzte Nagel im Sarg meines alten Ichs.

War es passend, dass mein Feuer das war, was mir den Ort, den ich liebte, weggenommen hatte? Es war auf jeden Fall ironisch. Mein Leben ging in Asche auf und aus ihr stieg ich hervor.

Klang gut, oder? Motivierend?

Inspirierend?

»Worüber denkst du nach?«, fragte Moira. Ich riss meinen Blick von dem trostlosen, beschissenen Chaos vor mir los.

»Dass ich es leid bin, vor dem, was als Nächstes kommt, wegzulaufen«, sagte ich. Sie grinste mich an und die Pentagramme in ihren kobaltblauen Augen wirbelten wie Rauch.

»Dann sind wir wohl schon zu zweit. Willst du die faulen Säcke fragen, ob sie zu Martha mitfahren wollen, oder willst du, dass sie für ihre Vergebung arbeiten?«

Ich grinste sie an und freute mich, dass sich wenigstens einige Dinge nicht änderten.

»Ich sollte es wahrscheinlich anbieten. Versuchen, die Wogen zu glätten«, sagte ich zähneknirschend. Wir gingen ein paar Meter auf dem Bürgersteig entlang, wo Rysten und Julian warteten. Seit ich aufgewacht war, versuchten sie, mich in Ruhe zu lassen, aber ich wusste nicht, ob es zu meinen oder ihren Gunsten war.

Ich nahm an, dass nur die Zeit zeigen würde, wie lange es dauerte, das Vertrauen auf beiden Seiten wiederherzustellen. Moira wäre gestorben. Ich bereute also nicht, was ich getan hatte, und entschuldigte mich auch nicht dafür. Egal, wie viele »Es tut mir leid, aber bitte tu das nie wieder«-Umarmungen Rysten mir zu geben versuchte. Oder wie viele gebrochene Blicke, von denen Julian dachte, ich würde sie nicht sehen, er mir zuwarf. Sie konnten sich entschuldigen, so viel sie wollten, aber es würde keinen verdammten Unterschied machen. Ich änderte mich nicht, und wenn sie dachten, ich würde ihnen alle meine Entscheidungen überlassen, nachdem wir gegangen waren ... dann hatten sie sich geschnitten.

»Wollt ihr mit uns fahren? Ich möchte noch bei Martha frühstücken, bevor wir uns auf den Weg machen«, fragte ich sie.

»Das wäre schön. Danke, Liebes!«, sagte Rysten und bot mir seinen Arm an, den ich mit meinem verschränkte. Ich schaute Julian an, als ich ihm meine andere Hand hinhielt. Er erstarrte kurzzeitig, bis ich sie umdrehte und öffnete. »Du kannst fahren.«

Julian schaute auf die Schlüssel und ein drahtiges Lächeln umspielte seine Lippen. Er nahm sie mir ab und schritt mit etwas mehr Schwung voran. Es würde dauern, bis wir das zwischen uns wieder in Ordnung bringen konnten, aber Olivenzweige waren ein guter Weg, um die Kluft zu überbrücken.

»Ich sitze vorne!«, sagte Moira und stapfte direkt hinter ihm her. Ja, manche Dinge änderten sich nie.

»Ich bin mir nicht sicher, was ich davon halten soll«, murmelte Rysten.

»Wovon?«, fragte ich.

»Du hast Krieg und die Todesfee vor mir gebrandmarkt«, sagte er. »Und ich dachte, ich wäre dein Liebling.«

Ich kicherte leise vor mich hin, als wir zum Auto gingen.

»Ich habe Moiras Leben gerettet. Da kannst du doch nicht eifersüchtig sein«, sagte ich und kämpfte gegen das Lächeln an, das Rysten mir immer noch zu entlocken schien. Sogar nach all dem hier.

»Versprich mir einfach etwas!«, flüsterte er mir ins Ohr.

»Mmmm?« Ich beugte mich vor und grinste an seine Schulter.

»Ich bin der Nächste«, knurrte er. Wenn meine weiblichen Geschlechtsteile nicht gerade aufleuchteten ... Ich erschauderte unter der sanften Liebkosung seiner Lippen. O ja, die Bestie war mehr als glücklich, ihn zum Nächsten zu machen.

Dreckige Schlampe!

»Ähem«, hustete Moira. Ich bemerkte ihre hochgezogene Augenbraue und begann, mich von ihm zu lösen.

»Verdiene es dir!«, flüsterte ich ihm zu. Er gluckste leise und ließ mich los. Wir fuhren schweigend zum Diner oder zumindest so schweigend, wie man es erwarten konnte, wenn Moira im Auto saß und Julian Tipps zum Fahren gab.

Währenddessen schweiften meine Gedanken ab.

Wir mussten Portland aus offensichtlichen Gründen verlassen und konnten noch nicht in die Hölle reisen. Allistair würde zurückbleiben und meine Haus- und Geschäftsversicherung regeln und dann damit beginnen, mein ganzes Hab und Gut in die andere Welt zu bringen. Zumindest das, was davon übrig war.

Ganz zu schweigen von den Fragen, die mir gestellt wurden, wie es möglich war, dass mein Haus und mein Tattoostudio in derselben Nacht in die Luft geflogen waren. Es waren noch keine Anschuldigungen vorgebracht worden, aber Allistair würde sie klären, sollte es sie geben.

Letztlich war das alles nur ein Trick. Er blieb in der Nähe, um seine Ohren offenzuhalten. Ärger war vorprogrammiert, aber ich würde längst weg sein.

Dennoch wollte ich meine Sachen haben.

Sie hatten uns immer noch nicht gesagt, wohin wir

gehen würden. Alles, was ich heute Morgen bekommen hatte, waren vage Antworten, dass Laran alles »in Ordnung« bringen würde.

Wir hielten vor Martha's Diner und meine Augen wurden feucht, als ich aus dem Auto stieg. Die Türklingel ertönte wie immer, als wir eintraten, und wir setzten uns an meinen üblichen Tisch. Kendall und ihre Kumpanen waren nirgends zu finden, und ich vermutete, dass sie es auch noch eine ganze Weile nicht sein würden.

Ich setzte mich an den Tisch und Rysten folgte mir, während Julian und Moira uns gegenüber Platz nahmen.

»Was darf es heute Morgen für dich sein, Ruby?«, fragte Martha, die hinter dem Tresen hervortrat. Sie lächelte ohne Vorbehalt. Gut, dass sie die Neuigkeiten noch nicht gehört hatte. Das würde zumindest den Abschied leichter machen.

»Vier Portionen Bacon und schwarzen Kaffee.«

»Ich weiß nicht, warum ich überhaupt frage.«

Es war das gleiche Gespräch, das wir seit zehn Jahren führten. Ich würde die Leichtigkeit vermissen, aber selbst jetzt fühlte es sich nicht mehr ganz so leicht an. Wenn das Frühstück vorbei war, würde es Zeit für mich sein, zu gehen.

»Es wird alles gut, Liebes«, flüsterte Rysten, als alle ihre Bestellung aufgaben. Das war alles, was wir sagten, um darauf zu verweisen, was kommen würde. Den Rest des Frühstücks verbrachte Rysten mit seinen trockenen Witzen, meist auf Julians Kosten, während Moira und ich mit ihnen lachten.

Als Martha die Rechnung brachte und mir einen schönen Samstag wünschte, lächelte ich und wünschte ihr auch einen. Sie würde nie erfahren, was mit mir passiert war, und ich konnte es ihr nicht sagen. Niemand durfte wissen, dass wir gingen, aber das Trinkgeld, das ich ihr gab, würde wohl ein Hinweis sein. Ich war die Letzte, die das Lokal verließ, und würde nicht dabei sein, wenn sie bemerkte, dass ich meine Ersparnisse und meine Autoschlüssel auf dem Tisch liegengelassen hatte.

Zugegeben, es war nicht viel, aber es war alles, was ich der Frau geben konnte, die mich in den letzten Jahren aus der Ferne beobachtet und mir einen Rückzugsort gegeben hatte. Eines Tages würde sie die Nachrichten sehen, aber vielleicht würde sie dann wissen, dass es mir gut ging.

Als wir eine Gasse entlanggingen, öffneten sich die Wolken und warfen einen einzigen Sonnenstrahl herab. Ich fand das seltsam ... Dann wurde mir klar, worauf der Strahl gerichtet war. Oder besser gesagt, auf wen.

»Hallo, Fremder!«, rief ich.

Laran kam an meine Seite, Bandit saß auf seiner Schulter.

»Also gut, du hast uns lange genug hingehalten. Wohin gehen wir?«, forderte Moira und stemmte ihre Hände in die Hüften. Anscheinend war ich die Einzige, die hier noch an Höflichkeit glaubte.

»Was soll das heißen, dass ich dich hingehalten habe?«, fragte er mich und ignorierte Moira völlig. Sie kniff die Augen zusammen, und ich konnte förmlich sehen, wie sich die Räder drehten.

»Muss ich erst schreien, um ...«

Bevor ich etwas sagen konnte, erschien ein Feuerportal vor mir und jemand schob mich hindurch. Ich schrie nur zwei Sekunden lang, bevor ich mit einem dumpfen Aufprall auf etwas Weichem landete.

Was zum Teufel hat er ...

»VERDAMMMMMMT!«

Plonk!

Ich drehte mich im Bett um und sah Moira mit großen Augen und stinksauer neben mir sitzen.

»Dieses Arschloch hat mich gerade durch ein Portal geschoben«, fluchte sie.

»Ja, gut. Seid versichert, dass wir das ziemlich amüsant fanden«, sagte Rysten und trat aus dem Schatten.

»Allistair hat mir erzählt, wie sehr du es liebst, von Dingen heruntergestoßen zu werden«, lachte Laran und erschien durch einen Feuerring.

»Ich könnte dich tatsächlich umbringen«, spuckte ich und sprang vom Bett, um ihn anzugreifen. Bandit sprang von seiner Schulter, um sich zu schützen, und gab dieses schreckliche Würgegeräusch von sich. Wenn ich es nicht besser wüsste, würde ich sagen, dass er sich *kaputtlachte.*

»Ruby, bist du sicher, dass du das tun willst? Schau mal nach draußen!«, sagte Rysten, als ich auf Laran zustürmte und ihn zu meiner Freude gegen eine Wand schleuderte.

Was zum …

»Ist das wirklich gerade passiert?« Moira kreischte. »Hat sie wirklich gerade Krieg *gegen die Wand …*«

»Ruby, Liebes! Warum kommst du nicht mal kurz her?«, fragte Rysten, dessen angenehmer Tonfall von Sorge geprägt war.

Erschrocken blieb ich stehen, beide Hände auf Larans Brust gepresst, und versuchte zu verstehen, warum mein Kopf *so* heiß war.

Na ja, er brannte.

Ich konnte kaum noch denken.

»Krieg, bist du körperlich in der Lage, dich zu bewegen?«, fragte Julian hinter mir. Seine Stimme war kühl und berechnend; sie strahlte Macht aus.

Laran verkrampfte sich gegen meine Hände, bewegte sich aber nicht einen Zentimeter. Ich drückte mich gegen ihn, dieses Mal fester. Ein Knall durchfuhr das Haus, als er durch die Wand fiel und auf der anderen Seite in einem Haufen aus Trockenbauwänden und Staub landete.

»Nun, das beantwortet es«, bemerkte Julian.

»Was zum Teufel ist gerade passiert?«, fragte ich, riss mich los und zog mich zurück.

»Nun, Liebes. Es sieht so aus, als würde deine Verwandlung beginnen. Du wirst nicht mehr als achtundvierzig Stunden Zeit haben, bis sie voll in Kraft tritt«, sagte Rysten ruhig. Er kam auf mich zu und hob die Hände, um sich zu ergeben.

»Warum führst du dich so auf?«, rief ich und stürmte aus dem Raum, obwohl ich keine Ahnung hatte, wo ich war. Laran hatte mich einfach durch ein verdammtes Portal geschoben und dann ...

Ich schloss meine Augen, fluchte und atmete tief ein.

Im Hintergrund konnte ich hören, wie die Jungs hin und her diskutierten. Es ging darum, dass Julian seinen Mann stehen musste und mein Timing tadellos wäre. Ich öffnete meine Augen und blinzelte. Die Emotionen verschwanden gerade lange genug, damit ich meine Umgebung wahrnehmen konnte. Der flauschige weiße Teppich und die schwarzen Ledermöbel. Die verblüffende Glaswand vor mir, in der sich die Sonne auf den Staubpartikeln in der Luft spiegelte.

Das Stadtbild, das jedes einzelne dämonische Kind auf dem nordamerikanischen Kontinent zu erkennen gelehrt wurde.

New Orleans.

Die Stadt der Toten.

Auch bekannt als das Tor zur Hölle.
Leck mich am Arsch!

Fortsetzung folgt ...
Melde dich hier für meinen Newsletter an, um keine
Buchvorstellungen mehr zu verpassen!

ÜBER DIE AUTORIN

Kel Carpenter ist eine Meisterin der Worte. Wenn sie nicht gerade liest oder schreibt, reist sie um die Welt, nervt liebevoll ihren Redakteur und verbringt Zeit mit ihrem Mann und ihren Fellbabys. Sie ist immer auf der Suche nach guten Tacos und der besten Pizza. Sie wohnt in Maryland und versucht verzweifelt, den Verkehr zu vermeiden.

DANKSAGUNG

Manche Geschichten sind schwierig und manche sind einfach. Sündige Spiele war ein Buch, das sich von selbst geschrieben hat, und nach mehreren Überarbeitungen lese ich es immer noch gerne. Allerdings war es mehr als nur ein wenig stressig, Schule und Schreiben unter einen Hut zu bringen und gleichzeitig diese Veröffentlichung vorzubereiten.

An Analisa, meine Freundin und Lektorin, die sich meinen Mist gefallen lässt und diese Bücher lesbar macht: Danke, Liebes! Wahrscheinlich schulde ich dir jetzt mehr als eine Flasche Scotch.

An Carrie und Courtney: Eure moralische Unterstützung und eure Albernheiten haben mir mehr geholfen, als ihr ahnt. Ich liebe euch, ihr Luder.

Matt, ich sollte dir wahrscheinlich am meisten dafür danken, dass du die Katzen gewaltsam entfernt hast, als sie beschlossen haben, sich auf meinen Computer zu legen, während ich am Bearbeiten war. Ohne dich wäre dieses Buch wahrscheinlich nicht rechtzeitig fertig geworden.

Und schließlich an die Leserinnen und Leser, die diese Bücher gelesen und mich mit Waschbärvideos überschwemmt haben: Ihr seid großartig! Danke, dass ihr mich als Autorin unterstützt. Außerdem solltet ihr euch über die Gesetze in eurem Land informieren, bevor ihr einen Waschbären adoptiert.